www.bbulmedia.com

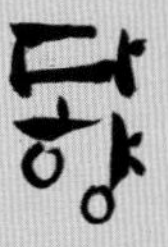

www.bbulmedia.com

친구의 고백

친구의 고백

초판 1쇄 찍음 2015년 1월 5일
초판 1쇄 펴냄 2015년 1월 9일

지은이 | 반해수
펴낸이 | 정 필
펴낸곳 | 도서출판 **뿔미디어**

편집장 | 이재권
기획 · 편집 | 정시연

출판등록 | 2002년 9월 11일 (제1081-1-132호)
주소 | 경기도 부천시 원미구 소향로 17, 303(두성프라자)
전화 | 032)651-6513 / 팩스 | 032)651-6094
E-mail | dahyangs@naver.com
블로그 | http://blog.naver.com/dahyangs
홈페이지 | http://bbulmedia.com

값 9,000원

ISBN 979-11-315-6179-9 03810

DAHYANG ROMANCE STORY

Contents

프롤로그

가로등 밑에 차를 세운 채 유리창 너머로 보이는 두 그림자를 한참 동안 바라보고 있었다. 태우지도 않는 담배 생각이 간절해졌다.

누구보다 단단하고 고귀한 척 그럴듯한 포장지로 잘 감싸 놓은 나는 그것을 바라보면서도 상처받지 않은 척 연기를 해야 하고, 벌써 몇 번째 오빠인지 모르는 남자와 키스를 다정하게 주고받고 있는 너는 수분 없이 바싹 증발해 버린 나의 마음 따위는 안중에도 없다.

두 그림자가 얽혔다가 떨어지는 것을 보고 나는 차에서 내려 빌라 안으로 들어갔다. 또 너에게서 무슨 변명을 들을지, 아니면 이제 변명조차 하지 않을지 떼는 걸음이 무겁고 불쾌하다. 너는 지금 바로 다음에 펼쳐질 순간에도 나에게 어떤 말을 할지 따로 고민하거나 생각하지 않겠지. 그저 평소 네가 하던 대로 '아는 오빠' 라고 간단하게 소개하면 되니까.

하긴 나도 너에게 마냥 네 탓이라고는 말하지 못하겠다. 너와의 좀 더 깊은 관계가 너에게 더 큰 의미가 될까 봐, 내가 너에게 어떤 의미가 될까 봐 선불리 손을 뻗지 못했으니까.

그래, 너도 나도 피장파장이다.

패스워드를 망설임 없이 해지시키고 슬리퍼를 신으며 안으로 들어간 나는 서로 부둥켜안은 채 샴페인을 터트리고 있는 두 사람을 표정 없이 바라보며 서 있었다. 너는 나에게 끊임없이 애정을 갈구하면서도 그것에 비례하는 만큼 더 많은 누군가에게로부터 애정을 충족시키고 그것도 모자라 내 심장을 네 주머니에 넣어 쥐려고 안간힘을 쓴다.

"오, 오빠! 연락도 없이 웬일이야?"

"아, 이분이 박준수 씨? 안녕하십니까. 이번에 강이랑 같이 일하게 된 편집장 서준구라고 합니다. 반갑……."

"나가시죠."

"네?"

"나가라고. 나가!"

남자가 샴페인을 테이블 위에 내려놓고 외투를 쥐고 밖으로 나가는 동안 내 눈은 미동도 않고 윤강의 눈만을 바라보고 있었다.

조용히 글라스를 테이블 위에 내려놓은 강이는 나에게 팔짱을 끼며 손을 들어 내 입술을 더듬고 가슴에 얼굴을 묻은 채 다른 한 손으로 허리를 감싸 안았다. 오빠 이 시간에 나 보러 온 거야? 귓가에 속삭이며 완전히 내 몸에 저를 포갠 강이는 고개를 들어 여전히 미동 없이 서 있는 내 눈을 쳐다봤다.

사상이 프리하고 어떤 남자와도 짧은 사랑을 하며 그것을 동료라고 칭하는 너에게 나는 더 어떻게 해 줘야 할까. 일하는 동료와도 키스가 되는 너에게 이제 와 상처를 받았다고 말하기엔 나는 너무 멀리 와 버렸고 많은 감정들을 느껴 버렸다.

"그 사람 새로 부임한 편집장님이야. 그 사람 아빠가 서울신문이거잖아."

전혀 내 기분 따위는 상관치 않는 애교 섞인 목소리가 피곤에 지친 내 귓가를 파고들었다.

"죽이지 오빠. 소개해 줄까? 팀장 자리보다 훨씬 괜찮은 자리 얼마든지 가능할 거야."

"……."

"아, 미안, 미안. 내가 또 재미없는 소리 했나 보다. 자고 갈래? 물 받을까?"

"강아."

"응? 왜, 오빠?"

내 가슴에 달라붙은 강이를 떼고 어깨를 붙잡았다. 우리의 정상적이지 못한 관계가 너도, 그리고 나도 아프게 만든다. 너는 점점 너에게서 멀어져 가는 나를 잡지 못했고 나는 우리를 지켜 내지 못했다. 애초에 시작부터 좋지 못했던 것이 결국 이 일이 일어나게 된 원인인 것일까. 그것이 무엇이든 간에 우리의 끝은 시들었고 뿌리까지 애정이 말라비틀어졌다.

"그만하자."

"뭘? 뭘 그만둬?"

"우리. 그만두자."

"오빠……. 그게 무슨 소리야, 갑자기?"

"그만하고 싶다."

"그게 무슨 소리야. 갑자기 왜?"

"너와의 연애가 지쳐. 지친다, 강아."

"오빠……."

"나는 너의 그 수많은 친한 오빠들을 다 감당할 아량도, 그만한 마음도 없는 놈이야."

"그건, 내가 다 해명할 수 있어. 우리가 어떤 사이인지 오빠가 오해……."

"어떤 해명을 해야 그 사람과 네가 키스를 한 것이 정당화되지? 연인 말고 또 어떤 관계여야 내 오해가 풀리는지 네 입으로 설명해 봐."

지친 얼굴로 말하는 눈은 굳어 있었다. 차가움만 내뱉는 입술이 얼음같이 굳어 갔다.

"오, 오빠!"

"아주머니껜 내가 말씀드려."

이별의 그림자가 슬프지 않음을 기대하지는 않았지만 그래도 서로 함께라고 생각했던 그날들이 너무나 맥없이 풀려 버려 오히려 그것이 슬펐다. 사랑이라고 믿으며, 너와 나의 사랑 방식이 조금 다른 것이라 믿으며 그런 너를 내가 품어 마땅하다 여겼던 그날들이 너무나 허무하고 또 허탈하다.

우리 여기서 그만하자. 너에 대한 내 마음이 조금이나마 따뜻하게 온기가 남아 있을 때 우리 그만두자.

"아냐. 오빠 갑자기 이러는 건 아냐. 나에게도 시간이 필요해."

"갑자기도 아니고, 충동적인 것도 아니고, 섣불리 판단한 것은 더더욱 아냐."

"미안하다고 하면 돌아올 수 있는 거야? 내가 잘못했다고 하면……."

고개를 저으며 마지막까지 너를 달랜다. 귀찮고 힘이 들고 모든 것이 피곤하다. 우리가 서로 사랑하기는 했을까? 모르겠다. 서로를 한 번이라도 진심으로 사랑한 적이 있는지, 너는 나에게 한 번이라도 진심이었던 적이 있는지.

1. 소울메이트

준수는 샤워를 하다 말고 밖에서 쿵쾅거리는 소리에 가운을 꺼내어 입으며 덜 마른 머리에 수건을 얹어 비볐다. 그리고 쿵쾅거리며 난리 통인 현관문에 손을 뻗어 문을 열자마자 비를 쫄딱 맞은 우진이 문고리를 빼앗듯 열어젖히며 집 안으로 들이닥쳤다.

따뜻했던 집 안에 한기가 폭풍우처럼 몰아닥쳐 준수는 눈을 살짝 찡그리며 현관문을 닫았다. 도대체 무엇을 가지고 온 것인지 비닐봉투 안에서 바스락거리는 물체들이 바닥으로 둔탁한 소리를 내며 쏟아져 내렸다. 빨간 김치통과 강냉이가 그 물건의 정체였다.

준수는 머리를 말리던 수건을 우진의 머리 위로 툭 얹으며 샤워 가운을 갈아입으러 안방으로 들어갔다.

건네받은 수건으로 미역처럼 길게 늘어진 머리를 열심히 말리던 우진은 제 치맛자락이 다 젖은 줄도 모르고 의자를 꺼내어 앉았다. 그리고 바닥에 있던 김치통을 들어 식탁 위에 올려놓고 강냉이 봉투를 뜯었다.

"그게 다 뭐야?"

"강냉이랑 김치."

"참 안 어울리는 조합이다."

"먹어 보지 않고서 함부로 말하는 거 안 좋은 거야."

그리고 높은 의자에 앉아 바닥에 닿지 않는 발을 까딱까딱 앞뒤로 흔들며 우진은 강냉이 봉투를 화악 뜯어 입안으로 밀어 넣었다. 그리고 비가 주룩주룩 내리는 창밖을 쳐다봤다.

여름도 아니건만 벌써 3일째 쏟아지는 빗줄기였다. 비를 무서워하며 싫어하는 저와 달리 분위기 있게 내리는 비를 좋아하는 그인데, 오늘의 박준수는 확실히 조금 이상했다.

머리카락이 물기를 머금고 축 처져 있는 것처럼 준수의 어깨가 아래로 처져 있는 것도 같았고 평소 짙은 그의 눈동자도 오늘따라 더욱 깊고 짙어 보였다. 쭉 뻗은 콧날 위에 아직 맺혀 있는 물방울마저도 기분이 좋지 않아 보였다. 유난히 붉은 입술은 뜨거운 물에 샤워를 한 것인지 더욱 붉어져 있었다. 그냥 보아도 온몸이 평소보다 조금 뜨겁다는 것을 느낄 수 있었다.

무엇보다 할 일이 많다며 서류들을 잔뜩 가지고 퇴근하는 모습을 봤는데 술친구로서 자신을 콜한 준수가 조금 이해가 되지 않으려는 찰나, 준수는 옷을 다 갈아입고 다가와 의자에 앉았다.

"와인 한잔할래?"

"응응. 글라스 내가 가져올게."

냉큼 의자에서 발을 뻗어 내려와 찬장에서 글라스 두 개를 꺼내 테이블 위에 놓은 우진은 붉은 빛깔로 잔 안에 담기는 와인을 내려다보며 침을 꼴깍 삼켰다. 하나는 준수 앞으로 그리고 하나는 자신의 몫으로 돌아오자마자 그것을 두 손으로 잡고 꼴깍꼴깍 마신 뒤 잔을 테이블 위에 내려놓았다.

한 잔 더 해, 하며 다시 잔을 채우는 그를 의아한 눈으로 바라보던 우진은 다시 한 번 와인을 마시며 눈으로는 준수를 힐끔거렸다. 어디 아픈가. 분명 아까 회사에서는 괜찮았는데.

"비 싫어하지도 않으면서 왜 우울한 표정인데?"

"……정우진."

"왜? 아, 이리 줘. 내가 따라 줄게."

"한 달 전에 강이랑 헤어졌다."

건네받은 와인으로 준수의 잔 안을 채워 주며 건성으로 대답하던 우진이 순간 튀어나온 건조하지만 전혀 건조하지 못한 화두에 놀라 고개를 확 들었다.

"뭐?"

"……그래도 너랑은 알고 지냈으니 말해 두는 게 좋겠다 생각했어."

"갑자기 왜?"

준수는 대답이 없었다. 그저 끝까지 채워진 잔을 남김없이 털어 마시는 것으로 대답을 대신했다. 간접적인 그 표현을 알아들은 우진은 입을 다물고서 말없이 앞에 놓인 강냉이를 주워 먹었다. 최근에 분위기가 별로다 싶었는데, 그래서였구나.

준수 성격에 요란히 여자 친구를 두고 사귄다거나, 헤어졌다고 난리 법석을 떠는 방식은 전혀 좋아하지 않았지만 그 두 사람은 제법 알아주는 커플이었다. 순전히 선남선녀라는 외모적인 타이틀의 영향이 컸지만 그래도 친구들 사이에선 유명 신문사에 다니는 강이와 좋은 회사 팀장 자리에 서 있는 준수를 엮으며 최고의 커플이라고 칭했다.

그건 우진도 동의하는 바였다. 둘은 잘 어울렸고 누가 봐도 완벽한 커플이었다.

"한 병 더 딸까?"

"난 됐다. 마시고 가라. 바빠서 먼저 들어가야겠다."

피곤한지 축 처진 어깨를 펴지 못한 준수는 비워진 와인 잔을 테이블 아래로 밀어 넣은 후 TV 옆 콘솔 위에 놓인 두꺼운 책과 종이들을 챙겨 서재로 들어갔다.

우진은 테이블 위에 남아 있던 와인을 마저 글라스에 졸졸 따라 입안으로 털어 넣었다. 그리고 입안에 남았다가 한꺼번에 사라져 버리는 포도 향에 입맛을 다시며 준수가 사라진 서재 쪽을 물끄러미 보았다.

지가 술친구 해 달라며 오라고 해 놓고 먼저 가 버리면 난 감질나서 어떡하라구.

아쉬운 마음에 툴툴댔지만 힘이 든 건지 연애의 끝에서 옮겨 붙은 열병에 잠식돼 버린 건지 사랑에 아픈 제 소꿉친구의 뒷모습에 우진은 조용히 입을 다물었다. 그리고 남은 와인을 마저 들고 조용히 문을 닫고 나와 제집으로 올라갔다.

한 번도 본 적 없는 사랑에 아픈 준수의 모습이 낯설었지만 그것을 굳이 등을 토닥여 주며 위로한답시고 방해하고 싶은 마음은 없었다. 우진은 저도 모르게 갑자기 입가에 묻은 술이 씁쓸해짐을 느꼈다.

❀ ✱ ❀

헉. 큰일 났다. 지각이다.

우진은 눈을 떠 몸을 일으키자마자 핸드폰에 찍힌 시각에 경악을 하며 옷장을 다급하게 뒤져 상의를 꺼내 입었다. 어? 분명 어제 잘 개어 두었는데 내 카키색 바지는 또 어디 있는 거야. 결국 어제저녁 꼬박 개어 둔 옷들을 죄다 뒤집어 놓은 후에야 옷을 찾았다.

어제 마음먹고 했던 물걸레질이 모두 소용없는 짓이 되어 버렸다. 그렇지만 지금 그런 것들을 생각할 시간적 여유가 없어 닥치는 대로 남은 빵 조각을 입으로 구겨 넣으며 핸드백을 아무렇게나 어깨 위로 안착시키고 현관 밖으로 나왔다.

우진은 파킹되어 있는-적금을 모두 깨어 마련한- 애마 미니쿠퍼에 올라타 시속 120킬로를 밟다시피 했다.

회사에 간신히 도착해 엘리베이터 거울 앞에서 립스틱을 대충 죽죽 긋고 목 칼라를 바로 세운 후 핸드폰을 꺼내 시간을 확인했다. 이미 30분이나 지각을 한 상황이었다.

유리창 밖에서 분위기 시린 팀실 안을 힐끔힐끔 쳐다보던 우진은 어느 타이밍에 맞춰 안으로 들어갈지 두 발을 동동 구르며 고민하다 머리를 땅으로 푹 박았다. 팀장, 그러니까 박준수는 잔뜩 무서운 분위기로 팀실 중앙에 서서 서류들을 넘기고 있었다. 저 손에 오늘의 야근이 결정 난다 이 말이다.

"정우진 씨는 문 밖에서 염불 웁니까?"

"……네……네에?"

멍하니 팀실 밖에서 기회를 엿보고 있던 우진은 갑자기 불린 자신의 이름에 공처럼 몸이 튀었다. 귓가로 쏘인 준수의 불벼락에 흘러내리는 핸드백을 고쳐 메고 슬금슬금 안으로 들어가 자리에 앉았다. 어제 마신 술 한 병에 완전히 오늘 하루가 엉망이 된 기분이었다.

"오 대리 카피 불량에, 그나마 저한테 도움이 될 만한 이 대리, 정 대리 지각에 오늘 하루 다들 저 엿 먹이려고 작정이라도 한 겁니까?"

우진은 눈을 꽉 감고 입술을 깨물었다. 조용히 넘어가길 바랐던 건 아니었지만 그래도 이렇게까지 팀원들 다 보는 앞에서 무안 줄 필요는 없는 거라 생각했다. 그렇게 자주 실수를 하는 것은 아니었지만 그렇다고 '어쩌다 한 번 실수에 왜 그러세요?' 라는 말도 안 되는 변명도 필요 없었다. 팀원들은 아침부터 자신의 잘못이 줄줄이 나열되자 조개처럼 입을 꾹 다물고 고개를 숙였다. 딱 죄인의 모양, 그것이었다. 저에게 공개적으로 망신을 준 준수의 입에서 한숨이 푹 나왔다.

"오 대리님은 어제 하라고 한 그래프, 다 완성시켰습니까?"

"네? 아 그게…… 지금 마무리 단계……."

"하라고 한 것도 다 못 끝내고 지금 뭐가 좋아 웃습니까."

"죄송합니다."

오 대리의 기어들어 가는 자수에 팀원들은 입에 지퍼를 잠그고 납작 엎드려 고개를 숙이기 바빴다. 팀장의 아침 조회가 어서 끝나기만을 기다리고 있었다.

어깨가 뻐근해 목을 돌리던 우진은 공중에서 준수와 눈이 딱 마주쳤다. 돌리던 목이 마저 다 돌아오지 못하고 중간에서 멈추었다. 어색한 침묵이 흘렀다. 준수는 더는 팀원들 분위기를 가라앉히기가 싫은 건지 조회를 끝낼 것 같은 음성으로 조용히 말했다.

"정 대리는 서류 들고 내 방으로 들어오세요."

"서류……요?"

"어제 놓고 왔다고 오늘 가져오겠다던 서류 말입니다."

"아, 여기……."

가방을 뒤적이던 우진의 손이 빨라졌다. 서류 분명 아까 바지 찾으면서 같이 찾았고 그래서 챙겼고……. 챙겼는데, 분명 챙겼는데. 가방을 뒤져 봐도 흔적도 없이 사라져 버린 서류에 우진은 완전히 공황 상태였다.

아까의 정신없는 상황을 머릿속으로 그려 가며 서류의 행방을 찾기 시작했을 때 준수는 한 발자국 더 가까이 다가와 있었다. 어제 술 덕분에 지각한 데다 서류까지 행방이 묘연하고, 정말 오늘처럼 최악인 날이 또 있을까.

"정 대리."

"……."

"정우진 씨."

"……서류, 서류가 그러니까……."

준수는 지끈거리는 눈을 감은 채 따라오라는 한 마디를 덧붙이고는 더는 아무런 언급도 없이 뒤돌아서서 가 버렸다.

준수가 팀장실로 들어가자마자 팀원들은 웅성웅성 다시 제 할 말을 하며 노트북을 켜 타자를 두드리기 시작했고, 우진은 팀장실 앞에서 머리를 쿵쿵 박으며 자책했다. 도대체 그 서류가 어디 있는 거지? 분명 챙겨 넣었는데 내가 분명…….

귀신이 곡할 노릇인 이 상황이 도저히 설명이 되지 않아 발걸음을 떼지 못하고 한참을 팀장실 앞에서 서성댔다.

"힘내, 우진 씨……."

고개를 푹 숙이며 머리를 박고 자책하는 우진의 옆에서 팀원들이 토닥였다.

“저 스댕…….”

스댕이라 함은 준수를 가리키는 별명인데 겉보기는 딱 다이아몬드 원석인데 입만 열면 스댕으로 가치가 하락한다는 의미로 불리고 있었다. 오늘 그 별명을 절실히 온몸으로 체감하는 우진이었다.

팀장실 문을 열고 들어갔다. 아무런 말도 못 하고 고개를 땅과 맞닿을 만큼 숙이고 서 있던 우진은 천천히 걸음을 옮겨 준수의 사정거리 안으로 들어와 저에게로 시선이 돌아온 준수를 쳐다보았다.

“나 같으면 잘못했다 입 다물고 있겠는데 무슨 할 말이 있어 그런 눈으로 봅니까?”

“제가 잘못했다는 거 잘 알고 있지만 직원들 다 있는 데서 그렇게 혼내시면…….”

“팀장과 오래된 친구라서 회사에서 편하게 일하고 있다. 이런 소문 나돌게 하고 싶지 않다 한 건 정 대리 본인 아닙니까?”

그냥. 갑자기 울컥 마음속에 뭔가가 솟아올랐다. 서른네 살을 함께 먹은 친구로 같은 회사에 다니고 있는 입장에서 누구는 저렇게 팀장 이름 달고 명령을 내리며 자신만만인데 자신은…… 입사를 늦게 하긴 했지만 이런 타박에 말 한 마디 못 하는 일개 직원이라는 상황이 갑자기 서러워졌다.

실적으로 따지자면 우진은 어느 직원 못지않게 일을 곧잘 해내기도 했다. 아니 솔직하게 실적은 나쁘지 않은 편이었다. 다만 회사 일에 그다지 흥미를 느끼지 못해서 그렇지. 사실 이것 때문에 많은 고민을 하기도 했고, 갈등도 했다. 그리고 그것을 아는 준수였기에 저에게 하는 말들을 머리로는 이미 이해했지만 섭섭함이 밀려드는 건 어쩔 수 없는 일이었다.

"오늘까지 서류 작성해서 올리겠습니다."

그리고 고개를 꾸벅 숙이고 문을 열고 나와 자리에 털썩 앉은 우진은 노트북을 켜며 한숨을 푹 내쉬었다.

팀장실의 좋지 못한 분위기를 눈치챈 팀원들은 아까 조잘거리던 입들을 다 꽁꽁 묶고 조용히 눈치만 보며 손을 놀렸다. 간혹 오 대리가 칼을 쓰지 않고 자로 종이를 자르는 소리가 들려왔지만 다들 제 할 일을 한다고 들어도 못 들은 것처럼 일에 몰두했다. 기분도 꿀꿀하고 욕먹어 배불러 죽겠는데 할 일은 산더미고 팀장 눈치까지 봐야 하니 직원들은 다들 고단한 표정으로 꺼무죽죽한 눈을 아래로 굴리기 바빴다. 이 말단 직원들의 노고를 좀 알아준다면 저렇게까지 할 수는 없을 텐데.

우진은 손으로 연필을 쥐고 슥삭슥삭 종이에 아이디어를 나열하면서도 팀실 위에 걸린 벽시계를 힐끔 쳐다보았다. 6시까지 모든 일을 끝내야만 강의에 나갈 수 있기 때문이다.

일찍이 제가 전공한 식품영양학에서 박사학위를 땄을 때 우진을 늘 돌봐 주시고 챙겨 주시던 총장님은 모교로 와서 교수로 들어와 강의하길 원하셨지만 그것을 거절하다 불과 몇 달 전 다시 연락이 닿아 시간강사로 학생들을 가르치기로 이야기가 된 것이었다.

솔직히 얘기하자면 고등학교 시절부터 관심이 있던 알아주는 식품회사에 입사했다고는 하지만 이렇게 연구 기획을 하며 없는 아이디어를 짜내는 것보다 강단에서 아이들을 가르치는 것이 자신의 적성과 더 적합하다 생각했다. 뭐…… 계약직 교수에 고작 수업이라고 해 봐야 일주일에 두 번뿐인 과목 하나가 전부였지만.

"팀장님이 뭐래요? 야근하래요?"

"아직은…… 아직은 그런 말 안 하던데요?"

"난 오늘은 안 되는데, 조카 돌잔치가 있거든요."

언제는 되는 날이 있었나. 이하나 사원.

"저도요. 저 오늘 강의 있는 날이에요."

"아, 오늘이 그날이구나."

다들 힘든 기색이 역력한 표정으로 일에 매달렸지만 점심시간이 되었을 땐 뒤도 돌아보지도 않고 식당으로 출동했다. 우진도 열심히 쥐어짜 내어 그리던 것을 멈추고 식당으로 가 고픈 배를 채우기 위해 좋아하는 불고기 반찬을 집었다.

식당의 한 테이블에 다 함께 마주 앉아서 아침부터 팀장에게 일 폭탄을 맞은 직원들은 국을 전투적으로 퍼먹으며 팀장을 욕했다. 오 대리는 누구의 눈치도 보지 않고 입을 열었다.

아니 팀장이란 사람이 말이야, 좀 잔정이란 게 있고 그래야 화목한 팀이 되는 거고 따뜻한 팀 분위기가 만들어지는 거지, 하고 오 대리가 불만을 토로했을 때 우진은 혼자 고개를 절레절레 저었다. 준수에게 잔정을 바라는 건 오 대리에게 엄청난 업무 능력을 바라는 것과 같다는 것을 알기 때문이었다.

누군가의 불만에 이어 또 다른 목소리가 터져 나왔다.

"다들 그렇게 팀장님 깔 시간에 일이라도 하나 더 하세요. 흠흠."

이쯤에서 이 대사가 나올 줄 알고 있었다는 듯, 직원들은 익숙하다는 듯이 고개를 끄덕였다. 준수에게 잘 보이려고 대놓고 아부하는 유일한 직원인데 이름과는 어울리지 않게 아주 말끔하게 잘생기고 늠름한 그는 여직원들 사이에서 이른바 '상남자'로 통하는 이수진 대리였다.

"이 대리. 우리 까놓고 말해 보자고. 이 대리도 팀장님 일 왕창 많이 시키는 거 짜증나잖아."

"다 우리 잘되라고 시키는 거지, 나쁜 뜻이 있어서 그러는 겁니까."

"팀장이 무슨 초등학교 담임 샘이야? 우리 잘되라고 애쓰게."

오 대리는 이수진 대리를 쏘아봤다. 그래도 다들 팀장이 일 처리 하나는 확실히 한다는 것은 인정했다. 이렇게 단기간에 팀장 명함 박은 건 박 팀장이 처음이긴 해, 박 팀장 정우진 대리랑 같은 나이잖아 하며 또 알게 모르게 우진의 기를 죽인 직원들은 그런 준수를 팀장으로선 인정했다. 다만 인간미라고 하는 것이 좀 떨어진다. 뭐 그런 것이었다.

"우리 정 대리는 무슨 커피?"

"오 대리님이 마시는 거?"

"오예! 좋아."

여직원들에게 성희롱이니 뭐니 좀 의심스러운 행동을 하긴 해도 오 대리는 생긴 것과 달리 막힌 거 없이 화통한 성격이었고, 다들 그런 오 대리를 미워하거나 늙고 실력 없는 대리라고 무시하지는 않았다. 뭐 우리 팀의 미워할 수 없는 약방의 감초 정도로 여겼다.

점심식사를 다 마친 직원들은 커피 브레이크를 가지고 삭신이 쑤시니, 허리가 아프니 저마다 앓는 소리를 하며 자리에 착석했다.

우진은 진한 블랙커피를 입에 물고 책상 위에 앉아 기지개를 쭉 펴며 커피를 목을 뒤로 젖히고 마셨다. 마침 그때 박준수 팀장과 눈이 딱 마주쳤다. 순간 커피가 입 밖으로 팟— 하고 튀었다.

"컥, 컥. 아, 뜨거!"

"여유롭네요."

"아니, 그게…… 점심 먹고 나면 커피 한 잔 해야죠. 입가심으로."

"점심도 다 하셨습니까? 오늘 여섯 시 안에 다 끝낼 자신은 있나 봅니다."

"네. 꼭 끝내겠습니다. 저 한번 약속하면 꼭 지키는 사람인 거 아시잖아요."

"지켜보면 알겠죠."

그리고 준수는 여유롭게 만년필을 가슴팍에 꽂고 부장과 점심을 하러 갔다. 분명 고급 일식집일 테지.

다들 이를 닦고 들어오다 준수를 발견하고는 인사를 하는 소리가 여기저기서 터졌다. 오 대리도 준수를 발견하고 입안에 머금고 있던 커피를 입 밖으로 뿜었다. 준수는 눈을 한 번 질게 내려 감고 자신의 손수건을 꺼내 주었다. 오 대리는 그것을 받으면서 우스꽝스러운 표정을 했다. 여태껏 욕한 팀장에게서 손수건을 건네받으니 기분이 이상한 모양이었다.

직원들은 그런 오 대리를 보면서도 마냥 웃을 수가 없었다. 그저 그 모습이 우스꽝스러운 건 저뿐인 모양이었다.

각각 팀장으로부터 껴안은 핵폭탄들을 생각하며 일은 저녁까지 쉴 새 없이 계속됐다. 타자 치는 소리와 종이에 펜촉이 굴러가는 소리가 가열차게 들렸고 일부 일을 다 끝낸 직원들은 퇴근을 준비했다.

지금 시각 6시 5분. 그리고 또 일이 터졌다. 기획안에 들어갈 마지막 자료를 완성해 우진에게로 넘기기로 한 오 대리가 제대로 말아먹은 것이었다. 데드라인은 앞으로 한 시간이고 이 망할 오 대리가 그것을 복구할 시간은 못해도 세 시간은 족히 걸릴 것이다. 지금 출발해야 그래도 좀 여유 있을 텐데…….

오 대리를 때리는 시늉을 하며 머리를 박고 있는 우진의 뒤로 준수가 가방 하나를 든 채 팀장실을 나왔다. 그리고 힘든 얼굴로 고생을 하고 있는 직원들에게 저 나름의 위로를 던졌다. 이건 삼재야.

"저는 먼저 퇴근하겠습니다. 오늘까지 끝내야 하는 분들은 마치면 제 책상 위에 두고 퇴근하시면 됩니다. 본의 아니게 야근하시는 분들도 계시겠네요. 힘든 거 알지만 모쪼록 일찍 퇴근하시길 바랍니다."

"저…… 팀장님!"

순간 준수의 말에 오 대리의 머리카락을 뜯고 있던 우진이 저도 모르게 준수를 불러 세웠다. 그리고 그 외침에 문을 나서던 준수의 발걸음이 우뚝 멈춰 섰다.

"저…… 오 대리 자료 문제로 시간이 좀 걸릴 것 같은데 내일 아침까지 내면 안 될까요?"

"아까 저에게 약속을 한 건 정 대리님 본인 아니었습니까?"

"그렇지만……."

"그럼 약속 지켜 주셔야죠."

애써 붙잡았던 수고가 헛되게 팀실을 나가 버린 준수의 뒷모습을 멍하니 보고 있던 우진은 그 자리에 망부석처럼 서 있었다.

새까맣게 타들어 가는 우진의 속도 모르고 직원들은 필기구를 정돈하고 노트북을 끄며 천연덕스럽게 입꼬리를 올렸다.

"그럼 오늘 우진 씨 학생들은 휴강인 거야?"

"학생들은 좋겠네."

그리고 다 떠나 버린 사무실에 남은 건 오 대리와 우진, 둘뿐이었다.

오 대리는 연신 우진을 향해 손을 비비며 나를 죽여라 살려라 했지만 이미 홍수처럼 터져 버린 오늘의 재앙에 우진은 반쯤 넋이 나간 상태였다.

설상가상으로 밖에는 어제 내리던 그 비가 다시 내리기 시작했다. 그야말로 잭팟이 다 터져 버린 오늘. 이 더럽게 운도 없는 오늘. 우진은 제 앞에 놓인 종이를 바라보고 또 고개를 돌려 창밖을 바라보며 그렇게 한참을 서 있었다.

오 대리는 상태가 좋지 못한 우진의 팔을 잡고 늘어지며 능청스럽게 '그래도 정 대리 덕분에 나 월급 받아. 정 대리는 능력자니까 나 좀 봐줘.' 라며 속을 벅벅 긁어 놓았다.

결국 다시 앉아 일을 마무리하기 시작한 우진과 오 대리는 마침내 하나 남은 그 임무를 완수했다.

우진은 학교에 가지 못했다는 허무함에 한숨이 밀려나왔다. 완성된 문서를 팀장실로 가서 올려놓고 나오는 우진을 바라보던 오 대리는 정리하고 있던 종이들을 내버려 둔 채 의자를 밀어 버리고 다가왔다. 그리고 손을 말아 책상 유리를 톡톡 쳤다.

"정 대리. 우리 오늘 퇴근하고 술이나 한잔할까? 우울한 사람들끼리."

"오늘은 어떤 재수 없는 일이 더 터질지 몰라서 안 돼요."

"그러지 말고 술이나 한잔하러 가자."

어차피 집에 가 봤자 비 오는 날 할 일도 없겠다 싶어 더 고민 않고 우진은 승낙했다. 사실 이 비 오는 날 홀로 집 안에 있는 것 만큼 서러운 일이 또 어디 있겠나 싶기도 했고, 오랜만에 취하고 싶은 마음이 스멀스멀 피어오르기도 했다.

결국 내리는 비를 맞으며 오 대리가 추천하는 작은 일식집으로 들어간 두 사람은 안주도 없이 서러운 마음에 소주만 기울이고 있었다.

나오는 어묵에 손을 비비고 먹기 시작한 우진은 문득 고개를 돌려 창을 바라봤다. 아직 주룩주룩 내리는 빗줄기에 온몸이 한기에 파르르 떨리는 것이 느껴졌다. 우진이 싫어하는 비 오는 날에 느끼는 외로움, 그것이었다. 그리고 그 분위기에 취한 듯한 오 대리는 시시콜콜한 불만사항을 털어놓기 시작했다.

"아니, 그 팀장이라는 사람이 말이야. 변소에서까지 내 기를 죽이네? 이거 작은 거 가지고 나는 부끄럽단 생각 한 번도 안 해 봤어요. 근데 자기 거는 뭐 얼마나 대단한 거라고. 그래, 대단하긴 하더라. 흑흑."

또 시작됐네, 시작됐어. 오 대리 술버릇. 술이 들어가면 그간 힘들었던 일 털어놓으며 울기. 우진은 혀를 끌끌 차면서도 왠지 모를 동정심에 달래 줄 수밖에 없었다.

2차를 가자며 조르는 오 대리를 추스른 후 택시를 태워 보내고 우진은 비 오는 길을 혼자 저벅저벅 걸었다. 보도가 술기운에 의해 흐릿흐릿하게 보이긴 했지만 제법 또박또박 걸어 아파트 입구로 들어섰다. 마음 같아선 그냥 힘을 쭉 빼고 개다리 춤을 추도록 다리를 놓아 버리고 싶었다.

"어……. 우리 팀장님 집이네."

우진은 비틀거리며 307호로 다가가 초인종을 눌렀다. 한참을 기다려도 집주인이 모습을 보이지 않자 우진은 손등으로 문을 두드리다 머리를 기대어 고개를 푹 숙였다. 그때 문이 벌컥 열리면서 문에 기대어 있던 머리가 쾅 하고 소리를 내며 쥐어박혔다.

"아읏, 아파."

갑작스런 우진의 등장에도 당황스런 기색 없는 시선이 쏟아졌다.

"어? 안녕하세요. 팀장님……."

"……술 마셨냐."

"죄송합니다. 근무 중엔 음주 금진데……."

"……."

"추워."

무의식적으로 오소소 돋은 닭살에 팔을 비비며 문지르자 준수가 몸을 조금 틀어 공간을 내어주는 것이 느껴졌다. 우진은 그것을 놓치지 않고 그의 온기 가득한 공간 안으로 몸을 비집고 들어갔다.

그의 흔적이 남아 있는 소파에 쓰러지듯 앉은 우진은 타는 목을 부여잡았고, 그것을 알아들은 준수는 차가운 냉수를 건네었다. 우진은 두 손으로 컵을 잡고 물을 벌컥벌컥 마셨다.

바닥이 보이는 잔을 건네받는 그의 얼굴을 보려 우진은 흐릿한 눈을 조금씩 뜨려고 애썼다. 어렴풋이 보이기 시작하는 그의 얼굴에 우진은 탄식과 같은 깊은 숨을 쏟아 냈다.

"박준수야. 좀 다정해지면 안 돼? 우리 팀원들이 너 안 싫어해. 그냥…… 말이 너무 가시 박혀서 그게……."

우진은 고개를 끄덕끄덕대다 준수 품으로 머리를 툭 박았다. 오늘은 정말 재수 없는 날이었어. 그렇게 중얼거리면서 고개를 살짝 올린 우진이 준수의 얼굴을 가만히 바라보다 뺨을 붙잡고 빠알간 입술에 손을 가져갔다.

늘 다른 피부에 비해 유난히 빨갰던 입술이 어떤 촉감일지 궁금하다는 위험한 생각을 한 적이 있긴 했지만 단순한 궁금증에 불과했었다. 그리고 궁금증이 해결될 찰나 뜨거운 입술의 감촉이 손끝으로 느껴졌다.

"따뜻하고…… 말랑말랑해."

그리고 손으로 느끼던 입술에 제 입술을 쪽 하고 맞췄다. 준수가 놀란 눈으로 고개를 아래로 내려 자신을 보는 것이 보였다. 그리고 우진은 준수의 품 안으로 쓰러졌다.

하고 싶은 말이 있었다. 오늘 직원들 다 보는 앞에서 혼낸 것이 걸리기도 했고, 사정 알면서 학교에 보내 주지 않고 와 버린 게 마음 한쪽에 무겁게 걸려 있어 그녀가 돌아오면 따뜻한 차 한 잔이라도 하려고 했었다.

그런데 우진이 저의 입술을 끌어당겨 입을 맞추는 순간, 하고 싶은 말들이 몽땅 날아갔다. 우진이 죄다 삼켜 버려 흔적도 없는 냉수처럼.

준수는 인사불성이 된 우진을 빤히 내려다보며 무의식중에 그녀가 붙잡은 제 손목을 보았다. 잡힌 손목이 뜨거웠다.

2. 그 남자의 친구

"지각. 지각이다!"

그렇게 외치며 눈을 번쩍 뜬 우진이 허겁지겁 옆에 놓인 시계를 잡아 들었다. 어제 꾼 꿈에서 자신은 또 지각을 했고 준수에게 삼 일 치 야근거리를 받아 밤낮을 끙끙대며 학교도 가지 못하고 일만 했다.

꿈만으로도 온몸이 땀범벅이 되다니, 이건 말 그대로 악몽이었다. 꿈에서 지각을 한 것이 썩 마음에 걸렸지만 얌전히 굴러가는 시곗바늘은 다행히 출근을 하기엔 무리 없는 시간이었다.

어떻게 집에 들어온 건지는 잘 기억이 나지 않았지만 분명 아파트 입구까지 무리 없이 들어왔고, 오 대리님도 잘 데려다줬다. 거기까지 기억의 회로가 돌자 그제야 별다른 사고 없이 잘 들어

온 것이 안심이 되어 어깨가 땅으로 축 꺼졌다.

아래를 내려다보니 밤새 땀을 흘린 것인지 몸이 흠뻑 젖어 있었고, 거울 속의 얼굴은 머리카락이 이마에 달라붙어 엉망인 모양새를 하고 있었다. 우진은 한숨을 내쉬며 곧바로 옷을 벗고 샤워를 시작했다.

해장이 절실했지만 해장국까지 먹고 나가면 분명 지각할 것이 뻔하므로 생략, 간단하게 차만 마시고 바닥에 놓인 핸드백을 다시 챙겼다.

부적이라도 하나 사서 붙여야 하나? 올해가 수빈이 아줌마가 얘기했던 서른넷의 삼재인가? 행방불명이 된 어제의 서류도 아직 찾지 못했다.

피곤에 지친 얼굴로 중얼중얼거리며 집에서 나와 서둘러 차에 올라탔다. 오늘도 어제의 재앙을 되풀이할 순 없었다.

"좋은 아침!"

"오 대리님, 모닝커피 하실래요?"

"하나 씨, 내 모닝커피도 한 잔."

여유롭게 일할 준비를 한 우진이 따뜻한 물 한 컵을 책상 위에 올리고서 팀장의 출근을 기다렸다.

오 대리는 어제의 과음으로 커피 대신 숙취해소제를 마시며 쓰린 속을 쓰다듬고 아무렇지도 않은 척 근엄하게 아침 신문을 가방 안으로 구겨 넣었다. 그리고 제대로 잘 매어지지도 않고 삐뚤

삐뚤한 넥타이를 건성으로 꽉 조이며 아픈 허리를 두드렸다. '정 대리는 속 괜찮아?' 하고 물었지만 우진은 아무렇지도 않다는 듯 '내가 뭘요?' 하며 어깨를 으쓱해 보였다. 아침에 일어났을 때 엉망진창이 되어 있었던 옷들을 곱게 접어 무시하고.

늦장대장인 정학이 마지막으로 문을 열고 들어와 의자 위에 안착했을 때, 준수를 기다리며 손목에 있는 시계만 힐끔힐끔 내려다보던 팀원들은 웬일인지 출근 소식이 없는 준수에 턱을 괴고 의아한 표정을 했다. 그리고 다들 머리를 굴렸다. 오 대리는 그 짧은 시간에도 책을 모로 세워 턱을 괴고 눈을 감아 자려 애썼다.

지각 한 번, 결근 한 번 없던 준수가 이렇게나 늦게 출근? 그건 정우진이 간식을 건넬 확률보다 더 적은 확률—고로 아예 있지도 않은 일이라고 봐야 한다—이었다. 뭐든 완벽하게 해야 속이 풀리는 성격이라 이런 꼬투리 잡힐 만한 일은 아예 하지 않는 준수였다. 그런 그가 지각이라니.

우진은 고개를 갸우뚱했다. 팀원들은 궁금해하면서도 입가에는 음흉한 미소를 짓고 있었다. 마치 완벽해 보이던 팀장의 약점 하나를 잡은 것처럼.

이 이상한 기류를 참지 못한 이수진 대리가 조용히 자리에서 일어나 팀장실 문을 살짝 열고 안으로 들어갔다.

어제는 나보고 지각이라며 뭐라 하더니 이게 뭐야? 못마땅해 중얼중얼거리며 뜨거운 물을 한 입 마시는데 잠시 후 팀장실에서 이 대리가 문을 조용히 닫고 까치발을 하며 나왔다. 다들 궁금함에 눈이 반짝였다.

"팀장님 벌써 와 계시는데요? 일찍부터 와 계셨던 모양이에요."

"그럼 그렇지. 근데 왜 안 나오세요?"

"오늘은 조회 없다고 그냥 일들 하랍니다."

이 대리의 말에 오 대리는 로또 맞은 기분으로 노골적으로 웃으며 일을 시작했다.

갑작스럽게 떨어진 단 사탕에 기분이 좋아진 팀원들은 잡담을 해 가며 일을 시작했지만 이 모든 상황이 이상하다고 느끼기 시작한 우진은 자리에서 조용히 일어섰다. 어제 제출했던 서류들에 대한 이야기도 분명 오늘 아침 나와야 할 것이고, 칼같이 리턴을 당할 직원이 많음이 틀림이 없는데도 팀장실은 조용하다는 것이 뭔가 이상했다.

결국 이런 시답지 않은 궁금증을 이기지 못해 하던 일을 멈추고 커피 한 잔을 타 팀장실로 다가가 노크했다. 그리고 곧 떨어진 허락에 조심히 문을 열고 들어가 준수 앞에 섰다.

"팀장님."

"……."

"조회 안 하세요?"

"방금 이 대리한테 못 들었습니까?"

"듣긴 들었는데……."

준수는 우진에게 눈길조차 주지 않은 채 쌓인 서류봉투 안에서 서류를 꺼내며 펜으로 죽죽 그었다. 그때, 잘 쓰지 않는 안경을 쓰고 있는 것이 우진의 관심을 사로잡았다. 그리고 자연스럽게 오늘 조회를 못한 이유와 준수가 안경을 쓴 까닭이 겹쳐지기 시작했다.

"팀장님 안경 쓰셨네요? 원래 안 쓰시잖아요."

"오늘부터 씁니다."

이상했다. 뭔가가 이상했다. 보통 말을 할 때 적어도 두 마디 이상을 주고받는다면 반드시 사람 눈을 쳐다보며 이야기하는 준수는 우진의 말에도 전혀 미동도 없었고, 오로지 시선은 아래로 향해 있었다. 그리고 고개를 살짝 숙일 때 안경 안쪽으로 보이는 빨간 무언가가 눈에 들어왔다.

우진은 망설임 없이 다가가 저도 모르게 그 안경을 벗겨 냈다. 길지 않은 순간이었지만 명백한 그것에 놀라 쳐다보는 우진에게서 안경을 다시 낚아챈 준수는 눈썹을 살짝 찡그린 채 별다른 말 없이 푸른 은테 안경을 다시 콧대 위에 얹었다.

"팀장님 얼굴에 그거 뭡……니까?"

준수의 눈 옆에 빨갛게 멍이 들어 있었다. 분명 그건 멍 자국이었다. 어제 먹은 술이 덜 깨서 잘못 본 게 아니라면.

"뭔 거 같습니까."

"……음."

"……."

"어머! 팀장님 몽유병 있으십니까?"

준수는 기가 막히기도 하고, 어이가 없기도 해 허탈하게 웃어 버렸다. 어제 그렇게 제집으로 찾아온 사실을 이렇게 까먹어 버리다니.

"설마 그런 게 있겠습니까?"

"……그럼."

"어제 어떤 직원 하나가 집으로 쳐들어오더니 내 얼굴에 헤딩을 해서 그렇습니다."

"……그게 혹시……접니까?"

"그럼 누구겠습니까."

우진은 말도 안 된다는 듯이 준수를 쳐다보며 손을 저었다. 아니에요. 아니에요, 팀장님. 저 어제 바로 집으로 갔는데, 하고 말을 잇는 입술을 준수는 빤히 쳐다보았다. 하고 싶은 말은 산더미였지만 그는 별다른 말없이 다시 고개를 돌리고 책상으로 시선을 두었다.

"그럼 됐습니다. 나가서 일 보세요."

준수가 귀찮다는 듯 내뱉자, 우진은 기억이 없어 눈으로 어제의 일을 차츰 더듬으며 자신의 이마에 손을 가져가 살짝 만져 보았다. 제법 욱신욱신했지만 준수 눈가에 멍이 들 정도로 그렇게 아프진 않은데……. 저거 혹시 나 엿 먹이려고 뻥 치는 거 아냐?

우진은 별별 생각이 꼬리에 꼬리를 물었지만 확실하게 그렇다고 할 것이 생각이 나지 않으니 미칠 노릇이었다. 술을 먹고 준수 집으로 찾아갔다고?

팀장실을 나와 거울 앞에 섰다. 앞머리를 살짝 올려 보니 정말로 빨갛게 멍들어 있는 자신의 이마에 넋이 빠져나가는 기분이었다. 준수의 말이 사실이란 말이야?

그렇지만 정말로 아무것도 기억이 나는 것이 없었다. 괴로운 마음에 머리를 쥐어뜯는데 거울 안으로 낯익은 얼굴 하나가 불쑥 나타났다. 하나였다.

"놀랐잖아요!"

"뭐하세요? 어? 멍든 거예요?"

"아, 아니. 하나 씨 커피 마실래요?"

"방금 마셨잖아요."

이상하게 자신을 보는 하나를 향해 어색하게 웃으며 앞머리를 정돈했다. 자리로 돌아와 서류들을 책상 아래로 가져다 놓고 정리하려 연필을 쥐면서도 머릿속에선 잔뜩 뒤엉킨 퍼즐 같은 기억을 다시 더듬기 시작했다.

술을 마시고 그다음 날 이런 구체적인 행동들이 기억이 나지 않은 적은 단 한 번도 없었다. 예전 대학시절 때 시험을 망치고 술을 잔뜩 먹고 전봇대 밑에서 뻗은 그날. 그래, 그날만 제외하면 기억은 생각보다 대용량이라 웬만한 것은 거의 기억하는 편이었다. 그런 정우진이 어젯밤에 그 녀석 얼굴을 박살 냈다는 게 기억조차 나지 않는다니. 처음 겪어 보는 상황에 머릿속은 다소 복잡했다.

"정 대리."

"……."

"정 대리님."

"……네, 네?"

갑작스럽게 불린 이름에 고개를 들어 위를 올려다보았다. 그 시선 위에는 준수가 서 있었다.

"성실히 근무 중입니까?"

"네, 그럼요."

"서류 거꾸로 놓고요."

황급히 다시 뒤집어 서류를 제자리로 돌린 우진을 향해 준수는 종이 몇 장을 그녀에게로 내밀었다.

"어제 기획안 좋았다고 칭찬하러 왔는데 칭찬받기 싫은 모양입니다. 어제 했던 것처럼 새로운 기획안 하나 더 만들어 주세요."

"네. 팀장님."

그리고 준수는 그곳에서 미련 없이 자리를 떠 오 대리 쪽으로 걸어갔다. 아무리 생각해도 준수의 안경 안에 자리한 빨간 멍이 신경이 쓰였고 무엇보다 마음에 걸리는 것은 '정말 아무것도 기억이 안 난단 말이야?' 라는 눈으로 자신을 쳐다보던 준수의 눈이었다.

우진은 손거울로 자신의 이마를 다시 한 번 보며 필사적으로 생각해 내려 눈을 찡그렸지만 다시 눈을 떴다 감았을 때 마치 그런 저를 비웃기라도 하듯 머릿속이 도화지 위 새하얀 물감처럼 번졌다.

생각보다 일은 일찍 끝이 났다. 단번에 자신의 기획안을 통과시킨 준수 덕분에 우진은 정시에 퇴근할 수 있었다. 종이봉투 하나를 옆구리에 끼고 돌아 나오며 여전히 기획안과 투쟁 중인 오 대리의 어깨를 톡톡 두드렸다.

"오 대리님. 고생이 많네요. 그럼 수고하세요."

"정 대리 일 안 하고 어디 가?"

"일 처리를 깔끔하게 마친 저는 이만 퇴근합니다. 아, 오늘 팀장님도 야근이시던데……."

여유롭게 웃으며 손을 흔든 우진 뒤로 썩은 계란 하나를 삼킨 표정을 하며 울기 직전인 오 대리가 의자에 털썩 앉아 다 해진 키보드를 잡았다.

뒤도 돌아보지 않고 팀실을 나와 차에 올라타고서 회사를 나온 우진은 기분 좋게 학교로 향했다.

가르치는 과목으로 말하자면 총장님의 배려로 야간시간에 개설된 식품과 영양이라는 강의였다. 비록 식품과 영양에 관해 관심이 있는 사람이면 누구나 한 번쯤 접해 보라고 생겨난 교양과목이긴 했지만 우진은 마치 4학년이 듣는 전공과목처럼 신경을 쏟았다.

그 사실을 준수가 알았을 때 그가 비웃듯 말했다. 기획안을 그렇게 공들여 신경을 써 보라고. 네 학생은 네가 그렇게 회사에서 사고나 치는 직원인지 아느냐며.

곁에 없는데도 들리는 듯한 준수의 목소리에 우진은 두 눈이 번쩍 뜨였다. 머릿속이 라면 끓듯 부글부글 끓었지만 고개를 도리도리 저으며 다시 마음을 다잡았다. 여전히 끓어오르는 마음에 이를 부드득 갈았지만 학생들을 만날 생각하며 마음을 진정시키고 차에서 내렸다.

강의실에 들어오자마자 한 학생이 제게 활기차게 물었다.

"어? 교수님! 저번 시간은 왜 휴강하셨어요?"

오 대리와 둘이 서류 한 장 들고 머리 처박고 있었다고는 말 못 한다.

"몸이 좀 안 좋았어."

곤란한 얼굴을 한 우진을 보며 묻고 싶은 것이 있어 보였지만 학생들은 더 이상 아무런 질문도 하지 않고 느릿하게 자리에 앉았다.

따분한 용어설명이나 어려운 이야기를 할 때면 가르치는 입장에서도 힘이 든 것이 사실이었지만 아이들은 곧잘 따라왔다. 물론 거의 모든 강의실의 법칙처럼 10명 정도는 대개 단골로 엎어져 잠을 자거나 핸드폰으로 문자를 보내는 등 강의실에서 정신을 가지고 나가 딴 세상에서 김을 매고 있었지만……. 어리기만 한 녀석들은 아니니 제 시험 준비는 자신이 알아서 준비하겠거니 하며 학생들을 굳이 깨우지 않고 계속 수업을 진행했다.

빨간색 보드마카로 거의 보드판의 반 정도를 썼을 때 처음 보는 얼굴이 문을 빼꼼 열고 고개를 쑥 내밀었다. 그리고 우진의 얼굴을 한 번 보고선 조용히 뒷자리에 착석했다. 모두 문이 삐거덕 열리는 소리에 그 학생에게 이목이 집중되긴 했지만 곧 본래의 수업 분위기를 되찾았다.

본래 이름을 잘 외우는 편은 아니지만 얼굴은 곧잘 기억하는 편이라 두 번째 학기가 시작되고 이 아이들과 몇 번 같이 수업한 게 전부였음에도 얼굴은 거의 기억하고 있었다. 그런데 저 아이의 얼굴은 다소 튀는 모양새임에도 학교에서 본 기억은 전혀 없었다. 수업 내내 보드판은 쳐다볼 생각도 않고 보드판 위로 움직이는 자신의 얼굴만을 쳐다보는 아이가 꽤나 눈에 띄었다.

"오늘은 여기까지 할까? 참, 도우미를 한 사람 뽑았으면 좋겠는데. 누가 할래? 자진해서 누구 한 사람이 해 줬으면 좋겠어. 강제로 시키기는 싫어."

손을 들었다. 그 아이였다.

"이름이?"

"이기웅이요."

"기웅이……. 좋아, 어려운 걸 시키진 않을 거야."

출석부를 살펴보니 맨 끝줄에 이름이 적혀 있었다. 우진은 체크를 하고 슬쩍 눈을 올렸다.

"혹시 뭐 궁금한 건 없지?"

"교수님. 과목은 싫은데 교수님은 마음에 들면 계속 들어야 할까요?"

갑작스런 질문이었다. 도우미를 하겠다고 자진했으면서 이 수업은 싫다니. 누가 들어도 이상하고 엉뚱한 갑작스러운 질문에 아무런 대답도 해 주지 못하고 그 아이와 멍하게 눈을 마주하고 있었다.

주위 아이들이 난데없이 공중으로 던져진 질문에 호기심으로 동요하는 것이 느껴졌지만 당돌한 눈을 한 그 아이는 그에 상관않고 살짝 웃으며 고개를 갸웃했다. 얼른 대답을 해 달라는 의미였다.

책을 내려다보고 있던 우진은 책을 덮으며 다시 주춤하고 있던 고개를 들었다.

"음, 과목이 싫어도 교수가 좋으면 그 과목이 좋아지는 경우도 있으니깐……."

"좋은 답변 감사합니다."

그리고 웃었다. 활짝.

주위에 아이들이 하나둘씩 가방을 들고 의자를 움직이며 시끄럽게 강의실을 빠져나갔고 우진은 의자들이 요란하게 움직이는 소리를 들으며 책을 챙기고 흐트러진 펜슬을 정리했다. 발이 의자에 닿으며 쇠가 움직여 삐걱거리는 소리가 들리더니 곧 발소리가 다가왔다. 고개를 들어 보니 그 아이가 자신을 쳐다보고 있었다. 눈이 마주쳤다.

"오늘 내 수업 처음으로 왔지? 수강 정정한 거니?"

"네. 늦지 않게 정정할 수 있어서 다행이에요."

"그러고 보니 기웅이, 이기웅……. 어디서 많이 들어 본 거 같은데……. 아! 네가 그 잡지모델로 유명하다던 걔구나!"

"저를 아세요?"

"대충 이름은."

얼마 전부터 학교에서 떠들던 소문의 학생이 이 아이였구나 싶었다. 어쩐지 남들보다 좀 더 눈에 띄는 외모에 이목을 집중시키는 차림새라고 생각했다.

관심이 자신에게 있는 건지 자신의 수업에 있는 건지 확실히 모르겠지만 기웅이라는 아이는 여러 가지 질문을 했고, 우진은 그에 성실히 대답해 주었다.

한편 기웅은 자신이 하는 질문에 우진이 입을 벌려 말을 하는 그 모습을 보며 반지를 낀 손으로 머리를 긁적였다.

작은 얼굴 안에서도 유난히 오목조목 작은 입술은 단연 눈 안에 확 들어왔다. 수업 시간 내내 보고 있었던 까만 눈동자와 코끝이 빨갛게 물든 예쁜 콧날, 우진이 눈을 깜빡일 때마다 눈물이 그렁그렁했던 눈동자를 응시했다. 이렇게 가까이에서 보니 눈물이 아니라 우진의 눈 안에 달라붙어 있던 촉촉한 눈망울이었다.

자신을 보며 미소 짓는 눈가가 예쁘게 휘었다. 그 웃음이 예쁘고도 청초했다. 기웅은 저도 모르게 마른 입술을 혀로 축이며 힘겹게 입을 열었다.

"교수님 학업계획서를 보니까 상담시간이 수업 후 언제든지라고 되어 있던데 상담 신청해도 되나요?"

"상담할 게 있어? 학생들이 상담하겠다면 나는 언제든지 오케이야. 그런데 오늘은 내가 볼일이 있어서 안 되겠는데 다음에 해도 괜찮을까?”

“네! 그럼요.”

만족할 만한 대답을 들은 건지 환히 웃으며 대답을 하는 기웅을 가만히 바라보던 우진은 주차장과 이어진 계단을 내려오며 슬쩍 말을 던졌다. 책이 잔뜩 들어 무거운 가방을 영차 어깨 위로 올리며 발을 내디뎠다.

“그런데 너 정말 나를 처음 보는 거 맞아?”

“사실은…… 아뇨.”

“역시 그럴 줄 알았어. 언제 또 나를 봤는데?”

“말 안 할 거예요. 비밀이에요.”

“우리가 언제……. 엇!”

결국 어깨가 무거울 정도로 짊어진 가방을 감당하지 못하고 발을 헛디뎌 기우뚱 몸이 기울었다. 제 무게만 한 짐을 가득 진 야윈 어깨를 기웅이 재빨리 붙잡았다.

‘교수님 괜찮으세요?’ 하며 우진의 눈을 쳐다본 기웅이 몸이 기울어 중심을 잡으려 애쓰는 우진을 가만히 바라봤다. 그리고 이마로 손을 뻗으려 하다 주춤하며 손을 거두고 제 이마 앞머리를 쓸어 올렸다. 그리고 톡톡 쳤다.

“교수님. 이마에 멍…….”

기웅의 말에 우진은 손가락으로 이마를 더듬었다. 아까 전보다도 더 욱신욱신한 기분이었다.

'따뜻하고…… 말랑말랑해.'

'……너.'

'왜 말은 따가운데 입술은 부드러운 거야?'

거미줄처럼 엉킨 스텝으로 부여잡은 준수의 얼굴, 맞대었던 입술. 그리고 이마로 준수의 얼굴을 쿵.

알싸한 이마로 손이 닿은 순간 모든 게 엎질러져 보이지 않던 퍼즐이 윤곽을 잡으며 형태가 드러났다.

❀ ✱ ❀

준수는 한참을 수화기를 들고 서 있었다. 비가 왔던 어제와는 달리 우중충했던 하늘이 개어 비교적 맑은 밤하늘이었다.

준수는 읽혀지지도 않는 책을 펴 보며 수화기 너머로 들려오는 작은 한숨 소리에 귀를 기울였다. 한참의 침묵에 고개를 숙이고 있던 준수가 책을 접고 의자에서 일어나 창밖을 보고 섰다.

— 오빠. 내가 잘못했어. 보고 싶어 많이 보고 싶어.

"……."

— 다른 누구를 만나도 오빠만큼 나를 가득 채워 주는 사람은 없었어. 다른 사람을 만나도 오빠가 그리웠어.

"……."

— 응? 보고 싶어.

"이미 그때 끝났어."

— 난 아냐. 난 아직 안 끝났어. 우리 만나자. 응?

"그만 끊어. 바쁘다."

계속 이어지는 상대방의 말을 들을 새도 없이 통화를 중단하고 핸드폰을 책상 위로 툭 던졌다.

너에 대한 마음이 남아 있어 그런 너를 되돌리려 할 때 넌 나에게 왔어야 했어. 이미 파헤쳐져 피가 흐르는 내 심장을 더는 파고들지 마라. 나는 아직 아프다 강아.

준수는 의자 위에 앉아 지끈거리는 관자놀이를 손으로 꾹 누르며 앞에 잔뜩 쌓여 있는 서류들을 손으로 밀어 버리고 팔꿈치를 책상 위에 얹고 마른세수를 했다. 그리고 다시 울리는 핸드폰을 바라보다 가져와 발신인을 확인했다.

— 저녁…… 먹었어? 같이 할래?

"내려와."

작은 대답 한 번과 끊기는 전화에 준수는 핸드폰을 내려놓고 서재를 나와 주방으로 향했다.

내내 생각을 하지 않았던 것은 아니었지만 강이의 전화에 자신도 모르게 냉장고를 열어 반찬을 꺼내는 손이 무거워졌다. 달걀과 베이컨을 꺼내 프라이팬 위에 올리고, 가스레인지 불을 켜 접시를 꺼내는 준수 뒤로 금세 달려온 것인지 불규칙한 숨을 고르며 현관문을 열고 들어오는 우진이 보였다.

"달걀 두 개, 한 개?"

"한 개만."

노른자를 싫어하는 우진을 위해 흰자만을 따로 구워 낸 준수가 테이블 위로 접시를 내려놓았다. 아직도 숨이 찬지 조금 거친 숨을 내쉬는 우진을 보며 차가운 물을 컵에 부어 앞쪽으로 내밀었다. 그것을 빤히 바라보던 우진은 손을 뻗어 물을 벌컥벌컥 마시고 준수가 건네는 수저를 쥐었다.

식사가 시작되었을 때 우진은 밥을 먹다 말고 조용히 국을 떠먹는 준수를 눈으로 힐끔거렸다. 그리고 눈으로는 그를 살펴보면서 손으로는 젓가락을 움직여 콩을 집었다.

정말 어제처럼 차라리 기억이 모두 나지 않아 자신이 했던 그 실수를 기억하지 못했으면 이렇게 평소처럼 밥을 같이 먹는 것이 불편하지 않았을 텐데.

온통 머릿속이 복잡해 콩을 젓가락으로 집다 식탁 위로 떨어뜨린 것도 눈치채지 못하고 그대로 빈 젓가락을 입속으로 가져가 넣고 오물거렸다.

그리고 그녀의 눈에 아직 선명하게 남아 있는 준수의 눈가 빨간 멍 자국이 들어왔다. 순간 젓가락으로 집은 커다란 어묵이 미끄러져 바닥으로 떨어졌을 때 그제야 정신이 번쩍 들었다.

그런 우진을 쳐다보고 있던 준수는 영문을 몰라 잠깐 생각하는 듯 천천히 수저를 든 손을 테이블로 내려놓았다. 오물거리는 우진의 입술이 문득 눈 안에 들어온 준수는 어제의 입맞춤이 불현듯 떠올랐다.

"어디 안 좋냐?"

"아냐, 말짱해."

"……아닌 거 같은데."

준수는 눈을 탁자 아래로 떨어뜨리며 검지로 탁자 유리를 톡톡 두드렸다. 소리를 따라 고개를 아래로 내린 우진은 흠칫하며 입안에 남은 밥알을 삼켰다. 젓가락질을 허투루 해 까만 콩 여덟 개가 탁자 위에 떨어져 있었다. 그 말인즉, 빈 젓가락을 여덟 번이나 입안으로 넣은 것이었다.

준수가 밥그릇을 깨끗이 비우고 자리에서 일어섰을 때 반도 채 못 비운 제 밥그릇을 우진은 빤히 바라보았다. 제가 먹은 그릇을 씻어 가지런히 정리하는 준수의 뒷모습을 보던 우진은 괜히 헛기침을 했다.

'그래, 우리가 코흘리개 어린 시절부터 같이 투덕거리고 부대낀 게 몇 년인데 고작 어쩌다 입 한 번 맞춘 걸로.' 라고 생각하며 고개를 저었지만 그래도 뭔가 마음이 이상했다. 저렇게 아무렇지 않은 얼굴로.

"우리 고스톱 칠까?"

"뭐?"

설거지를 하다 말고 뒤돌아선 준수는 갑작스런 우진의 말에 눈썹을 찡그렸다. 우진은 아무렇지도 않다는 듯 고개를 으쓱하며 남은 밥을 입에 마저 넣었다.

"고스톱 쳐서 이긴 사람이 진 사람 소원 들어주기!"

"……허."

헛웃음을 흘리며 마저 설거지를 끝낸 준수는 싱크대에 기대어 팔짱을 꼈다.

"너 뭐 나한테 원하는 거 있냐?"

"응."

"뭔데?"

"회사에서 위기에 빠졌을 때 팀장 찬스 쓰기."

"위기에 빠진 게 아니라 사고를 친 거겠지."

"그래! 내가 사고 쳤을 때 네가 좀 도와주면 어디 덧나냐?"

"공과 사도 구분 못 하고 친구 뒤치다꺼리나 해 주기는 싫다."

우진은 한 마디도 지지 않는 준수를 보며 이를 갈았지만 그의 말에 틀린 것은 없었기에 반박할 수가 없었다.

"이 치사한 놈."

"너 PT할 때 쓸 자료 정리는 했어?"

"아, 집에서까지 일 얘기를 해야 해? 공과 사는 구분하자며."

"지 좋을 때만 구분하자지."

우진은 다 먹은 그릇을 들며 도리도리 고개 저었다.

"아, 몰라, 몰라. 그래서 할 거야, 말 거야?"

"좋아, 해. 대신 술은 안 돼."

그리하여 이 이상한 소원이 달린 고스톱 내기가 시작되었다. 우진은 곧바로 고개를 끄덕였다. 막걸리 한 잔씩 하며 고스톱을

쳐야 제맛이지만 어제의 죄도 있고 하니 우진은 그의 조건에 곧 수긍하기로 했다. 그리고 잠시 후,

"어? 뭐야! 너 밑장빼기 한 거 아냐?"

"뭐?"

"분명 내가 아까 봤을 때 너 그거 안 가지고 있었는데……."

"몰라, 투고야."

하여간 저 괴물 같은 놈. 좀 져 줄 줄도 몰라.

우진은 이를 갈았다. 우진이 싸 놓은 똥을 낼름 먹어 버린 준수는 쓰리고를 외쳤고, 우진은 져 버린 내기에 부아가 치밀어 올랐다. 정말 친구 사이에 봐주는 거라고는 요만큼도 없었다.

"뭐, 한 판 더 해?"

"됐어. 너랑 안 해."

우진은 자리를 털고 일어나 와인냉장고 문을 벌컥 열었다. 먹다 남긴 와인을 발견한 우진은 그것을 집어 들고 코르크 마개를 땄다. 준수의 표정이 굳어졌다.

"술은 안 된다고 했잖아."

"누가 너랑 마신대? 나 혼자 마실 거다."

우진은 곧 신고 있던 슬리퍼를 벗고 현관으로 걸어가 신발을 신었다. 그리고 문고리를 잡아당기다 말고 고개를 홱 돌려 준수를 바라봤다.

"너 곤란한 거 요구하면 안 된다. 특히 회사에서."

"회사에서 요구하면 네 능력으로 들어줄 수나 있냐?"

하여간 끝까지 심술이다.

우진은 뒤도 돌아보지 않고 문을 열고 나갔다. 준수는 우진의 뒷모습을 말없이 지켜보고 있다 그녀가 남겨 두고 간 와인 코르크 마개를 바라보았다.

언제부터라고 확실히 말하진 못하겠다. 초등학교 때부터였을까? 아님 중학교 때? 그것도 아니면 아주 어렸을 적? 우진을 향한 이 감정이 뭔지는 누구보다 잘 알고 있었지만 언제부터였는지 모를 이 감정이 시작되고부터 그것을 쉽게 드러낼 수 없었다.

그게 그렇게 복잡한 문제냐고 묻는 친구 놈이 생각났다.

이건 복잡한 문제가 아니라 중요한 문제다. 아주 오래전부터 소꿉친구로 지내 온 우리의 관계를 나의 고백으로 깨트린다면 우린 더 이상 볼 수 없는 것은 물론이고, 누구보다 나에게 자신의 마음을 솔직하게 털어놓는 그 녀석의 모습을 다신 볼 수 없다.

그러니까 이건 서로가 좋아하는 것이 아닌 못난 짝사랑이기에 문제였다.

그렇게 사랑인 듯 사랑이 아닌 채로 자연스레 감정은 옅어졌고, 다른 여자를 만나 새로운 사랑을 시작했으며 그 사랑으로 인해 우진과의 우정은 유지될 수 있었다. 이 바보같이 미련하고 눈치 없는 녀석 덕분에 내 감정은 드러나지 않고 그대로 화석처럼 형태를 유지하며 마음 아래로 묻혔다.

미련하고 눈치 없다고 하면 좀 그러려나. 눈치가 없다기보다는 워낙 어렸을 적부터 누구에게나 사랑받아 온 녀석이기에 나의 친절한 행동이 사랑이었음을 눈치채지 못했을 것이다.

그런데 어제 우진의 입술이 내게 닿는 순간 화석처럼 굳어져 잠들어 있었던 그 마음이 폭발하는 용암과 함께 땅으로 솟아 나왔다. 화석은 뜨거운 용암에 의해 녹았고 안에 잠들어 있던 마음이라는 것이 꿈틀거리기 시작했다.

또다시 짝사랑을 시작하려고 하는 것일까.

도대체 이건 어떻게 끝내는 건데.

정우진, 네가 답 좀 알려 주라.

3. 그 여자의 친구

침대 위에서 반나절을 꼬박 누워 있다 어기적어기적 일어났을 때 어느새 시계는 저녁 6시를 가리키고 있었다.

아픈 허리를 두드리며 거실로 나와 따뜻한 아메리카노를 한 잔 내려 책이 잔뜩 펼쳐져 엉망인 책상 앞에 앉아 안경을 썼다. 다음 강의 준비를 하기 위해 커피를 한 모금 마시며 책을 펼쳤다.

마음이 한가로웠다면 제 친구 유경을 불러 쇼핑이라도 갈 텐데 어제 고스톱 내기에서 졌을 때부터 시작해 이상하게 몸이 무겁게 내려앉아 쇼핑은 포기하고 수업 준비나 하려고 책을 펴 들었다. 그리고 책 한 장을 더 넘겼을 때 포켓 안에서 진동이 울렸다. 얘도 양반은 못 되는 게 틀림없다. 유경이었다.

"그래, 나야."

— 주말이 이렇게 심심하다니 악몽이다 정말. 나와. 데이트나 하자.

"삼겹살이랑 소주, 네가 쏘는 거지?"

— 안 그래도 알거진데 벗겨 먹고 싶지? 사 줄 테니까 나오기나 해.

유경의 대답이 떨어지자마자 기다렸다는 듯 콧잔등 위에서 곡예를 타듯 아슬아슬하게 얹힌 안경을 벗어 버리고 옷장 문을 열어 옷을 몸에 꿰었다. 대충 화장을 마치고 외투를 꺼내 입은 우진은 지갑과 가방 하나만 달랑 들고 현관을 나섰다.

주말 저녁에 남들 다 하는 데이트는커녕 함께 밥 먹을 사람조차 없이 이렇게 혼자 책을 읽고 있으려니 손가락에 쥐가 날 것 같았는데 유경도 저와 별다를 수 없는 처지였던 모양이었다.

사실 얼마 전까지 있었던 약혼남과 깨지고 유경은 요 며칠 연락이 끊겼었다. 절대 먼저 찾지 마라 반협박 비슷한 것을 했었는데 조금 괜찮아진 것인지 먼저 걸려 온 유경의 수화기상의 목소리는 나쁘지 않았다. 그 목소리에 마음이 놓이기도 했고, 그에 약간 긴장이 풀리기도 해 옷깃을 여미고 신발 코끝을 바닥에 톡톡 치며 엘리베이터를 기다렸다.

딩동, 엘리베이터가 4층에 도착했음을 알리고 멈춰 섰을 때 동시에 고개를 든 우진이 올라타려다 말고 우뚝 멈춰 섰다.

"너…… 어디서 많이 봤는데?"

"저 기웅이요, 교수님."

'교수님' 이라는 호칭을 듣는 순간 정말로 눈앞에 서 있는 것이 제 과목을 듣는 학생임을 깨달았다. 엘리베이터 문이 닫힐 때까지도 타지 못하고 멍하게 닫히는 엘리베이터 문을 보며 섰던 우진이 그제야 서둘러 손으로 막아서며 정신을 차리고 올라탔다.

섭섭한 목소리를 하며 자신을 교수라 부른 기웅의 익숙한 웃음을 기억해 냈다. 수업 시간에 보드판은 쳐다보지 않고 자신만을 뚫어져라 쳐다보며 활짝 웃었던 그 학생.

"그래, 기웅이……."

"어디 가시는 길이신가 봐요?"

"응. 근데 네가 왜 여기에……."

"교수님은 모르셨죠? 저 여기 5층에 살아요. 교수님은 4층에 사시죠?"

"뭐?"

우진은 자신도 모르게 펄쩍 뛰었다. 전혀 몰랐었다. 그뿐만이 아니라 상상조차 하지 못했었다. 자신의 제자가 같은 아파트에 살고 있었다니! 더구나 아파트 안에서 슬리퍼 하나 끌고 머리는 대충 올려 묶어 아무렇게나 편안하게 돌아다니는 이 아파트에 준수 말고 자신을 아는 사람이 또 있었다니. 슈퍼를 갈 때도, 준수 집으로 갈 때도, 쓰레기 버리러 내려갈 때도, 반상회를 할 때도 전혀 누구의 눈을 의식하지 않고 다녔는데…….

머리를 박을 일이 또 생겼다. 학생들 앞에서는 단정하고 품위 있는 교수님이고 싶었는데……. 똥도 안 싸고 화장실도 안 가는 이슬만 먹고 사는 교수로 보이고 싶었는데…….

우울해져 눈썹이 축 처지자 기웅이 고개를 아래로 내려 눈을 마주 보려 하는 것이 느껴졌다.

"교수님?"

"응? 아, 그래. 난 전혀 몰랐어."

"괜찮아요. 이제라도 알았으니까 됐죠."

청바지 차림에 빨간색 후드를 입고 잘 어울리는 새하얀 운동화를 신고서 목에 헤드폰을 낀 기웅은 영락없는 대학생이었다. 모델 일을 하고 있다고 들었는데 프리한 차림의 모습도 기웅에게 썩 잘 어울렸다. 특이한 옷차림과 남다른 분위기도 한몫을 했지만 무엇보다 확실히 이 학생을 기억하는 것은 제게 보여 준 웃음 때문이었다.

"교수님. 저 지금 갈 곳 없어서 혼자 저녁 먹으러 가려고 하는데 전에 해 주시겠다고 하셨던 상담, 지금 해 주시면 안 돼요?"

"갈 곳이 왜 없는데?"

"친구랑 같이 전세 내고 살고 있는데…… 친구가 집에 여자 친구를 데려와서요. 그래도 분위기상 빠져 줘야 되잖아요."

갈 곳 없다고 툴툴대면서도 싫은 목소리가 아닌 부드러운 음성을 내는 기웅은 손에 들린 책 한 권을 고쳐 잡으며 싱긋 미소까지 보였다. 싫은 목소리를 낼 법도 한데 자리까지 비켜 주며 저녁을 해결할 생각에 빠져 있는 기웅을 보고 있자니 그 생각이 귀여웠다.

꽤 무거워 보이는 가방과 두꺼운 책 한 권을 힘겹게 들고 서 있는 기웅을 보면서 우진은 동시에 손안에서 윙윙 진동이 울리는 핸드폰을 열었다. 정유경이라고 적힌 발신자 정보에 우진은 한동안 받지 않고 이미 도착한 엘리베이터 안에서 머뭇거렸다. 자신을 빤히 쳐다보는 기웅은 아무 말도 하지 않았음에도 꼭 '네? 교수님!' 하고 꼭 말을 건네는 것만 같았다. 무엇보다 무게감 있어 보이는 가방이 어깨를 잔뜩 짓누르는 것이 눈 안에 가득 들어찼다.

"……그래. 무슨 일인지는 모르겠지만 상담해 보자."

"오예."

미안하다, 유경아. 삼겹살은 이 미소 학생과 먹어야 할 거 같아.

다른 교수님들은 제자들과 일찍이 술자리를 한 번씩 가지며 돈독한 시작을 했다 들었는데 저 혼자 그러지 못했던 것이 아닌가 신경이 쓰이던 차에 근사한 밥 한 끼 사 주지 못해도 이 정도면 썩 마음에 들었다.

둘이서 삼겹살을 6인분째 불판 위로 올려놓으며 우진은 마늘 하나를 입안으로 쏙 집어넣었다. 기웅은 배가 많이 고팠는지 내내 쫑알쫑알 옆에서 떠들던 모습은 온데간데없고 고기를 굽기 바빴다. 조금 탄 것은 기웅의 밥그릇에 놓여지고 노릇노릇 잘 익은 건 우진의 양념 종지 위에 놓여졌다. 이건 신세대식 배려 방법인가.

기웅이 놓아주는 삼겹살을 깻잎에 싸서 우걱우걱 입안으로 밀어 넣다 말고 잘 익은 고기 한 점을 기웅의 숟가락 위에 살포시 얹어 주었다.

"탄 거 먹지 말고 이거 먹어."

"……교수님."

"얼른 먹어. 이모! 여기 마늘 좀 더 줘요."

술은 절대 마시지 않기로 다짐했지만 한 잔 정도는 마셔도 될 것 같다는 제자의 타협 아닌 타협에 딱 한 잔씩만 하기로 합의를 보고 소주잔에 알코올을 쪼로록 따랐다. 삼겹살에 이거 빠지면 섭하긴 해…….

"교수님이 한 잔 주는 건 괜찮으니까 걱정 말고 들어. 그리고 네 고민이 뭔지 털어놔 봐."

기웅은 잔을 쨍, 하고 부딪치고 고개를 살짝 돌려 한입에 털어 넣었다. 자식, 좀 배운 건 있네. 첫 잔은 한입에 원 샷이지. 그런 기웅을 흐뭇하게 보던 우진도 따라 고개를 뒤로 넘기며 소주를 한입에 털어 마셨다. 입에 짝짝 달라붙는 맛에 또 감격의 눈물이 날 것만 같았다.

그리고 다시 한 잔을 따르려다 그날의 실수가 고스란히 떠올라 잔을 들고 주춤하며 망설였다. 여기서 자제 못 하면 또 실수할지도 모를 일이었다.

"새어머니는 괜찮다고 하시는데 아버지는 제가 꼭 공부 쪽으로 성공하길 바라세요. 그런데…… 흔한 고민이겠지만 저는 모델 일을 하고 싶거든요. 제가 처음으로 하고 싶은 일이 생겼는데 아버지는 싫어하세요."

"새어머니?"

"네. 제가 초등학교 5학년 때 두 분 이혼하셨어요."

"그렇구나. 그럼 아버지는 모델 일은 전혀 못 하게 하시니?"

"네. 방해만 될 거라고."

또 한 잔. 우진은 말없이 빈 잔에 술을 채워 주었고 기웅은 주는 술을 곧잘 마셨다. 그리고 제법 공손하게 손을 받쳐 술을 따라 주기도 했다.

"아마 흔한 답이 되겠지만 나도 네가 하고 싶은 걸 하는 게 가장 중요하다고 생각해. 아버지가 네 인생을 대신 살아 주실 순 없잖아? 하고 싶은 게 우선이야. 더구나 너는 모델 쪽으로도 잘해 내고 있는 중이잖아. 그리고 네가 그쪽으로 성공을 한다면 분명 아버지도 너를 대견하다 여기실 거야."

기웅은 잔에 남은 술을 마저 털어 마시며 천천히 고개를 끄덕이며 동조해 주었다.

"세상에 자기가 하고 싶은 일을 찾은 것보다 더 행복한 일이 있을까? 난 네가 하고 싶은 일을 찾았다는 것만으로도 이미 너의 청춘을 걸어 볼 만한 가치가 있다고 생각해."

고민을 완전히 해소시켜 줄 순 없었지만 그래도 어느 정도 확신이 선 듯한 기웅은 아까보다 결정이 조금 더 확고해졌는지 눈을 반짝였다. 그것만으로도 기분이 좋아졌다. 약간 알딸딸한 기운이 몰려들기 시작하자 정신을 가다듬은 우진은 그만 남은 잔을 털고 자리에서 일어서려 지갑을 잡았다.

"우리 이만 일어날까?"

"네, 커피 뽑아 올게요. 어, 조심하세요. 넘어져요."

"아냐, 나 말짱해. 괜찮아."

정말로 멀쩡했다. 조금 알딸딸한 기운만 들 뿐. 완벽하게는 아니지만 정신은 온전했다. 핸드폰을 여니 혼자 쇼핑한다며 즐겁냐는 귀여운 협박의 유경의 메시지 1통, 그리고 준수 전화 1통이 부재중 함에 찍혀 있었다. 재다이얼을 눌러 전화를 걸까 고민을 하며 손가락을 주춤대다 결국 걸어 보지 못하고 포켓 안으로 핸드폰을 넣었다.

아까 충분히 낮잠을 잤지만 그저께부터 몸이 좋지 않아 한숨도 마음 편하게 자지 못했던 탓인지 한꺼번에 몰려오는 피로함과 약간의 술기운에 잠이 와락 쏟아졌다. 우진은 밀려드는 잠기운을 물리치려 고개를 좌우로 흔들며 애썼다. 그런 우진의 옆에서 건던 기웅은 나지막이 말을 흘렸다.

"같은 아파트 살아서 좋네요. 이렇게 교수님 데려다 드릴 수도 있고."

"난 잘 모르겠는데……."

"왜요?"

"난 항상 이렇게 단정하지도 않고, 꾸미지도 않거든. 그런 모습을 제자인 네가 보는 게 조금 불편하긴 해."

"저 교수님 많이 봤어요. 그전부터……. 제가 그랬잖아요. 전

교수님 예전부터 알고 있었다고.”

이럴 줄 알았다. 울적해져 그런지 눈 모양이 조금 가늘어졌다.

“그래도 저는 기뻐요. 어쨌든 가까이에 있다면 자주 뵐 수도 있잖아요.”

“학생들은 교수 자주 보는 거 안 좋아하지 않니?”

말을 느릿하게 하며 걷는데 약간의 알딸딸함에 발을 잘못 내디딘 것인지 몸이 조금 앞으로 쏠렸다.

“잡아 드려요?”

비틀거리는 자신의 모습에 가던 길을 멈추는 기웅을 바라보던 우진은 손을 절레절레 흔들며 지나쳐 걸었다. 저 호의를 받는다면 교수 체면이 옴팡 상할까 봐 거절을 해야 할 것 같았다.

그 모습에 기웅도 더는 말 않고 조심히 우진이 넘어지기라도 할까 봐 한 발자국 뒤에서 아까보다 느린 걸음으로 따라왔다.

조금씩 아파트가 모습을 드러내며 환한 불빛이 시야 안에 들어왔다. 엘리베이터를 타러 가며 술기운과 함께 견딜 수 없을 정도로 밀려드는 피로감에 오는 잠을 꾹꾹 참아 가면서 고개를 숙이고 포켓 안으로 손을 찔러 넣었다.

“교수님. 주무세요?”

“…….”

“이렇게 뵙게 돼서 좋아요.”

“…….”

“다행이에요.”

무어라 말하는 게 들려는 왔지만 잠에 취해 확연히 알아들을 수가 없어 고개만 끄덕끄덕했다. 메아리처럼 목소리가 울렸지만 피로가 잔뜩 쌓여 오는 잠을 떨쳐 버리기엔 너무나 기운이 없었다. 마치 나무처럼 제 다리 뿌리를 흙이 잡아당기고 있는 것 같은 기분에 빨려 들었다.

엘리베이터 앞에서 발걸음이 멈췄을 때 천천히 반쯤 감았던 눈을 뜨고 고개를 도리도리 저어 깨어나려 애썼다. 열린 엘리베이터 안으로 들어간 우진은 4층을, 기웅은 5층을 눌러 문을 닫으려는 순간, 엘리베이터 문 사이로 손이 하나 쑥 들어왔다. 순식간에 문이 다시 열렸다. 그리고 익숙한 그림자가 순간 우뚝 멈춰 섰다.

잠깐의 침묵과 함께 이내 3층 버튼을 누르고, 눈을 살짝 감은 채 서 있는 우진의 옆으로 그가 다가섰다.

"박준수……."

"……전화도 안 받고 여태 뭐 한 거야?"

"아, 여기서 내 제자를 만나서 이야기 좀 하느라. 여기가 내 제자."

기웅이 조금 풀어진 몸을 추켜세워 주머니에 넣었던 손을 빼고 꾸벅 인사를 했고, 준수는 고개를 가볍게 끄덕했다. 준수의 존재에 대한 궁금함에 고개가 저에게로 돌아오는 것을 느낀 우진은 기웅을 향해 준수를 소개했다.

"아, 여기는 내 친구 준수. 그치, 준수야?"

"술 마셨냐?"

"조금……."

"이기지도 못할 술 뭘 그렇게 마셔."

"걱정 마. 이젠 실수 안 해."

순간적으로 튀어나온 우진의 말에 엘리베이터 안은 침묵했다.

우진이 말한 실수에 대해 생각하던 기웅은 순간 우진을 향했던 시선을 준수에게로 돌렸다. 실수? 그 실수가 무엇일까? 고작 스물넷이었지만 그래도 남자인 자신에게서 실수의 의미라는 것은 다소 불건전한 것까지 포함된다는 것을 알고 있었다.

순간 머릿속에서 빨간불이 켜졌다.

한편 준수는 고개를 조금 숙여 앞으로 쏟아 내린 머리칼을 귀 뒤로 넘기는 우진을 내려다보았다. 그녀가 그날 밤 일을 기억한 것은 어제 점심을 함께할 때 어느 정도 눈치는 챘었지만 짐작만 했을 뿐 확신하지는 못했었다.

비틀거리는 우진의 몸이 앞으로 넘어가려던 찰나의 순간, 준수와 기웅은 순간적으로 우진의 어깨를 동시에 움켜잡았다. 준수와 손이 마주친 기웅은 당황함이 뒤섞인 감탄사를 내뱉으며 자신의 손을 빼내었다. 그러곤 4층에서 준수와 함께 내리는 제 교수님을 멍하니 지켜보며 서 있었다.

"이 아파트 사나?"

"……네."

"그래. 잘 들어가라."

목례를 하던 기웅의 모습이 엘리베이터의 문이 닫히며 사라졌다.

준수는 닫힌 엘리베이터에서 돌아서 패스워드를 해지시키고 우진의 집으로 들어왔다. 신발을 벗고 축 늘어진 우진의 몸을 침대 위로 눕혔다. 우진을 눕힌 준수는 나른한 한숨을 내쉬며 오르락내리락 규칙적으로 숨을 내쉬는 가슴 위로 담요를 덮어 주었다.

그리고 머리카락이 내려와 가려진 우진의 눈으로 손을 뻗어 흐트러진 머리카락을 정돈해 주었다. 그리고 작은 한숨을 내쉬었다.

"너……."

"……."

"절대 술 마시지 마라."

"……."

"알아들어야 말을 하지, 원."

쌔근쌔근, 그새 편안하게 잠이 든 우진의 이마를 제 중지로 톡 하고 쳤다. 어지간히도 피곤했던 모양인지 힘들어 보이는 모습이 역력해 말없이 이불을 끌어 올려 주며 방을 나섰다.

그때 초인종 소리가 났다. 신발을 신고 문을 열자마자 눈앞에 보이는 것은 아까 저와 함께 어깨를 반사적으로 잡으며 잠깐 손이 마주쳤던 그 어린 제자였다.

다부지면서도 연약해 보이는 눈동자였다. 무엇 때문에 가까운 사이도 아닌 교수의 집으로 당혹스러움을 감추지 못하는 눈을 한 채 이렇게 따라온 것인지 굳이 캐묻지 않아도 대충 알 것 같았다. 준수는 태연하게 기웅을 쳐다보았다.

"안녕하세요. 아까 교수님 제자예요."

"알아."

"두 분 정말 친구세요?"

"그 이야기하려고 찾아온 건가?"

"……네."

"왜 그걸 너에게 말해 줘야 하지?"

"그건…… 물론 대답해 주셔야 할 이유는 없지만 그래도 말씀해 주셨으면 합니다. 저에게는 중요한 문제라서요."

빳빳하게 줄이 선 청바지에 20대에 입을 수 있는 빨간색 후드를 입은 젊은 남자 앞에 선 준수는 이상한 기분이 들었다. 정장풍의 캐주얼한 바지를 입고 베이지색 베스트를 걸친 제 차림과는 확실히 대비되는 옷차림, 자신의 왼쪽 손목에는 메탈시계가 채워있는 반면 기웅의 왼쪽 손목엔 작은 십자가의 팔찌가 짤랑거리고 있었다.

왜 이 질문에 대답을 해야 하는 것인지는 모르겠지만 준수는 여유로운 눈을 잃지 않고 기웅의 눈과 마주했다.

"우리가 친구인 게 왜 너에게 중요한 문제인지 모르겠지만."

"……."

"친구다. 어릴 적부터. 그게 네가 듣길 원하는 가벼운 관계인 건진 모르겠네."

그냥 이 꼬맹이를 조금 놀려 주고 싶었다. 눈에 띄게 굳은 녀석의 눈을 보았을 땐 준수는 이유도 모를 묘한 승리감이 들었다.

✻ ✱ ✻

정말로 이상한 것이 있었다. 만날 개 부리듯 일을 시켜 먹고 야근도 밥 먹듯이 시키는 박준수 팀장을 그렇게 양파 까듯 까면서 여직원들은 동시에 그래도 박력 있어 맘에 든다, 남자가 추진력이 있어야지, 저만한 신랑감이면 당장 시집가겠다 등등 아주 귀 가려운 이야기를 해 댔다. 특히 이하나 씨와 신주아 씨.

"그 쌍꺼풀 없이 매섭지만 진한 눈이 제일 마음에 들어. 그리고 그 빨간 입술도. 어쩜 남자 입술이 그렇게 붉을 수 있지?"

"야근해도 팀장님이랑 둘이서 한다면 난 괜찮을 거 같아."

하나와 주아의 간지러운 말에 오 대리의 입이 오리마냥 툭 튀어나와 있었다.

"근데 애인 있다 하지 않았어?"

"루머야, 루머. 사생활에 대해서 그 흔한 가십조차 없으니 직원들이 긁어 만드는 거지."

직원들은 밥을 먹다 말고 지나가는 준수를 향해 눈을 돌리며 간지러운 말을 해 댔다.

우진은 심드렁하게 네모나게 잘린 당근을 베어 물었다. 톡, 하고 당근이 잘려 나가는 소리가 들리자 직원들은 다시 숟가락을 움직여 식사를 시작했다.

"여자 친구에게는 얼마나 부드러울까? 팀장님 부드러운 모습

상상이 돼?"

라면서 눈을 반짝이는 여직원들의 팀장에게 가진 환상과 흔히들 꿈꾸는 왕자에 대한 이미지를 깨고 싶지는 않아 조용히 입을 다물어 주기로 한 우진은 그들의 흥미로운 이야깃거리에 혼자 눈을 반짝이고 있었다.

'어쩐 일이래? 부장, 차장이랑 고급 음식점으로만 점심 먹으러 가는 사람이 사내 식당을 다 찾아 주시고.'

모세가 홍해를 가르듯 준수가 지나가는 자리를 직원들이 조금씩 비켜 주며 꾸벅 인사를 했다.

우진은 자리에 앉아 식사를 시작하는 준수를 슬쩍 바라보다 다시 국을 떴다. 직원들의 그에 대한 환상 만들어 내기는 끝을 모르고 고리를 또 연결하고 있었다.

"저 정도 스펙에 외모에 애인 없는 게 더 이상하지. 정말 조금만 부드러웠다면 딱 내 이상형인데……."

"이상형이면 뭐 어쩔 건데, 저 정도 남자 꿰찰 능력이나 돼? 어후, 난 팀장님이 가끔 날 쳐다보면 무서워."

직원들은 지금 현재, 없는 준수의 가십을 만들어 내면서 눈으로는 준수를 좇고 손으로는 숟가락을 묵묵히 입안으로 넣으며 꽤 이상한 상황을 연출했고, 심드렁하게 여직원들의 팀장 탐색하기를 바라보고 있던 남직원들도 하나둘씩 동참하기 시작했다.

하나 더 보태면 쟤 빤스는 꼭 빳빳한 것만 입어, 라고 말을 하고 싶어 입이 근질근질했지만 그랬다간 저 팀장님에게 한 달 치 야근거리를 받고 압사당하겠지. 하고 싶은 말을 꾹 눌러 담고 그들의 이야기를 계속 듣기로 했다.

흔히 여자들이 좋아하는 로망의 남자에게 갖다 붙이는 여러 가지 조건들을 비교해 보자면 어느 정도 준수에게 맞는 것도 많았다. 집안이 빵빵하다든가, 우아한 어머니에 능력 있는 아버지, 그리고 센스 있는 누나. 준수에게 모두 해당되는 것들이었다. 그렇지만 들어 보면 꽤 잘못 알고 있는 것들도 많았다.

우선 한 가지를 예로 들자면 여자 친구에게 부드럽고 배려심 많은 애인일 것이라 생각들 하는데 우진이 아는 박준수는 여자 친구에게 부드럽고 달달하고, 이런 배려심하고는 거리가 멀었다.

오히려 여자들이 준수에게 안절부절못해 달라붙는 뭐 그런 흔히들 말하는 나쁜 남자에 좀 더 가까웠다. 윤강과의 관계에서 조금 그 틀이 바뀐 것 같아 보였지만 대체로 준수의 연애 판도는 그래 왔다. 하긴, 준수가 윤강에게 매달리고 간섭하고 그러진 않았으니 윤강도 마찬가지인 건가?

어쨌든 준수는 마냥 착하기만 한 연애를 하는 남자는 분명 아니었다.

그냥 한마디로 제 버릇 개 못 주는 법이지, 암.

다들 말단 직원과 팀장과의 로맨스 뭐 그런 걸 기대하는데 우진이 볼 땐 그게 이루어지려면 박준수가 다시 태어나든가, 성격이 완전히 개종되든가, 둘 중에 하나였다.

결론은 둘 다 실현 불가능이라는 것이다.

팀원들은 식판에 코를 박으면서도 쉴 새 없이 입을 놀렸다.

"팀장님 아메리카노 좋아하셔? 주아 씨는 팀장실에 제일 많이 차 가져가 봤으니 알지 않아?"

"왜, 좋아하시면 사다 드리기라도 하게?"

"……뭐, 야근하실 때."

"안 좋아합니다."

가는 목소리들 틈에 굵은 남자의 목소리가 툭 끼어들었다. 갑작스런 낯선 목소리에 그 주인을 확인한 팀원들은 뜨던 국을 바지에 흘리고, 신주아는 집었던 소시지를 바닥으로 떨어뜨렸다.

물을 마시다 말고 목소리가 나는 곳으로 고개를 휙 돌린 우진은 모두를 당황하게 만드는 장본인을 올려다보았다.

기가 막힌 타이밍에 팀원들 뒤에 서 있는 준수의 등장에 다들 뜨던 숟가락과 젓가락을 내려놓고 자리에서 일어섰다. 앉아서 먹던 식사들 마저 하라는 팀장의 목소리에 팀원들은 엉거주춤 자리에 앉았다.

"정우진 씨."

그 와중에도 반듯하게 앉아 싫어하는 오이들 사이로 당근을 골라내어 입안으로 넣던 우진은 순간 불리는 자신의 이름에 고개를 번쩍 쳐들었다.

"……네?"

"오늘 야근입니까?"

"아뇨. 왜요?"

"잘됐네요. 같이 퇴근하게 기다리세요."

"네?"

갑작스럽게 떨어진 준수의 명령 섞인 말에 놀라 반쯤 물고 있던 당근 반 조각이 이에 잘려 식탁 위로 툭 하고 떨어졌다.

준수는 갑자기 왜 그러냐는 의미로 눈을 크게 뜨고 저를 올려다보는 시선을 무시한 채 좋다 싫다 대답을 들을 생각도 없이 '당연히 시키는 대로 해.' 라는 냄새를 있는 대로 풍기며 쌩하니 자리를 떠 버렸다. 그런 준수를 우진은 멍청히 쳐다보고 있었다.

아니, 저놈이 미쳤나? 왜 갑자기 회사에서 안 하던 친한 척이야?

돌아올 리 없는 물음을 한 우진이 다시 식판으로 시선을 돌렸을 때 의심의 레이저를 저를 향해 쏘는 직원들과 눈이 마주쳤다. 아까 전까지만 해도 외쳤던 '팀장의 일 폭탄을 피하는 우리는 동료' 라는 구호는 어디 가고 없고 우진을 뚫어져라 쳐다보는 여직원들의 시선만 느껴졌다.

제 것이 안 된다면 다른 누구의 것이 되어서도 안 된다는 어이없는 여자들의 마음이 작용한 것이 분명했다.

그렇지만 우진도 시원하게 답할 수 없었다. 그걸 내가 어떻게 알아? 나도 쟤가 갑자기 왜 저러는지 모르겠는데?

"알잖아. 팀장님이랑 나 앙숙인 거. 절대 그런 거 아냐."

"하긴, 자기 그저께도 야근하지 않았어?"

그래도 어쩌겠어. 나는 이 일개미 일원 중 한 명이다. 최대한

다수의 마음에 맞춰 고개를 끄덕여야 하는 저 자신을 너무나 잘 알고 있었다.

그래도 한편으론 다들 너무나 쉽게 자신과 준수의 관계가 그다지 좋지 않다는 걸 인정해 버려서 머리에 김이 푸시시 새기도 했다. 이 기회에 박준수 가십도 만들고 루머도 팡팡 생성해 내는 건데, 직원들은 감히 너 따위가 팀장님과 뭐 그렇고 그런 관계일 리는 하늘이 두 조각이 나도 없지, 하는 표정으로 입을 다물었다.

여직원들은 구태여 또다시 언급을 해 가며 물어보지도 않았고, 우진도 굳이 언급할 필요가 없다 느껴 더 이상 그 이야기는 꺼내지 않았다.

식사를 다 한 직원들은 숟가락을 놓고 커피 브레이크를 즐기러 간다며 일어섰고 우진은 직원들과 반대로 몸을 돌려세워 준수를 찾아 자리를 떴다. 갑자기 왜 직원들 앞에서 그런 말을 한 건지 궁금하기도 했고 우리 사이가 알려지지 않을 걸 너무나 뻔뻔하고 자신감 있게 확신하는 그 행동에 조금 화가 나기도 해서였다.

이쯤 되면 직원 휴게실이나 1층 카페에 있겠지만 직원들은 1층 카페로 간다고 했으니 직원 휴게실부터 먼저 찾기로 하며 움직였다.

별일 아닌 걸로 저런 말을 해서 괜히 공공의 적으로 몰아간 거면 확 물어 버릴 거야.

우진은 이를 바득바득 갈며 코너를 돌아 직원 휴게실 문을 열었다. 그리고 자판기에서 커피를 빼 손에 드는 준수를 발견했다.

휴게실에 앉아 있던 직원들이 의자에 앉아 준수의 눈치를 보며 커피를 홀짝였고, 삼삼오오 모여 떠들던 가십들도 중단된 상태였다.

뜨거운 김이 나는 커피를 여유 있게 마시며 바지 주머니에 손을 찔러 넣는 준수에게로 다가갔다.

"팀장님, 잠깐 저 좀 봐요."

"하실 말씀 있으면 하세요."

"아니, 그러니까…… 일단 저 좀 봐요."

다급한 마음에 밑으로 내려진 준수의 소매 끝을 살짝 잡아당겼다. 그제야 준수는 커피를 반대쪽 손으로 바꿔 쥐고 눈을 내려 잡은 우진의 손을 조용히 보더니 그녀를 따라 휴게실을 나섰다.

우진은 별일 아니라는 듯이 커피를 마시던 준수와는 달리 꼭 뭐 하나 잘못하다 걸린 놈처럼 주위를 삭삭 둘러보며 소매 대신 손을 잡아끌고 구석으로 들어갔다.

"이게 뭐하는 짓이에요? 사람들이 의심하면 어쩌려고!"

"뭘 말입니까?"

"퇴근 같이 하자고 한 거 말이에요!"

"……정우진 씨가 더 의심할 행동하고 있는 거 같은데."

준수의 말에 아직도 그의 손을 꽉 쥐고 있는 것을 깨닫고 화들짝 놀라 잡고 있던 손을 빠르게 놓았다.

"직원 휴게실에 있던 직원들이 이상하게 생각하지 않겠습니까?"

"아니, 그건…… 그렇다고 그렇게 대놓고 친한 것 같은 멘트를 날리면 어떡합니까?"

"우리가 회사에서 손잡고 퇴근하기라도 했습니까? 아니면 끌어안고 있기라도 했습니까?"

"뭐, 뭐예요?"

"기획안이나 제때 제출하세요."

그리고 준수는 뒤도 돌아보지 않고 가 버렸다. 하고 싶은 말은 그게 아니었는데 하고 싶었던 말의 의도를 다 전하기도 전에 저 멀리 가 버리는 저 자신만만하고 잘난 뒤통수를 달려가서 한 대 때려 버리고 싶은 마음이 불끈 솟아났다. 따지려고 왔다가 결국 일이나 빨리 하란 소리나 듣고 돌아가자니 욕과 함께 먹은 황당함에 배가 잔뜩 부른 기분이었다. 으, 얄미워!

속으로 몇 번이나 준수에게 꿀밤을 먹이고 팀실로 돌아와 자리에 앉은 우진은 남은 점심시간의 무료함에 기지개를 쭉 폈다. 직원들도 월요병에 걸린 것처럼 커피까지 먹었는데도 나른한지 손놀림이 느릿느릿해져 갔다. 다들 햇볕을 잔뜩 내리쬔 병아리처럼 눈동자가 조금씩 풀리기 시작했다.

천천히 고개를 들어 일을 시작하기 위해 펜을 쥐는데 핸드폰 진동이 웅— 하고 울렸다. 자료를 뽑으며 일을 하기 시작하는 직원들을 힐끔 보며 발신인을 확인하기 위해 핸드폰을 꺼냈다. 진동을 울린 주인은 유경이었다. 맞다. 오늘쯤 연락한다고 했었는데. 또 깜빡해 버린 제 머리를 콩 쥐어박고 핸드폰을 들고 팀실 밖으로 나온 우진은 핸드폰을 귓가로 가져갔다.

"유경아! 미안, 미안. 전화해 준다고 해 놓고."

— 됐어. 제자 상담은 잘해 줬고?

"그런 거 같아. 넌 쇼핑 잘 했어?"

— 그래, 덕분에 나 홀로 쇼핑 좀 했다. 참, 너 준수랑 강이 헤어진 거 알고 있었어?

우진, 준수와 함께 같은 대학을 나온 대학 동창 유경은 준수의 소식이 마침 떠올랐다는 듯 제법 놀란 눈치로 말했다. 구체적인 것은 저도 잘 몰랐지만 이런저런 말을 덧붙이고 싶지 않아 '그냥 헤어졌다는 것만 알고 있어.' 라며 간결하게 말했다. 그런 우진의 간결함에 유경은 꼬치꼬치 파고들었다.

사실 대학 시절 때 유경이 준수에게 조금 마음이 있었다는 것을 알고 있었지만 아직까지 관심을 보이는 듯한 행동에 우진은 핸드폰을 반대 손으로 옮겨 쥐며 입을 뗐다.

"너 설마 아직까지 준수한테 마음 있어?"

— 아냐. 그냥 오래전 내 첫사랑이 애인이랑 헤어졌다길래 드는 궁금증이랄까.

"잘해 볼 마음이 있는 건 아니고?"

— 나 며칠 전에 파혼했어. 아직 옛 애인이랑도 못 끝냈는데 벌써 무슨?

유경은 웃으며 진담이 섞인 듯한 농담을 아무렇지 않게 흘리듯 내뱉으며 자연스레 되물었다.

— 근데 넌 어떻게 준수랑 그렇게 오랫동안 친구로 지내?

"왜? 친구인 게 이상해?"

— 애인 사이라고 해도 마찬가지지만 친구도 길게 안 만나는 남자에게 유일하게 있는 성(性)이 다른 친구라는 게 신기하기도 하고, 특별해 보이기도 하고…….

특별…….

우진은 유경의 말에 맥없이 웃었다.

그래, 거의 한평생을 살 부딪혀 온 친구가 특별하지 않다는 것은 결코 아니지만 그렇다고 여태 한 번도 해 본 적 없는 생각을 유경이 꺼낸 것에 이상한 기분이 들기도 했다. 옆에 그림자처럼 늘 붙어 있었던 존재에 대해 한 번도 의구심 따위를 가져 본 적이 없어 더 그랬는지도 몰랐다.

유경의 질문에 저도 선불리 대답을 하지 못했다. 쉽게 이러이러한 관계다, 라고 정의를 내려 버리기 어려운 관계임은 확실했다. 아니, 좀 더 솔직하게 말하자면 준수와의 관계를 친구 이상으로 생각해 본 적이 없는 것은 아니었다.

그렇지만 역시 준수는 너무 오랫동안 마치 친오빠처럼 곁에 있던 친구였고, 또 늘 당연하게 친구로 지내 와 달리 친구 이상의 무언가를 떠올릴 만한 게 없었다. 그냥 당연하게 친구였으니까.

4. 너와 나의 거리

퇴근 시간은 다가오고 연구기획 2팀 팀원들은 야근은 죽어도 하기 싫어 다들 커피의 힘을 빌려 초인적인 눈으로 기획안을 작성하고 있었다. 오로지 간식과 커피의 힘으로 잠을 이겨 내며 모든 업무를 끝내려 했지만 평소보다 두 배는 많은 업무량에 겨우 개미 눈물만큼의 양을 끝낸 팀원들은 준수가 팀장실에서 나오자 구원받은 심정으로 눈을 반짝였다.

반짝이는 눈빛을 한 팀원들 앞에 선 준수가 조용히 입을 열었다.

"다들 이만 퇴근하고 다음 주에 봅시다. 지금 작성하고 있는 건지, 그리고 있는 건지 모르겠는 그 기획안들은 월요일 오전까지 내 책상 위로 제출합니다. 이상."

그리고 준수는 저를 죽을 둥 살 둥 바라보는 눈동자들을 인심 써서 구제해 준다는 표정을 하며 나가 버렸다.

문이 닫히는 소리가 들리자마자 팀원들은 각자 쥐고 있던 종이를 정리하며 자리에서 일어나 요란한 소리로 가방을 챙겼다. 오 대리는 벗고 있던 무좀 양말을 다시 신으며 책상 위에 흐트러진 종이들을 손으로 끌어모았다. 우진도 집에 가서 볼 자료들을 확인하고 있는데, 옆에 놓아둔 핸드폰에 불이 반짝거리며 문자 한 통이 도착한 것이 보였다.

[지하 주차장으로.]

짧고 간단명료하게 할 말을 적은 준수의 문자를 확인하며 핸드폰을 닫고 주위를 살폈다. 팀실을 나갈 준비를 마치며 엉덩이를 일으키는 우진에게로 다가온 오 대리가 오늘 술 한잔하자며 능글스럽게 웃었지만 오늘 제게 선약 있는 거 잊으셨냐며 딱 잘라 거절했다. 그리고 우진은 가방을 들고 허무한 표정을 하는 오 대리를 지나쳐 팀실을 나왔다.

점퍼 지퍼를 마저 올린 우진은 주차장으로 내려와 이 회사에서 몇 안 타는 잘빠진 은색 벤츠를 찾아 냉큼 올라탔다. 준수는 기다렸다는 듯 우진이 올라타자마자 차를 출발시켰고 부드럽게 출발한 차는 이어 주차장으로 내려오는 팀원들을 쌩하고 지나쳤다.

“어디 가는 건데?”

"네가 선물 사는 것 좀 도와줘."

"선물?"

"여자 취향을 몰라서."

생각하지도 못한 준수의 말에 우진은 창문을 열다 말고 고개를 홱 돌렸다. 여자 선물?

"여자 선물이라니? 여자 친구 생긴 거야?"

"……."

"뭐야, 난 모르고 있었어. 여자 친구 생겼다 왜 말을 안 한 건데?"

여자 친구가 생겼다고 보고도 하지 않아 놓고 같이 선물을 보러 가자니. 어쩐지 조금 섭섭하기도 했고, 맛있는 저녁이라도 먹자 싶어 부른 줄 알았는데 고작 여자 친구 선물을 골라 주는 역할이라니 김이 확 새 버렸다. 그리고 자신도 모르게 심통이 나 볼이 퉁퉁 부풀었다.

"대체 왜 말 안 했어? 아니지, 불알친구한테는 싸구려 귀걸이 하나 해 준 적 없으면서 몇 주 사귄 여자 친구한테는 보석 선물이야? 너무한다, 너무해."

차를 파킹시키고 주얼리숍으로 들어가는 준수 뒤를 따라가며 내내 툴툴대던 우진은 숍 문을 열기 위해 문고리를 잡았지만 열지 않고 뒤를 돌아보는 준수의 행동에 우뚝 멈춰 섰다.

"여자 친구 만들 시간에 아이디어 하나라도 더 생각하겠다."

"……."

"없어. 그런 거. 남 여사 61번째 생신 선물이야."

"아…… 아주머니 생신 선물이었어?"

"갖고 싶으면 하나 골라 보든가."

사실 우진도 알고 있었다. 저 녀석이 여자 친구에게 목걸이를 사 갖다 바치고 할 만한 위인이 아니라는 것을. 섭섭함에 쫑알거렸을 때 미리 말을 좀 해 줬으면 덜 창피하지.

우진은 괜히 민망해서 준수에게서 유리관으로 눈을 돌리며 아주머니 취향에 맞는 목걸이를 찾기 위해 움직였다.

알이 굵고 화려한 것보다 심플하면서도 간소한 디자인을 좋아하는 아주머니 취향을 고려해 그것에 딱 맞는 목걸이를 고르고 준수에게 내밀었을 때 준수는 말없이 목걸이를 받아 직원에게 건넸다.

우진의 안목을 어느 정도 인정하니 데려온 것이겠지만, 어쨌든 준수는 자신이 초이스해 준 것이 썩 마음에 드는 눈치였다. 그 반응에 만족하며 두 발자국 걸음을 옮겨 옆 유리관으로 시선을 돌려 훑어보던 우진이 갑자기 어린아이처럼 그것에 찰싹 달라붙어 눈을 빛냈다.

"나, 나! 이걸로 할래."

준수는 우진이 가리키는 목걸이의 모양새에 알 만하다는 표정을 했다. 동그랗게 꽉 찬 보름달과 목성을 좋아하는 우진의 독특한 취향이 충분히 반영된, 그녀의 선택을 받을 수밖에 없는 물건이었다.

결론은 둘 다 동글동글한 모양을 좋아한다는 것이었지만, 천문학을 연구하셨던 아버지의 영향을 받은 것 같기도 했고 어릴 적 천문대에 자주 놀러 갔던 영향인 것 같기도 했다. 그런 우진에게 준수가 왜 토성이 아니라 고리도 없는 목성이 좋으냐고 물었을 때 우진은 큰 목소리로 또랑또랑하게 대답했다.

'고리가 없어도 목성이 제일로 크잖아. 나는 큰 게 좋아!'

무의식적으로 큰 것에 끌려 하는 우진에게 준수는 '좋지 못한 태도' 라며 딱 잘라 말한 적이 있었지만.

우진도 그가 했던 충고를 기억하고 있었다. 하지만 우진이 위안을 느끼는 것은 두 손을 다 벌려도 안지 못할 만큼 커다란 존재였다. 어쩌면 오랫동안 저를 곁에서 보아 온 박준수라는 존재처럼.

"이거?"

"응. 이거, 이거 할래."

준수는 망설임 없이 목걸이를 픽업하는 우진에게서 그것을 가져가 직원에게 내밀었다.

"포장해 주세요."

계산이 끝나고 포장이 된 목걸이를 건네받았을 때, 문득 건네받는 손길에 심장이 콩닥 뛰었다. 물론 예쁜 목걸이 때문이기도 하겠지만 동그란 목걸이 장식 전체가 보석으로 박힌 이 목걸이가 값이 상당한 것을 알면서도 말없이 사 준 준수가 조금, 아니 조금 많이 고마워서…….

포장을 뜯으며 목걸이를 목에 안착시켜 거울로 허전했던 목에 목걸이가 내려앉는 것을 살피는데 거울 안으로 들어온 준수의 얼굴이 보였다. 무슨 말이든 하고 싶었지만 선뜻 그 말이 입 밖으로 나오지 않아 주춤하다 결국 조금 퉁명스런 말이 흘러나왔다.

"고, 고맙단 말 안 할 거야. 내가 선물도 골라 줬잖아."

"맘대로."

그런 우진이 섭섭하지도 않은 건지 별다른 말도 않고 숍을 나가는 준수를 뒤따라가며 목에서 달랑거리는 알맹이를 손으로 매만졌다. 아줌마 생신 선물 사러 왔다 득템 하고 가는 터라 기분이 좋아 자신도 모르게 계속 웃고 있었는지 준수가 운전하다 말고 그런 우진을 힐끔 쳐다보았다. 그렇게 좋냐고 묻자 망설임 없이 고개를 끄덕끄덕했다.

'그래, 좋다 좋아. 내 월급으로 따지자면 이런 목걸이 하나 사려면 몇 달은 허리띠를 졸라 매야 할 텐데 돈 잘 버는 팀장 친구 덕에 이런 좋은 목걸이도 하나 받아 보고.'

이게 솔직한 마음이었다.

다시 목걸이를 풀어 케이스에 넣으려 손을 목 뒤로 뻗어 꼼지락대자 준수는 신호를 기다리며 손을 뻗어 우진의 손을 마주 잡았다. 순간 고개를 들며 움찔거리는 우진의 목 뒤로 낮은 음성이 들려왔다.

"가만있어 봐."

"됐어. 내가 하면 돼."

우진의 말은 들은 척도 않고 조용히 푼 목걸이를 손 위에 올려 주는 준수의 움직임은 조용했지만 너무나 커다랗게 느껴져 이상하게 눈을 들어 그를 쳐다볼 수가 없었다.

"이따…… 저녁 같이 먹을까? 우리 집에 전에 사 놓은 스테이크 있어."

지금의 이 마음을 숨기고자 분위기 전환을 시도했다.

"굽기 싫어서 해 달라는 건 아니고?"

준수가 아무렇지도 않게 대꾸하자, 우진은 저도 모르게 안도의 숨을 내쉬며 중얼거렸다.

"그……거야 요리 잘하는 네가 해 주면 더 좋은 거지……."

"오늘은 저녁 생각 없다. 이따 영화나 보러 오든지."

"알았어."

"근데 너, 곧 할머니 생신인 건 아냐?"

"할머니? 우리 할머니?"

준수의 말에 우진은 제가 생각해도 어이없는 물음을 했다. 손을 더듬어 주머니에서 핸드폰을 꺼낸 우진은 달력을 찾아 핸드폰 액정을 이리저리 휘휘 넘겼다. 어쩐지 뭐가 허전하다 했더니 할머니 생신이 이번 주 주말, 그러니까 내일이었다.

"내일 아침 9시까지 주차장에서 보자."

"너도 뵙게?"

"할머니 생신은 너보다 내가 더 많이 챙겨 드린 듯싶은데."

콕 집어 말하는 준수의 냉담함에 우진은 입을 다물고 주먹을 꽉 쥐었다. 정말 한 대 때려 봤음 속이 시원하겠다 싶었지만 그래도 자신을 위해 사준 목걸이를 내려다보며 말없이 접었던 주먹을 풀었다. 어쨌거나 할머니 생신을 이렇게 꼬박꼬박 챙겨주는 준수가 고마워서.

엘리베이터가 3층에 도착하자 내려 저벅저벅 걸어가는 준수를 보던 우진은 작은 케이스를 다시 한 번 내려다보았다. '정말 이렇게 건너뛰어도 될까? 저녁이라도 내가 만들어야 하지 않을까?' 여러 가지 생각들이 떠오르던 차 자신의 집 앞에 서 있는 낯익은 그림자가 눈 안에 포착됐다.

집은 어떻게 알았는지 작은 가방을 메고 얼마나 기다리고 있었던 건지도 모를 만큼 빨개진 귀로 기웅은 문 앞에서 핸드폰 게임을 하며 언 손을 호호 불고 있었다. 우진은 그에게 천천히 다가갔다.

피로가 쌓인 탓이 컸지만 술 먹고 고개를 꾸벅꾸벅 숙여 가며 졸았던 지난 주말을 생각하면 얼굴 볼 낯도 없는데 왜 찾아온 건지 우진은 그의 방문이 썩 내키진 않았다.

그날의 상황이 민망해져 일부러 조용조용 다가가 문 앞에 서니 그제야 기웅이 핸드폰에게서 시선을 돌렸다. 얼마나 밖에서 오래 있었던 건지 토끼 눈처럼 귓가가 빨개져 있었다.

"교수님!"

"네가 왜 여기에……."

"아, 교수님이 부탁하신 애들 나눠 줄 유인물이요. 다 만들어서 파일 가져왔어요."

"이걸 주려고 온 거야? 다음 수업 시간에 줘도 되잖아."

꼭 칭찬받으려고 선생님께 온 학생처럼 웃고 있는 기웅의 미소에 우진은 차가운 공기에 반하는 따뜻하고 환한 웃음을 보였다. 말없이 파일을 만지작거리는 기웅을 보던 우진이 뭔가 생각이 났다는 듯 말없이 집으로 들어가 책장을 뒤적여 책 하나를 가지고 나와 먼지를 탈탈 털어 신발장 앞에 선 그에게 내밀었다.

"읽어 봐. 고민이 있거나 생각이 복잡할 때 읽으면 좋아. 앞으로의 네 길에 확신이 서지 않는다면 더더욱."

"……감사합니다."

조용한 눈으로 내려다보고 있던 기웅은 조금 오래되어 보이는 책을 손을 뻗어 건네받았다. 어쩐지 아직 읽어 보지 않았는데도 이 배려 하나에 구원받은 듯한 느낌. 위로받는 느낌이었다.

"참, 교수님 PPT 수업자료 다음 시간에 나눠 주실 거 지금 받아도 될까요?"

기웅의 말에 우진은 잠깐 머뭇거리다 이내 고개를 끄덕이며 허락했다. 이렇게 제 역할에 충실한 학생을 보자니 왠지 없는 기운이 나기도 했고 기특하기도 해서였다.

몸을 돌려 집 안으로 다시 들어온 우진은 차가웠던 바깥공기에 꽁꽁 언 손을 녹이며 제 책상 앞에 놓여 있던 수업 자료를 찾아 파일을 뒤적였다.

우진의 뒤를 따라 조용히 거실로 들어온 기웅은 들고 있던 파일을 거실 테이블 위로 내려놓았다. 그리고 올려다 놓은 파일 사이로 제가 쥐고 있던 '무엇'을 파일 사이에 끼워 넣었다. 자신이 내려다 놓은 것을 물끄러미 보며 그는 침을 꼴깍 삼켰다. 그때 우진이 방 안에서 튀어나왔고 순간 죄짓다 걸린 사람처럼 놀란 기웅의 어깨가 펄쩍 뛰었다.

"여기. 다음 시간까지 복사해서 아이들 나눠 줘."

"네. 교수님. 그럼 전 이만 가 보겠습니다. 쉬세요."

기웅은 고개를 숙여 인사를 하고 신발장으로 발을 옮겼다. 우진은 자신이 건넨 자료를 움켜쥐고 발을 돌리는 기웅을 보며 손을 흔들었고, 차가운 현관문이 닫히자마자 들고 있던 손이 아래로 떨어졌다. 꽁꽁 얼었던 손이 녹기 시작하면서 긴장도 함께 풀리며 맥이 탁 풀려 버렸다.

"……지친다."

온몸이 지쳐 돌아온 데다 갑작스런 제자의 등장에 잔뜩 긴장했던 몸이 풀리니 저도 밥 생각이 없어져서 입고 있던 옷을 거실 TV 앞 테이블에 툭 던지고 방으로 들어와 소파 위에 벌렁 누웠다.

말없이 천장을 보고 있던 우진은 문득 목걸이가 생각 나 주머니를 뒤적여 케이스를 찾았다. 작고 동그란 것을 손으로 잡았을 때 아까 제 손을 마주 잡았던 준수가 떠올랐다.

'아까 그냥 고맙다고 말할 걸 그랬나. 하긴, 우리 사이에 고맙다고 말한다고 알고 말 안 한다고 모르겠어? 그래도 말로 하는 거랑 안 하는 거랑 다르지.'

머릿속에선 두 생각이 맹렬히 갈등을 했고 핸드폰을 들었다 놓았다 몇 번을 고민하다 결국 결론을 내리지 못하고 끙끙 소리를 내며 쿠션에 얼굴을 묻어 버렸다.

사실은 그냥 친하지 않은 친구였다면 '고마워.' 한 마디가 이렇게 어렵지 않을 텐데 아주 오랫동안 알아 온 친구에게 진심으로 '고마워.' 라고 말을 하기가 너무 낯간지럽고 어렵기도 하였고 또 그것을 어떻게 표현해야 할지 난감하기도 했다.

결국 고맙다는 말 대신 행동으로 보여 주려고 고기 두 덩어리와 준수가 특히 좋아하는 와인 하나를 들고 307호로 내려갔다.

괜히 험험 헛기침도 하고 목도 가다듬고 패스워드를 해지시켰을 때 누가 온 건가 말소리가 도란도란 들렸다. 키친 안쪽으로 발을 옮기는 우진 앞엔 테이블 앞에 앉아 있는 준수와 그 맞은편에서 활짝 웃으며 입술을 여는 유경이 보였다. 그리고 그 옆엔 자신이 가지고 내려온 것과 똑같은 와인의 코르크가 열려 있는 것도 보였다.

"어? 우진아!"

패스워드가 해지되는 소리가 들렸을 때부터 준수는 자신인지 알았을 것이다. 이 집 패스워드를 알고 있는 사람은 정우진뿐이니까.

준수는 살짝 내리감은 눈으로 와인을 마시며 우진을 보았다. 그리고 곧 우진의 손에 들린 와인으로 시선을 옮겼다.

"뭘 그렇게 섰어. 이리 와."

유경의 말에 우진은 성큼성큼 걸어가 자신이 가져온 와인을 옆에 내려놓으며 털썩 의자에 앉았다.

"언제 왔어? 나한테 연락하지."

"방금 왔어. 준수랑 연락이 닿아서 얼굴 한번 보려고 왔어. 앉아, 너도 같이 한잔하자."

우진의 와인글라스로 붉은 와인이 졸졸 담겼다. 준수의 비웃음 섞인 목소리가 들려왔다.

"정우진 술꾼 다 됐구만."

"원래 사회생활이란 게 그런 거야. 술이 친구지, 뭐."

"사회생활은 너 혼자 하냐?"

"잘난 팀장님은 안 까여 봐서 모르시겠지. 상사 눈치나 봐야 하는 부하 직원들은 얼마나 서럽고 힘든 줄 아냐? 술이 절로 땡긴다."

준수는 우진의 앓는 소리에 헛웃음을 흘렸다. 하여간 찡찡대긴.

"그만들 좀 하고 건배나 해. 이렇게 셋이 만난 것도 오랜만인데."

유경은 글라스를 들어 건배를 하며 술을 들이켰다. 하여간 두 사람은 변한 게 하나도 없었다. 매일 투닥거리고 또 놀리고 그러면서 서로를 챙기고 아끼고.

유경은 슬쩍 웃으며 이야기의 화제를 바꿨다.

“야, 정우진. 근데 넌 남자 친구 없냐? 서른이 넘도록 뭐하냐?”

“안 그래도 만들 거다. 얼마 전에 점을 봤는데 남자 친구 생길 거래.”

“방구석에 앉아서 남자 친구가 생겨? 밖으로 나가야 생기지. 나랑 미팅이나 할까?”

“뭐? 미팅? 야, 이 나이 먹어서 무슨 미팅이야. 보려면 선을 봐야지.”

우진과 농담을 주고받으며 대화를 하던 유경은 가볍게 스치다 본 준수의 시선에 입을 다물었다. 대화를 잘 주고받다 갑자기 입을 다물어 버린 유경의 행동에 우진은 그녀의 글라스에 제 글라스를 쨍쨍 부딪쳤다.

“왜 그래?”

“어? 아냐. 술 더 마실까?”

유경은 신나서 술을 따르는 우진과 여전히 입을 굳게 닫은 채 술을 마시는 준수를 바라보았다.

다시 비어 버린 와인글라스를 만지작거리며 애써 정신을 가다듬고 있는 우진을 보던 유경이 옷을 털고 자리에서 일어섰다. 아무래도 저도 그렇고 우진도 준수도 오랜만에 만난 탓에 분위기를 낸다며 너무 마셔 버려 그런 것인지 다들 분위기가 몽롱했다.

이만 가 봐야겠다며 가방을 챙기던 유경은 우진에게로 향하고 있는 준수의 시선을 물끄러미 응시했다.

술을 마신 탓에 젖어 있는 준수의 눈빛은 고요하고 부드러웠으며 또 어딘지 모르게 묘한 분위기를 풍겼다. 가만히 눈을 감고 머리를 벽에 기댄 채 숨을 쌔근쌔근 내쉬고 있는 우진의 붉은 입술 사이로 혀가 나왔다 들어갔다.

준수는 잠든 우진을 바라보며 작은 한숨과 함께 고개를 들었다. 그리고 유경을 바라보았다.

"밖에 비 온다. 조심히 가라."

"비? 정우진 비 싫어하는데 또 무섭다 그러겠네. 참, 우진이 내가 집에 데려다줄게."

"아냐. 내가 데려다주면 돼. 넌 어서 가. 늦었다."

유경의 제안을 거절한 준수는 가만히 잠들어 있는 우진을 가볍게 들어 품에 안았다. 그리고 유경을 스쳐 지나갔다. 망부석처럼 서서 그런 준수를 바라보고 있던 유경은 제 뺨을 긁적였다. 아무래도 정우진은 바보가 틀림없어 보였다.

❀ ✱ ❀

준수는 시린 손을 주머니에 찔러 넣으며 우진을 기다리고 있었다. 추위와 씨름하고 있기를 한참, 머플러를 대충 걸친 우진이 주차장으로 내려오는 것이 보였다.

우진에게 지각을 하지 않는 것은 회사에서 요구하는 것만 해도 충분히 머리가 아프다 싶어 준수는 입을 다물고 차 문을 열었다. 곧 알아서 미안해하며 사과를 하는 우진임을 알기에 더 캐묻고 싶지도 않았다.

"미안, 미안. 늦잠 잤어. 너는 어제 그렇게 술을 마셔 놓고 아침에 멀쩡히 일어나지냐?"

"안 멀쩡하다. 머리 울려. 그러니까 조용히 해."

우진은 그런 준수의 차가운 대답이 익숙하다는 듯 군말 않고 안전벨트를 맸다. 추위에 온몸을 떠는 우진에게 히터를 돌려 주며 차를 출발시켰다.

차는 한참을 국도를 타 산길 안으로 들어갔다. 그럼에도 준수는 제법 유연하게 핸들을 돌리며 운전을 했고, 우진은 덜컹거리는 승차감에 잠에서 깨 기지개를 켰다. 벌써 시곗바늘이 오후로 진입하고 있었다.

곧 한적한 시골 농장에 다다라 차가 멈췄고, 내리자마자 우진은 아이처럼 저를 마중 나와 있는 할머니에게로 달려가 안겼다.

"추운데 나와 있으셨어요?"

"네 엄마한테 연락받았어야. 명희 너 안 온다고 섭섭해하더라."

"곧 엄마 아빠도 찾아봬야죠. 시간이 너무 안 나서…… 준수도 같이 왔어요."

할머니는 다가가 준수의 손을 잡아 웃으며 마중하는 것도 잊지 않으셨다.

"추운데 오느라 고생혔어. 어여 들어가. 아가 너도."

우진이 온다 해서 마련한 것인지 집 안으로 들어가니 삼계탕 냄새가 온 집 안에 퍼져 있었다.

할아버지! 하며 달려가 제 할아버지에게로 폭 안긴 우진은 부엌으로 할머니를 도우러 간 준수도 보지 못하고 내내 할아버지 옆에서 쫑알쫑알 하고 싶었던 말들을 쏟아 냈다.

식사를 마치고 할머니는 후식으로 감자와 군고구마를 내놓았다. 감자를 젓가락으로 집은 할머니가 우진을 보며 흘리듯이 말했다.

"근데 우리 우진이, 아직 남자 친구 없지? 벌써 나이가 꽉 차서 시집갈 때가 됐는데……. 어서 남자를 만나야 하는디."

"안 그래도 고민 중이에요. 선이라도 봐야 할지."

"아니 얼굴도 예쁘지, 좋은 회사에 다니지, 요즘 같은 세상에 너 같은 애가 어디 있다고. 남자들도 눈깔이 뼀어."

"그치. 할머니?"

우진은 능청스레 할머니 말에 동감하며 제 무릎을 탁 쳤다. 할머니는 그런 제 손주가 귀여워 감자 하나를 집어 껍질을 까기 시작했다. 보나마나 저 맛있게 생긴 감자는 우진의 것이었다.

"회사도 그래. 아니 좀 일찍일찍 퇴근도 시켜 주고, 야근도 좀 자제시키고 그래야 남자를 만날 시간을 만드는 거지."

"그러게요. 어디 팀장이 좀 빡빡해야 말이죠."

우진은 그러면서 준수를 대놓고 노려보았다. 우진의 농담 아닌 농담에 웃지 못한 것은 할머니뿐만이 아니었다. 준수는 그저 묵묵히 테이블만 바라볼 뿐이었다.

"근데 정말 준수랑은 그냥 친구여?"

할머니의 은근한 물음에 우진은 할머니가 건네는 감자를 베어 물며 물음의 저의를 모르겠다는 듯 눈을 깜빡였다. 그러고는 곧 할머니의 물음을 알았다는 듯 감자를 삼키며 미소를 지었다. 옅은 미소를 짓는 우진에게 준수의 시선이 달라붙었다.

"준수? 친구죠. 그럼."

그리고 우진은 더 이상 그 주제에 대해 관심이 없어진 듯 말을 돌렸다. 여전히 준수의 시선은 우진에게 가 있었다.

"할머니, 우리 이거 다 먹고 편먹어서 고스톱이나 칠까요? 할머니는 타짜니까 나랑 편먹고, 할아버지는 준수랑. 그럼 레벨이 어느 정도 맞을 거 같은데?"

"그래, 그러자. 좋죠? 영감?"

하고 말하는 할머니의 모습은 들떠 있었다. 할아버지도 군고구마 껍질을 까다 말고 고개를 끄덕였다.

그렇게 해서 판이 벌어졌다. 준수와 단둘이 붙으면 운빨도 다 준수에게로 갖다 붙었는지 한 판 이기기가 그렇게 힘이 들었는데 이렇게 편을 먹으니 제법 결과도 나쁘지 않았다.

"쌌다. 쌌어. 기다려 봐. 내가 다 먹어 주겠어."

우진은 신나게 제 패를 쓸어 담으며 준수의 패를 냉큼 쓸어 왔다.

"잠깐잠깐, 이거 뭐 걸고 해야 하는 거 아냐? 내가 이길 거 같은데. 그럼 설거지는 네가 해."

결국 이번 고스톱은 우진과 할머니의 승이었다. 준수에게서 한 판을 이겨 먹은 게 그렇게 좋은지 우진은 연신 기분 좋은 웃음을 흘렸다. 준수는 그런 우진을 바라보다 못 말리겠다는 듯 소리 없이 웃었다.

준수가 다 먹은 접시를 들고 설거지를 하러 갔을 때 과일 껍질을 말없이 챙기시던 할아버지가 천천히 준수에게로 다가섰다. 물이 쏴아아— 하고 그릇을 향해 떨어지기 시작했다.

"우리 우진이가 회사생활을 잘하고 있나 모르겄네. 부족한 거 많을 텐데 옆에서 잘 좀 챙겨 줘. 그래도 친구라고 너를 많이 의지할 겨."

"예. 할아버지."

"그래. 그래."

우진의 식구들은 우진과 닮은 구석이 많았다. 정이 많고 눈물도 많고 다정다감했다. 우진네 식구들은 그와는 거의 반대라고 해도 무방할 준수를 살뜰히 챙겼다. 그래서 준수는 우진이 더 좋았고, 곁에 있는 것이 좋았다. 마음이 따뜻해지는 기분이 들었다.

할머니 할아버지는 건넛방으로 가 따뜻한 요를 깔아 주었고, 일찌감치 씻고 방으로 건너온 우진은 펴진 이불 안으로 쏙 들어왔다. 저 멀찍이 떨어진 곳에는 준수의 이불이 깔려 있었다. 우진은 새삼스러울 것도 없다는 듯 자연스레 몸을 뉘였다.

곧이어 준수가 문을 열고 방 안으로 들어왔을 때 순간 우진을 발견하고 자리에 멈춰 섰다. 그리고 이내 자신의 이불이 깔린 곳으로 다가갔다. 바람이 매섭게 불어 창가가 휘청거렸다.

"……준수야."

"왜."

"나 조금만 네 옆으로 간다?"

"뭐?"

"이 산골에서 이렇게 바람이 분다는 건 분명 귀신이 나온다는 거야."

우진은 이불을 제 코끝까지 바싹 당기며 주위를 살폈다. 그리고 널찍이 떨어진 공간 사이를 좁히며 준수의 곁으로 붙었다. 준수는 그런 우진을 아무런 말도 하지 못하고 가만히 바라볼 뿐이었다.

준수가 잠들었는지 옆으로 눈을 돌려 살피던 우진은 덜컹덜컹거리는 창문에게서 좀 더 멀어져 살금살금 제 이불을 준수 곁으로 더욱 바짝 붙였다.

이제야 마음이 놓인 우진은 두 눈을 감았다. 좀 더 준수 가까이로 붙어서인지 갑자기 더 따뜻해지는 느낌이 드는 것 같기도 하고…….

우진은 그 온기가 마음에 드는지 이내 잠을 청하기 시작했다.

준수는 천천히 감았던 눈을 떴다. 곁에는 얌전히 눈을 감은 채 나른한 숨을 내쉬는 우진이 있었다. 손을 조금만 뻗으면 우진이 닿을 거리에 있었다. 숨을 내쉬는 빨갛고 도톰한 입술과 파르르 떨리는 속눈썹, 그리고 하얀 뺨까지. 모든 것이 준수의 눈 안에 있었다.

얼마나 많은 날들을 그녀에게 손을 뻗을까 말까 고민해 왔는지 준수, 자신조차 감을 잡을 수 없었다. 확실한 건 그녀는 늘 자신의 곁에 있다는 사실이었고, 그것보다 더 확실한 것은 우진은 늘 정면만을 바라보고 있고 자신은 그런 우진을 바라보고 있다는 사실이었다.

전에는 그저 제 시선 안에만 있으면 된다고 생각해 왔었다. 언제든 손을 뻗을 수 있는 그 자리에 있기만 하면 된다고 생각했다.

그런데 우진이 제 시선 밖으로 빠져나가려 하고 있다. 그런 나이가 점점 되어 가고 있고, 그것이 자연스러운 나이가 되고 있었다.

준수는 우진에게 손을 뻗어 그녀의 손을 잡으려다 말고 주먹을 쥐었다.

이 그어져 있는 선을 넘어가고 싶다.

5. 내가 너를

야식으로 만두를 챙겨 먹은 우진은 퇴근을 시작하는 팀원들을 바라보며 손을 흔들었다. 그리고 곁에 놓인 커피를 홀짝였다.

혹시 박준수가 고스톱 내기에서 이긴 대가로 더 엄청난 것을 원할까 봐 미리 머리를 굴리기로 했다. 무조건 남아서 그의 야근 업무를 돕겠다고 빡빡 우겼다. 나중에 소원 어쩌고 말을 꺼내면 이번에 도와준 걸 핑계 삼아 못 들은 척할 심산이었다. 기억력은 더럽게 좋아서 아직 남아 있는 '상대방이 원하는 것 들어주기'를 기억하고 있을 것이 틀림없었다.

"정 대리님 오늘 야근 아니잖아요."

"근데 뭐 팀장님 도와드리려고요. 아시잖아요. 또 회사를 위하는 마음."

"누가 들으면 진짠 줄 알겠어요. 정 대리님."

농담을 하며 손을 흔든 정학을 배웅한 우진은 자리에서 벌떡 일어나 화장실로 향했다. 이도 깨끗이 닦고 잠도 깰 겸 세수를 한 우진은 팀장실로 걸어갔다. 조용히 문을 두드리니 작은 머리통이 들렸다.

"오늘 늦게 도착한다고 했던 식품이 지금 도착해서 물품 확인하러 가려고요. 가시죠. 팀장님."

우진은 알아서 챙겨 든 파일을 준수에게 건네며 물품보관실로 향했다. 준수는 식품이 보관되어 있는 보관실로 걸음을 옮기면서 목록을 보며 도착하기로 한 것들이 제대로 기입이 되어 있는지 살폈고 우진은 보관실로 들어와 냉동고 문을 열었다.

"저는 여기 확인할게요. 팀장님은 그쪽부터 봐 주세요."

냉동고 안을 보며 숫자를 세어 따라가던 우진이 마지막 물품의 수를 기입했고 준수는 이미 끝냈는지 파일 철을 덮었다,

"제대로 왔네요."

"이쪽도 전부 제대로 왔어요."

그리고 냉동고 문을 닫은 우진이 웃으며 문고리를 돌렸다. 어? 그런데 문고리가 계속 헛돌았다.

"왜 그럽니까."

"이거 왜 이러지? 문이 안 열리는데……."

준수는 문을 열어 보고, 제 손목에 있는 손목시계를 내려다봤다.

"사원증으로 문 연 겁니까?"

"저는 그냥 열쇠로……."

준수의 입에서 작은 한숨이 새어 나왔다. 11시가 넘으면 인식이 필요해 사원증을 찍고 문을 열어야 하는데 저도, 우진도 시간 체크를 못했던 것이었다. 우진은 다급한 손으로 있지도 않은 주머니를 찾아 제 정장 스커트를 더듬었다.

"아까 책상 위에 놓고 오는 거 봤어."

"그럼 우리 이제 어떡해? 내일까지 꼼짝없이 이대로 있어야 하는 거 아냐?"

우진은 당황스러워 준수의 바지 주머니를 손으로 뒤적였다. 그렇지만 파일 하나 들고 온 준수에게 핸드폰이 있을 리가 없었다. 핸드폰만 있다면 아직 주차장에 있을지도 모를 직원에게 전화를 하거나 경비원에게 도움을 요청할 수 있을 텐데.

"우리 갇힌 거야?"

당혹스러운 눈동자와 불안한 표정으로 문을 두드렸지만 굳게 닫힌 문이 열릴 리가 없었다.

"소용없어."

"점퍼라도 하나 걸치고 나올걸."

"추워?"

"지금은 아니지만 냉동고가 앞에 있는데 곧 추워질 거야."

정장 셔츠 하나 걸친 준수의 신세도 저와 별반 차이 없었다. 보관실 앞으로 직원들이 지나가길 기다리는 지루한 시간들이 계속

이어졌다. 우진은 바닥에 쭈그려 앉아 제 무릎을 끌어안았다. 그리고 아직 서 있는 준수를 보며 옆자리를 툭툭 쳤다. 준수는 별다른 말없이 우진의 곁에 앉았다.

"그래도 너라서 다행이다."

"무슨 말이야?"

"아니, 너라서 안심이 된다고. 이 사태를 팀장님께 다 덮어씌울 수 있으니까."

장난스레 말하며 웃던 우진은 무릎 사이에 끼웠던 뺨 한쪽을 준수 쪽으로 돌려 눕혔다.

"정유경 얘는 미팅 하자고 해 놓고 말이 없어. 왜."

"남자 만나지 마."

"어?"

"영양가 없는 남자 만나지 마. 너 정도면 좋은 남자 충분히 만날 수 있어."

"그 말은 나도 괜찮은 여자라는 거야?"

"……그래. 너 괜찮은 여자야."

조용히 읊조리듯 내뱉는 준수의 말을 가만히 듣던 우진은 슬쩍 입술을 올려 미소 지었다.

"야. 그렇게 좋게 말하니까 얼마나 좋아. 팀원들이 이걸 봤으면 너 또 멋있다고 난리였겠다."

"진심이야."

묵직하게 가라앉은 중저음의 음성에 우진은 그를 향해 누이고 있던 고개를 들었다. 준수는 담담한 표정으로 달달한 말을 해댔다. 아니 달달한 말은 아니었지만 그냥 기분이 그랬다. 우진은 한참을 멍하니 그런 준수를 쳐다보고 있었다. 괜히 기분이 이상해졌다.

"……흠. 춥다."

"가까이 와."

우진은 좀 더 준수에게로 바짝 붙어 앉았다. 닫힌 냉동고에서 나오는 한기에 우진은 제 팔을 쓰다듬었다. 그리고 소리쳤다.

"우이씨. 안 되겠다. 야, 팀장님아. 너 좀 빌리자."

우진은 손을 뻗어 준수를 껴안았다. 준수의 품이 이렇게나 넓었었나? 태평양만 하다. 우진은 따뜻하고 넓은 그의 품으로 더욱 파고들었다. 여기가 이렇게 따뜻했다니. 왜 그걸 이제야 알았을까?

"너 되게 따뜻한 남자구나."

"이렇게 남자한테 덥석덥석 안겨도 되나?"

"뭐 어때. 친구끼리."

"난 남녀 친구 안 한다."

"나랑은 하잖아."

"그래. 그래서 힘들다."

도대체 알지 못할 소리를 하는 준수의 목소리에 우진은 고개를 들었다. 그의 턱이 보였다. 직원들 말처럼 매섭긴 하지만, 깊은 눈동자를 지닌 섬세하고도 짙은 눈이 보였다. 날카롭게 뻗은 코,

그리고 준수의 얼굴에서 가장 눈에 띄는 붉은 입술도 한눈에 들어왔다.

“허이구. 잘생기기도 했다. 왜 여직원들이 너한테 목을 매는지 알겠다.”

준수는 픽 웃음을 흘렸다. 그의 가벼운 웃음에 보조개가 모양을 내밀며 모습을 드러냈다. 그의 볼 가운데 파인 보조개는 곧 다시 모습을 감췄지만 눈은 아직 부드럽게 휘어 있었다.

정말 정우진, 너란 여자는 알다가도 모르겠다. 그렇게 많은 여직원들이 반하는 이 얼굴에 정우진은 감탄만 할 뿐이라니.

그는 나지막한 한숨과 함께 읊조리듯 중얼거렸다. 내뱉진 못하고 머릿속으로만이지만.

“나 뭐 하나 물어봐도 돼?”

우진은 그의 가슴에 머리를 박으며 물었다. 준수는 간결히 답했다. ‘뭐.’ 하고.

“너 그때, 우리 대학교 1학년 엠티 때……. 왜 그랬어?”

우진의 말에 준수는 기억을 되돌렸다. 우진이 무엇을 물어보는지 단번에 알아차렸다.

당시 대학 1학년 엠티 때, 우진이 자신의 남자 친구를 모두에게 소개시켰다. 우리와 같은 식품영양학과 남자애. 그리고 잔뜩 술을 마시고 밖으로 나와 피우지도 않던 담배를 물고 있는 준수를 보며 우진은 그에게 손가락을 뻗었다.

'너……눈에…….'

눈동자에 고여 있는 눈물 같은 것들을 우진이 발견한 것 같았다. 하지만 준수는 그런 우진의 말에도 대답 않고 담배를 마저 피웠었다. 그리고 말없이 등을 돌렸다. 그녀에게서부터.

준수는 다시 입을 다물었다. 우진은 아무 말도 없는 준수를 기다리며 가만히 그의 심장 소리를 듣고 있었다.

"말하기 싫다."

"그럴 줄 알았어. 그때도 그랬잖아."

그녀가 그때의 그 상황을 알아차리는 날이 오기는 할까.

"네가 가르쳐 줘."

"어?"

"네가 나한테 가르쳐 달라고."

"나보고 알아내라는 거야?"

"그래. 네가 알아내서 나한테 알려 줘."

준수의 말에 우진은 어떠한 대답도 더는 하지 않았다. 준수의 온기가 따뜻해서인지 그저 말없이 온기만 느끼고 있었다. 눈을 깜빡이던 우진은 가만히 준수의 손을 잡았다. 준수의 시선이 우진에게로 내려갔다.

"너도 춥잖아. 팀장님아."

준수는 정말 묻고 싶어졌다. 너는 정말 나에게 친구, 그 이상의 감정 같은 것은 하나도 없는 것이냐고.

"어? 누구 지나가는 거 아냐? 말소리 들리는 거 같은데?"

우진은 자리에서 벌떡 일어나 문을 두드렸다. 문 반대편에 선 사람들의 목소리가 점점 가까워졌다. 준수는 저도 모르게 우진의 어깨를 돌려세웠다. 까만 눈동자가 자신을 향하고 있었다.

"내가 원하는 거, 지금 말할게."

"……."

"다른 남자 만나지 마."

"……뭐?"

"아무도 만나지 마."

그리고 문이 열렸다.

❀ ✱ ❀

보관실에 조금 갇혀 있었다고 밤부터 열이 끓어오르더니 결국 아침에 병가를 내야 했다. 잔뜩 땀이 밴 손을 이마에 얹으니 머리가 아직도 뜨거웠다. 회사를 안 가서 좋긴 한데 아무리 보관실에 조금 갇혀 있었기로서니 그 정도로 이런 심한 감기에 걸렸다는 건 이해할 수가 없었다. 건강하기로는 타의 추종을 불허하는 저인데.

거실로 나와 따뜻한 물로 바짝 마른 목을 축인 후 소파 위에 거머리처럼 찰싹 달라붙어 떨어질 줄을 모르고 누워 있었다.

하나에게서 전화가 왔었다. '정 대리님 많이 아파요?' 하고 묻는데 하마터면 눈물을 왈칵 쏟을 뻔했다. 회사에 일 년 열두 달을 한 번도 빠진 적 없이 개근했던 우진인데 이렇게 회사도 못 갈 정도로 열이 나는 것이 그냥 확 짜증이 났고, 화도 났다.

다들 말을 안 해서 그렇지 정 대리 걱정을 하고 있다고 전한 하나는 팀장님은 정우진 대리님 걱정도 안 되는지 아무런 말도 안 한다고 은근슬쩍 준수를 씹으며 앓는 소리를 했다. 아픈 건 우진인데 제가 섭섭한 모양이었다. 팀장님이야 원래 그런 분이니 그냥 신경 쓰지 말라고 섭섭해하는 마음을 풀어 주자, 하나는 '누가 아파 죽어도 기획안에 더 신경 쓸 분이에요.' 라며 우진의 말에 적극적으로 동의해 주었다.

아파서 병가를 냈는데 괜찮으냐고 한 번 묻지도 않는 게 약간 섭섭했지만 그래도 원래 누구 일에 그렇게 신경 쓰는 준수가 아닐뿐더러 회사 안에서 사적인 감정 같은 건 절대 드러내지 않는 것을 알기에 묻어 두지 않고 흘려 넘겼다.

"그럼, 내일 봐. 하나 씨."

— 네, 정 대리님도요. 몸조리 잘하세요.

끊긴 전화가 아쉬웠다. 아픈데 곁에 아무도 없는 게 이다지도 외롭고 쓸쓸한 일이었다니. 냉동실로 가 꽁꽁 잘 얼려 놓은 사탕을 입안에 넣고 다시 소파로 뛰어들었다.

오늘은 자다가 죽을 테다. 일 년 치 못 잔 잠 오늘 다 잘 테야. 비장하게 눈을 감았다.

얼마나 잔 걸까? 눈을 감고 있어도 사방이 어두워진 것을 다 느낄 수 있었다. 밤과 저녁은 그만의 소리가 있다. 눈을 감고 들으니 그것이 더욱 확연히 느껴졌다.

좋아하는 달이 소리를 내는 것 같기도 했고 져 버린 해가 아쉬운 작별 인사를 하는 것 같기도 했다. 눈을 뜨면 그것들이 속삭이는 소리가 사라질까 봐 두 눈을 꼭 감고 있었다. 그러다 배가 고파 도저히 참을 수가 없어졌을 때가 되어서야 몸을 일으키고 벌떡 일어났다.

욕실로 들어가 거울을 보니 사람 꼴이 말이 아니었다. 따뜻한 물을 욕조에 받아 머리부터 발끝까지 빡빡 문질러 때 벗겨 목욕을 하고 어느 정도 열이 내린 것에 만족하며 욕실을 나왔을 때 온수로 인해 미지근해진 몸이 마음에 들었다.

목욕하며 벗어 두었던 반짝반짝 빛나는 목걸이를 목에 걸고 밥을 해 먹으려 냉장고 문을 열어 양파 하나를 꺼내는데 패스워드가 해지되는 소리가 들렸다. 우진은 익숙한 소리에 반사적으로 고개를 돌렸다.

"……일어났네."

"퇴근한 거야? 뭘 그렇게 사 오는 거야. 이리 줘 봐.

저녁 식사 재료를 사 가지고 왔는지 마트 봉투에 잔뜩 담겨 있는 채소와 과일들이 눈에 들어왔다.

"바쁘신 팀장님이 웬일로 일찍 퇴근이야?"

"아프지도 않던 애가 왜 아프고 그래."

준수는 저녁을 하기 위해 겉옷을 벗고 셔츠를 걷어 올렸고, 방금 막 샤워를 마쳐 몸이 추운 우진은 윗옷을 하나 걸칠 생각으로 안방으로 들어왔다. 그리고 베스트 하나를 걸치고 밖으로 나왔다.

마트 봉투에서 여러 가지 재료들을 꺼내어 탁자 위에 올리고 준수가 겉옷을 벗어 두는 느릿한 움직임을 눈여겨보았다.

"카레 만들 거야? 당근 많이. 알지?"

"거기 칼 좀 집어 줘."

그가 음식을 하고 있는 모습을 보고 있던 우진은 생당근을 씹어 먹으며 기다렸다. 향긋한 카레 향이 진동을 하기 시작했고 우진은 남아 있는 당근 조각을 만지작거리며 나른한 숨을 내쉬고 있었다.

잠시 후 벗어 놓은 재킷에서 핸드폰을 꺼내던 준수가 가만히 바닥만 바라보고 있는 모습이 우진의 눈에 들어왔다. 우진은 재가 뭐하나 싶어 들고 있던 당근 조각을 탁자 위에 내려 두고 준수가 내려다보고 있는 거실 바닥으로 시선을 돌렸다.

둘은 아무 말 없이 그것만을 멍하게 바라보고 있었다. 그리고 준수가 먼저 파일 사이에 있는 그것을 손가락 끝으로 집어 들었다.

우진은 결단코 콘돔이 왜 저기에 있는지 몰랐다. 제 것이 아닐뿐만 아니라 집에 이것이 있을 만한 이유도 없었다. 맹세코 그건 내 것이 아니라고 말을 하려 했지만 저도 모르게 손을 뻗어 콘돔을 낚아채며 나온 말은 다른 말이었다.

"내 사생활이야. 너도 사생활이 있듯이."

준수는 아무런 말도 하지 않고 얼굴이 시뻘게진 채 콘돔을 쥐는 우진을 빤히 쳐다봤다. 자신의 것도 아닌 콘돔을 마치 내 것인 양 움켜쥔 채 시선을 돌린 우진은 머릿속으로 이 콘돔의 주인을 추적하고 있었다.

우리 집에 엄마 아니고선 손님이 온 적이 없지만 이게 엄마 것일 리도 없고 내 것도 아니고, 그저께 잠깐 들렀던 오빠 건가?

하지만 놓아두고 갔었다는 그 비슷한 전화도 받지 못했다. 테이블 위로 아직 한 번 펴 보지 못했던 파일이 눈에 들어왔을 때 이 콘돔이 기웅의 것이라는 생각까지 닿았다. 하지만 기웅의 것이라고는 확신할 수는 없었다.

준수는 한참을 대답 없이 서 있었다. 그리고 이내 아무런 일도 없었다는 듯 다시 키친으로 돌아가 완전히 익은 듯 보인 채소들을 달콤한 카레 속에서 휘젓고 있었다.

전혀 반응이 없는 준수의 행동에 말을 하고도 움츠러든 스스로가 민망해져서 콘돔을 들고 멍하게 서 있기만 하다 보글보글 카레가 끓는 소리에 정신을 차리고 테이블 위에 그것을 아무렇게나 던져두었다.

사생활이라고 너무 선을 그었나?

별로 신경 쓰지 않는 것처럼 보이는 준수의 행동에 우진은 손으로 괜히 테이블 위에 준수가 가져왔던 파일을 뒤적이다 팀원들이 작성한 서류들에 몰래 손을 가져가 눈으로 읽었다.

형편없는 오 대리의 작성안에 혀를 끌끌 차며 종이를 뒷장으로 넘기다 말고 느껴지는 시선에 고개를 들었다. 준수가 카레가 묻은 국자를 쥐고 물끄러미 쳐다보고 있었다. 혹시 작성안을 몰래 보고 있는 것이 못마땅해 그런가 싶어 살며시 손으로 종이들을 덮고 준수의 시선에 답하였다.

"……왜?"

"……."

"……."

"소금."

"……아 여기."

말없이 소금을 건네자 준수가 낚아채 갔다. 그럴듯한 카레를 완성시킨 준수가 가스레인지 불을 끄고 요리가 끝났다는 신호를 하는 소리에 탁자 위에 어질러진 것들을 대충 치우고 냄비 받침을 올려놓았다.

숟가락을 들고 카레를 기다리며 발을 왔다 갔다 하며 입맛을 다시던 우진은 저를 쳐다보며 냄비를 받침 위로 올려놓지 않고 그 위에서 들고만 있는 준수를 올려다보았다. 의아한 눈을 하는 우진을 가만히 쳐다만 보고 있던 준수는 냄비를 다시 가스레인지로 가져가 뚜껑을 탁 덮었다.

"왜? 가져와. 빨리 먹자, 배고파."

"아플까 봐 밥해 바쳐, 카레까지 해 바쳤는데 정작 본인은 아프지도 않고."

"아니, 그거야…… 그럼 내가 다시 아팠으면 좋겠다는 거야?"

"우리 집으로 가져갈 거다. 너 먹지 마."

"뭐?"

준수는 벗은 오븐장갑을 다시 끼고 정말로 냄비를 한 손에 들고 다른 한 손으론 가방을 든 채 신발을 신었다. 냄새 좋은 카레가 한순간에 집을 이탈하는 당황함과 카레를 못 먹는다는 절박함에 숟가락을 손에 든 채 현관까지 뛰어온 우진은 갑작스런 준수의 행동에 멍하니 그 자리에 서 있었다.

"야! 너 진짜 들고 가? 어?"

"내가 다 먹을 거다."

문이 쾅! 하고 닫혔다.

"……진짜 갔어."

허무하게 들린 숟가락을 내려다본 우진이 인상을 푹 쓰며 중얼거렸다.

"이 개자식……."

그리고 테이블 위에 있던 귤 하나가 바닥으로 데굴데굴 굴러 툭, 하고 떨어졌다.

❀ ✱ ❀

특별 수업이 있는 날이라 오전 늦게 출근한다고 양해를 구하고 일찍부터 학교에 나왔다. 학교가 산 중턱에 있는지라 아침에 오면 공기는 참 좋은데 그냥 오늘처럼 이렇게 마음 한쪽이 휑하니 시릴 때가 있다.

그래도 학교 다닐 때 이렇게 이른 시간에 나와 자판기 커피를 마시면서 도서관에서 공부하는 것을 참 좋아했었다. 사실 이건 자신보다 준수가 더 즐겼었는데-준수는 커피는 좋아하는 편이 아닌데 이 자판기 커피는 좋아했다.- 자판기 커피가 아침 학교와 잘 어울린다는 것을 가르쳐 준 것도 준수였다.

준수는 도서관 커피를 마시기 위해 수업이 없는 날에도 일찍 온 적이 있었다. 가끔 떠오르는 옛 추억들이 막연하게도 느껴지기도 했지만, 가슴을 따뜻하게 하기도 했다.

거의 다 마신 커피를 쥐고 수업 준비를 했던 노트를 접어 넣으며 건물을 나왔을 때 자신의 과목을 듣는 아이들 몇몇이 지나가며 고개를 꾸벅 숙였다. 그리고 전 수업 시간에 보았던 낯익은 얼굴 하나가 옆을 스쳐 지나갔다.

'기웅이 친구였지? 아마……. 기웅이, 기웅이? 기웅이! 콘돔! 맞아. 콘돔은 어쩔 거야! 진짜 네 거냐고 이걸 어떻게 물어봐? 교수가 제자한테 찾아가서 이 콘돔이 네 콘돔이니? 네 파일 안에 있던 콘돔 아냐? 라고 물어? 아니면 너 우리 집 테이블에 떨어져 있던 콘돔이 네 콘돔이야? 라고 물어? 미쳤어. 이건 있을 수가, 아니 있어서도 안 되는 일이다. 한가하게 커피 얘기나 하고 있다니 이 콘돔 얘기를 어떻게 꺼낼 거야? 정우진!'

우진의 입에서 한숨이 땅이 꺼질 듯 흘러나왔다.

"교수님?"

"……."

"정우진 교수님!"

"콘도!"

"……네?"

"……옴."

갑작스런 호명에 반사적으로 고개를 돌리며 입 밖으로 내지 말아야 할 단어가 튀어나왔다. 우스꽝스러운 폼으로 뒤를 돌아본 우진 앞에 기웅이 웃을 듯 말 듯 한 표정으로 두꺼운 책 한 권을 손에 든 채 서 있었다. 아까 저를 지나쳤던 친구들과 함께.

혹시나 내 말을 알아들었을지 모른다는 미칠 듯한 불안감과 창피함으로 얼굴이 따끔따끔할 정도로 벌겋게 달아올랐다.

"뭐라고요?"

"아, 아냐 아무 말도 안 했어."

"네……. 강의실 안 들어가세요?"

"그래. 들어가야지."

쪽이란 쪽은 다 팔고 가는구나. 무거운 가방을 영차 어깨 위로 다시 고쳐 메고 문을 열자 강의실 빼곡히 아이들이 다 차 있었다. 그놈의 말도 안 되는 콘돔 생각 때문에 일찍 왔다가 지각을 한 우스운 꼴이었다.

멋쩍게 책을 펴고 펜을 잡고서 뒤를 돌았을 때 기웅이 가장 눈에 띄는 중앙 자리에 앉아 자신을 바라보며 책을 펴고 있었다. 제자에게 위엄 있는 교수 모습을 보이려다 되레 정우진 본모습이 다 까발려지는 것 같은 기분이 들기 시작하면서 책을 들고 서 있는 이 자리만 폭 꺼진 것 같은 이상한 기분을 맛보고 있었다.

기웅이 쪽을 쳐다보기가 힘들어 자신도 모르게 눈을 피하며 책 쪽으로 시선을 고정시킨 우진은 책을 한 장 넘기고 두 장, 세 장을 넘기고 책을 덮을 때까지 기웅이 쪽은 쳐다보지 않았다.

계속 자신에게로 향하는 쏟아붓는 듯한 시선을 느끼면서도 우진은 기웅을 수업 시간 내내 단 한 번도 쳐다보지 않은 채로 그렇게 수업을 끝마치고 책을 챙겼다.

학생들이 모두 나가고 빈 강의실 불을 끄고 문을 나서는데 문 밖에 서 있던 기웅이 우진을 기다리고 있었던 것인지 한참을 놓지 않고 쳐다보며 천천히 다가왔다.

"교수님."

"……왜? 할 말 있니?"

"저…… 책 돌려드리려구요."

쭈뼛쭈뼛 다가와서 어렵게 꺼낸 말이 이거라니 어제저녁 내내 고민하게 했던 자신의 그러한 생각과는 달리 학생의 입에서 나온 순수한 대답에 옹졸하게 갇혀 있던 마음이 확 풀어지는 것을 느꼈다. 그래. 그 콘돔이 네 것일 리가 없지.

그런 이야기를 꺼내려고 했던 것 자체가 나쁜 교수였다. 수업 시간에 그 아이를 단 한 번도 쳐다보지 않고 내내 책만을 쳐다보고 있었던 자신이 민망해지고 한심해지기 시작하며 미안한 마음에 빰이 화끈거렸다.

자판기로 다가가 동전을 넣으며 커피를 두 잔 뽑아 한 잔을 기웅에게 건넸다. 교수의 위엄이, 권위 따위가 이런 걸로 벽을 쳐놓는다고 생길 리가 없었다.

"난 대학 시절 때 친구랑 아침에 이 커피를 마시면서 도서관에서 공부를 했었거든? 근데 그게 그렇게 좋았어. 내가 학교를 다닐 때 제일 좋아했었던 거 같아."

"……교수님 친구가 전에 그분이세요?"

"준수? 준수를 네가 어떻게…… 아, 그때 우리 저녁 먹은 날 봤지, 참."

"그분이랑 각별한 사이신가 봐요……."

"그렇다기보다 그냥 오랜 세월 동안 같이 붙어 있다 보니 지 몸이 내 몸 같은 거고, 내가 그 녀석 같은 거지. 그게 특별한 건가? 그렇다면 특별한 건가 보다."

기웅은 느꼈다. 그때 준수에게서 들었던 말과 똑같은 말을 하고 있는 우진을.

그의 것이 내 것 같고 내 것이 그의 것 같다는 말을 저렇게 서슴없이 한다는 것에 아무런 의미도 부여하지 않는 듯 우진은 가볍게 말하지만 기웅은 소금기둥처럼 안면이 굳어 있었다.

생각보다 훨씬 깊은 우진과 그 남자와의 사이.

우진은 그에 대해 더 덧붙이면서 말하면서도 시시콜콜한 얘기라는 말투로 웃어넘겼지만 그렇게 가벼운 문제가 아니었다. 기웅의 입장에선 분명히.

술에 취했던 그녀를 안고 자연스레 그녀의 집 안으로 함께 들어갔었던 그 남자. 그렇게 쉽게 집을 드나드는 사이라면 자신이 파일에 껴 두었던 그 콘돔을 발견했을 가능성이 컸고 두 사람이 친구라면 콘돔을 발견했다 한들 그저 쉽게 넘어갔을 것이다.

하지만 준수에게 우진이 단순한 친구가 아니라면 두 사람 사이는 틀어지겠지.

기웅은 쥐고 있던 커피를 말없이 내려다보았다. 커피 안에 흐릿한 잔영이 둥둥 떠 있었다. 두 사람이 어찌 지내고 있는지 기웅은 궁금해 참을 수가 없었지만 이내 입을 다물었다.

우진이 커피를 한 모금 마시고 시선을 옮겼을 때 내내 쫑알거리며 생글거리던 표정을 지운 채 말없이 입을 꾹 다물고 눈 아래가 어두운 기웅을 보았다. 그런 모습은 처음이었다. 건네받은 커피를 한 모금 마시고는 내내 그 커피에게로 시선을 준 채 입을 다물고 연신 종이컵의 입구를 만지작거리고 있었다.

곧 남은 커피를 마저 비운 기웅은 마른 손으로 입술을 두어 번 비비며 천천히 입을 열었다.

"책…… 감사해요. 교수님."

"한 권 더 가져다줄까?"

"그래도 돼요?"

"그래."

기웅은 조금 조바심이 나는 얼굴로 애꿎은 빈 종이컵을 두 손으로 구겼다.

"그럼 오늘 교수님 퇴근 시간 무렵에 4층 엘리베이터 앞에서 기다리고 있을게요."

"그래, 그럼."

기웅은 예쁘게 웃는 우진의 모습에 종이컵을 구겼던 조바심이 손끝을 타고 목덜미를 돌아 입술 끝까지 온 기분이었다. 그 조급함이 목구멍으로 튀어나올 것만 같았다.

6. 친구, 아니 친구 그 이상

특별 수업으로 인해 12시가 다 되어서야 회사에 도착한 우진은 부라부랴 옷을 갈아입고 가방을 뒤적거려 사원증을 꺼내 목에 걸었다.

회사에 당도하자 웅성웅성 회사 앞 벤치에 모여 핸드폰을 들고 왔다 갔다 하는 사람들이 보였다. 다들 커피 한 잔씩들을 들고 구경거리가 난 듯한 표정으로 한마디씩 해대고 있었다.

그 모습을 지나쳐 회사 안으로 들어서던 우진은 사람들이 모여 안에서도 웅성거리는 소리에 흥미로운 표정으로 옷을 마저 정돈하며 그쪽으로 다가갔다.

회사 앞 나무를 배경으로 선 한 남자를 향해 연신 핸드폰 카메라 셔터를 눌러 대는 직원들과 카메라를 세로로 돌려가며 찰칵찰

칵하는 소리를 연달아 내며 찍어 대는 사진사, 그리고 그의 피사체가 되고 있는 한 남자.

"이번 사보 메인, 우리 팀장이 될 줄 알았어."

"하나 씨 여기서 뭐 해요?"

"어머! 정 대리님 오셨어요? 몸은 좀 괜찮아요?"

"네. 아니 근데 팀장님 저기서 뭐 하시는 거예요?"

"이번 달 사보 메인이래요. 우리 팀장님 원래 인물 되는 건 알았지만 또 저렇게 갖춰 입으니까 달라 보인다."

서둘러 오느라 구겨 신은 신발을 바로 신으면서 핸드폰으로 준수를 향해 열심히 셔터를 누르는 여직원을 가리키며 물었다.

"저분들은 왜 저래요?"

하나는 이런 반응을 보이는 우진을 이해한다는 식으로 대답했다.

"우리에겐 그저 무서운 팀장님이지만 사내 여직원들 사이에선 유명하잖아요. 잘생기고 능력 있고 이유가 다 그렇죠, 뭐."

"쟤가 저렇게 인기가 많았어?"

"네?"

"아니, 아니 우리 이만 들어가요. 춥다."

하나와 우진은 다시 계속되는 카메라 셔터 소리를 뒤로하고 차가워진 손을 비비며 회사 안으로 들어왔다.

하나에게서 듣는 박준수라는 사람은 바깥에선 대단한 인기를 자랑하고 있었고, 심지어 우리 팀원들을 부러워하는 다른 팀 직원들도 있다는 말까지 나오자 우진은 눈을 살짝 찡그리고 반문했다.

"그게 사실이야?"

하나는 고개를 끄덕끄덕했다. 어제 자기가 만들었다고 카레를 날름 들고 가 버리는 놈을 좋아해서 저렇게 사진으로 저장까지 해 가며 쫓아다니다니.

우진은 고개를 절레절레 흔들며 녹차 티백을 하나 타 가지고 자리에 앉았다. 정작 다른 팀이 부러워한다던 그 당사자들은 팀장이 없는 틈을 타 고스톱 게임을 하며 만담을 나누고 있는데.

"아니, 회사 분위기가 이게 뭡니까? 지금 팀장님 안 계시다고 농땡이 치는 겁니까? 김정학 씨는 지금 고스톱 게임 합니까? 근무 중에?"

미니 박 팀장이라 불리는 이수진 대리가 팀실 분위기를 보다 못해 역정을 냈지만 다들 심드렁하게 듣는 둥 마는 둥 했다. 수진의 말에 눈치를 보던 정학은 핸드폰을 끄는 시늉을 하면서도 아쉬운지 핸드폰 버튼을 눌러 댔다.

"아. 쌌다, 쌌어. 하필 이때 싸냐."

"뭘 말입니까?"

"뭐긴 뭐야, 똥 쌌지…… 팀장님!"

외치듯 말한 정학의 마지막 말에 다들 늘어진 채로 물먹은 솜처럼 잔뜩 풀어져 있다 죄지은 사람처럼 자리에서 벌떡 일어났다. 이수진 대리의 말에는 꿈쩍도 않던 직원들이 핸드폰 게임을 끄고 급하게 종이를 책상 위로 펼쳐 놓는 소리들이 요란하게 들렸다.

머리에 힘을 주고 옅게 눈 화장까지 하자 더욱 매서워 보이는 준수의 인상에 더욱 분위기가 험해졌다. 팀실을 한 번 쭉 둘러보던 준수가 좋지 못한 분위기에 작은 한숨을 내쉬었다.

"이러니 우리 팀이 다른 팀한테 꼴통 팀이라는 소리를 듣는 겁니다. 팀장이 잠시 자리를 비웠다고 이렇게 해초처럼 풀어지니 원. 근데 오 대리 자리는 왜 공석입니까?"

"아, 그게…… 연락을 해 봤는데도 핸드폰이 계속 꺼져 있는 상태라……."

준수는 머리가 아픈지 뒤도 돌아보지 않고 팀장실 안으로 들어가 버리고, 팀장실 문이 탁 하고 소리 내어 닫힘에 분위기가 무겁게 착 가라앉았다. 다들 말없이 자리에 앉아 팀장실 눈치를 보며 타이핑을 시작했고 이수진 대리는 자신의 자료들을 챙겨 모아 팀장실 안으로 당당하게 들어갔다.

오늘 해야 할 것들을 차근차근 머릿속으로 정리하며 백에서 펜을 꺼내던 우진은 동시에 울리는 핸드폰을 꺼내 발신인을 확인했다. '오 대리' 라고 반짝반짝 핸드폰 중앙에 뜨는 이름에 현재 공석인 자리를 한 번 바라보다 주위를 살피고 조용히 팀실을 나와 통화 버튼을 눌렀다.

"오 대리님 어디세요? 안 와요? 도대체 몇 시간 지각인지 아세요?"

— 정 대리, 나 여기 직원 휴게실인데 좀 와 줘.

"거긴 왜요?"

— 암튼 좀 와 줘. 참, 팀장님 몰래 와야 해.

"……네."

오 대리의 목소리가 조금 다급한 것 같기도 했고 팀장님 몰래 오라던 목소리가 담배에 절은 음성처럼 갈라져 있는 듯도 했다.

우진은 유리 너머로 팀실을 한 번 살펴보고 직원 휴게실로 걸음을 옮겼다.

"나니까 이런 어이없는 부탁에도 들어주는 거지. 원."

별일 아닌 걸로 오라 한 거면 선배고 뭐고 뒤통수부터 후리려고 핸드폰을 쥔 왼손을 더 꽉 움켜쥐고 휴게실 문을 열었다.

아무도 없는 직원 휴게실에 가 보니 자판기 옆에 오 대리가 축 늘어져 있었다. 푹 숙인 어깨엔 넥타이가 올라와 있었고 양말 한 쪽이 의자 위에, 그리고 널브러진 사무용 가방이 바닥에 놓여 있었다.

누가 봐도 어제 3차까지 달린 사람의 모양새에 경악스런 얼굴로 천천히 가까이로 다가간 우진은 흡사 죽은 것처럼 미동도 없이 고개 숙인 오 대리의 어깨를 툭툭 건드렸다.

"오 대리님."

"……."

"선배."

"……."

오 대리에게로 고개를 조금 숙였을 때 확 올라오는 술 냄새에 반사적으로 코를 막고 눈을 찌푸렸다. 도대체 뭐 때문에 지금 이 시간에 이렇게 술에 절어 회사에 있는 건지도 의문이었지만 이런 의식불명 상태로 전화를 건 것이 더 큰 의문이었다.

선배를 건드렸던 어깨에서 손을 떼 뒤로 물러나려 발을 주춤거리는데 손목이 확 꺾였다. 그리고 잡혔다.

"으악! 아, 뭐야! 놀랐잖아요."

"정우진 씨."

"왜, 왜 이름을 부르고 그래요, 새삼스럽게."

"우리 정 대리……."

"선배 일단 이 손부터 놓고 말 좀 해요. 아파요!"

"흑흑. 이혼한 게 내 죄야? 내 죄야? 말해 봐. 정 대리, 왜 이렇게 날 못살게 구냐 말이야, 이놈의 마누라가."

결론은 그거였던 것이다. 최근에 이혼 소송으로 문제가 많았던 것이 아직 다 풀리지 않은 것이었다. 잡힌 손에 들어갔던 힘을 풀었다. 그리고 손을 들어 오 대리의 어깨를 두드렸다. 불쌍한 선배.

"그런 의미해서 순옥 씨…… 우리……."

"선, 선배?"

"순옥 씨, 순옥아!"

"저, 저는 선배 와이프가 아니에요! 이거부터 놓고 말해요."

우악스럽게 손목을 움켜잡고 있던 오 대리가 무방비 상태의 우진을 왈칵 안았다. 갑작스런 행동에 놀란 우진이 얼마 없는 오 대리의 머리카락을 양손으로 움켜쥐며 밀어냈지만 거머리처럼 찰싹 달라붙은 선배의 몸은 떨어질 줄을 모르고 연신 그놈의 '순옥아.'만 반복했다. '내가 어딜 봐서 선배의 나이 많은 마누라야!' 라고 소리치고 싶었지만 이 찰거머리처럼 딱 달라붙은 몸을 떼어 내는 게 우선이었다.

'정 대리, 순옥아.' 이 두 단어만을 반복하던 오 대리의 팔이 우진의 허리를 넘어 손이 올라왔을 때 깜짝 놀라 소리를 지르고 오 대리를 있는 힘껏 밀었다.

그런데 어이없게도 오 대리는 그 한 방에 떨어져 나갔다.

"이게 뭐 하는 짓이야!"

제 허리를 감싸고 있던 오 대리의 손을 꽉 움켜쥔 준수의 고함 소리에 너무나 놀란 우진은 준수와 오 대리를 동시에 쳐다보며 손으로 입을 막고 물러섰다. 제가 아닌, 준수에 의해 떨어져 나간 것이다.

오 대리의 팔을 잡은 손에 있는 힘껏 힘을 준 준수가 한 번 더 손아귀에 힘을 주자 오 대리의 입에서 비명이 터져 나왔다. 아프다며 준수의 손목을 바들바들 떠는 손으로 움켜쥔 오 대리의 눈이 준수를 올려다봤다.

화가 머리끝까지 솟은 남자의 무서운 눈과 마주친 오 대리는 일으켜 세운 엉덩이에 힘이 빠지며 다시 철퍼덕 바닥으로 주저앉았다. 그제야 술이 확 깬 얼굴이었다.

"팀, 팀장님……."

"오 대리는 당장 따라옵니다."

준수는 오 대리의 팔을 내동댕이치듯 던지고 발을 돌려 직원 휴게실을 나갔다. 아니, 나가는 듯하더니 다시 돌아와 우진의 팔목을 세게 움켜쥐고서 다시 휴게실을 나왔다.

"아. 아파, 아파요. 팀장님!"

"……."

"직원들 다 쳐다봐요. 놔줘요."

다들 식당으로 내려갔는지 텅 빈 팀실 안으로 들어온 준수는 팀장실 안으로 우진을 던지듯 밀어 넣었다. 아픈 팔목을 만지며 준수를 쳐다보는데 그의 눈에선 뭐 때문인지 머리끝까지 솟았던 화가 아직 가라앉지 않은 분위기였다.

제가 뭘 잘못한 것도 아닌데 있는 대로 주눅이 든 우진은 뭐라 할 말을 찾지 못한 채 조용히 자리에 앉으며 준수의 눈치를 살폈다.

'아니 근데 내가 뭘 잘못했어? 나한테 왜 화를 내는 거야?'

반박이라도 하려 입을 떼려는 찰나 팀장실 문을 열고 반 폐인이 된 오 대리가 들어왔다. 죽을 맛인 오 대리의 표정과 동시에 팀장실 안으로 밀고 들어오는 역한 술 냄새에 준수는 다시 한 번 눈썹을 찡그렸다.

오 대리가 두려운 눈으로 조심스럽게 입을 열었다.

"저…… 팀장님."

"닥쳐요."

"티, 팀장님!"

"정 대리도 입 다물어요."

준수는 창가만 바라보던 눈을 홱 돌려 나란히 앉아 있는 우진과 오 대리를 쳐다봤다. 눈 화장을 아직 지우지 않은 준수의 얼굴은 더욱 무서운 인상을 하고 있었다.

저것들을 어떻게 하면 좋을까 하는 표정으로 한동안 말없이 쳐다만 보고 있던 준수는 자신의 눈치를 보면서도 제 몸을 더듬기까지 한 오 대리가 걱정이 되는지 그를 힐끔힐끔 쳐다보는 우진의 행동에 확 기분이 틀어졌다. 오 대리가 옆에서 바들바들 떨고 있었지만 그것이 더 화가 치솟았다.

"오 대리가 설명해 보시죠. 이 상황에 대해서."

"저, 저 그러니까 그게 어제 사정이 있어서 과음을 했는데 술김에……."

"술김에 동료직원을 성추행했다."

"서, 서, 성추행이라뇨!"

"그럼 동료의 손목을 잡고 허리를 껴안고 있는데 성추행이 아닙니까?"

"그건, 단지 정 대리는 너무 편하니까 저도 모르게……."

"요즘엔 그런 식으로 동료애를 표현합니까?"

"팀장님 한 번만, 한 번만 용서해 주세요. 다시는 이런 일 없을 겁니다."

"오 대리는 매번 정 대리 도움 받으면서 미안하지도 않습니까? 양심이란 게 있으면! 하아…… 도대체 이게 다 뭐하는 짓이에요."

더욱 고개를 숙이며 죄인이 된 오 대리를 보고 있는 준수의 입에서 한숨이 흘러나왔다. 오 대리는 냉큼 준수 앞에 무릎을 꿇었다. 무릎을 꿇는다는 것에 한 치의 망설임도 없었다. 손을 들어 싹싹 빌지만 않았지 이혼까지 당한 남자가 상사 앞에서 무릎까지 꿇고, 온갖 굴욕을 당하고 있는 모양새가 보기에 좋지 않아 우진은 고개를 돌려 버렸다.

"상부에 보고할지는 한번 생각해 보도록 하죠."

"팀장님……."

"나가요."

오 대리가 쫓겨나듯 나가고 팀장실에 홀로 남겨진 우진은 아직 화가 가라앉지 못한 준수를 힐끔 바라봤다. 무엇 때문에 저렇게 화가 난 건지 물어보면 불벼락이 떨어질 것이 뻔해 그냥 입 다물고 조용히 찌그러져 있기를 택했지만 화가 난 준수가 신경이 쓰였다.

언제 뽑아 온 건지 다 식어 버린 커피를 한참을 쳐다보던 준수가 저에게로 다가오는 소리가 들렸다. 오늘 하루 종일 사진이 찍히고 얼굴이 화장으로 만져진 준수는 피곤한 표정과 힘든 기색이 역력했다.

"변명도 안 합니까."

"우린 잘못한 거 없어요. 잘못한 게 없는데 왜 변명을 해야 해요? 아까 오 대리님이 말한 게 전부예요."

"우리…… 우리라……."

준수는 눈을 느릿하게 감았다 떴다. 그러곤 고개를 우진에게서 돌려 다시 창밖으로 시선을 돌렸다.

"나가."

그렇게 또 쫓겨났다.

퇴근하고 집으로 돌아온 우진은 완전히 맛이 간 얼굴로 침대 위에 대자로 뻗었다. 정말 손가락 하나 까딱할 힘조차 남아 있지 않았다. 하루 종일 준수 눈치를 보며 일을 한 오 대리와 기획안을 네 번이나 리턴 당한 우진을 직원들은 이상하게 쳐다보며 허리를 쿡쿡 찔렀다.

"자기 기획안 네 번이나 리턴 당한 적은 오늘이 처음이지?"

확실히 준수는 심술을 부리며 작은 오타 실수 하나에도 가차 없이 다시 돌려 버렸다. 간만에 가지는 간식시간 때도 팀장실에 도넛과 커피를 내려놓는 자신을 완전히 없는 사람처럼 무시만 안 했어도 이렇게까지 기분 나쁘진 않았을 것이다.

그런 일이 있고 나서 오 대리는 우진의 근처에도 가지 않았다. 아니 가지 못했다. 준수에게 더 깊은 오해를 살까 그 근처로는 얼씬도 하지 않았다.

내내 기획안에 트집을 잡으면서 눈길 한 번 주지 않던 준수는 분명 알고 있었다. 오 대리와 우진이 그런 부적절한 관계가 아닌 것을. 잘 알면서 도대체 뭐가 그렇게 화를 낼 만한 게 있는 건지 우진은 도저히, 도무지 감이 잡히지 않았다. 늘어진 한숨과 함께 막 겉옷을 벗는데 초인종이 울렸다.

"교수님!"

귓가로 들리는 익숙한 목소리에 그만 정신이 확 들었다. 오 마이 갓! 잊고 있었다. 완전히 잊고 있었다.

옷을 벗어 던지고 새로운 옷을 갈아입는 데 1분이란 신기록을 세우며 시계를 보고 입고 있는 옷 칼라를 정돈하며 문을 열었다. 정말 너랑은 매번 타이밍이 기가 막히는구나.

"기웅아."

"교수님, 걱정했어요. 전화도 안 받으시고 기다려도 교수님은 안 오시고."

"미안, 미안해. 오늘 하루 종일 정신이 없어서 약속도 까먹고……. 참, 책 주기로 했지. 잠시만 기다려 봐."

문을 닫으려 손을 뻗다 순간 온종일 밖에서 저를 기다리느라 빨갛게 코와 귀를 물들이고 있는 기웅을 바라봤다.

"아니다. 잠깐 들어와서 기다려. 안 그래도 나 때문에 한참을 기다렸을 텐데. 책만 찾고 금방 나가자. 근처 카페에 가서 교수님이 따뜻한 커피 한 잔 사 줄게."

문을 닫고 얼음처럼 차가운 몸을 한 기웅을 배려한 우진은 방 안으로 들어가 주려고 챙겨 놓았던 책을 넣은 가방과 외투를 걸치고 불을 껐다.

차마 들어오지 못하고 신발장 끄트머리에 서서 손을 비비며 겉옷을 여미던 기웅이 천천히 신발을 벗고 안으로 들어와 우진이 서두르지 않게 차근히 기다려 주었다. 그리고 순간 문이 열리는 소리가 들렸다. 그 소리에 문 쪽을 바라본 기웅은 한순간에 말문이 막혔다.

"저…… 교수님."

"잠깐, 지금 나가."

"그게 아니라……."

가스 점검을 마치고 식탁 위에 놓아두었던 키를 들고 신발장으로 향한 우진이 머리를 정돈하며 외투를 추키다 말고 우뚝 멈춰 섰다.

같은 아파트 위층, 아래층에 살며 스스럼없이 집을 드나드는 친구 사이라는 게 이렇게 난감할 수 있다는 것을 처음 깨달았다. 시선을 주고받으며 말없이 서 있기만 하던 세 사람 중 제일 먼저 침묵을 깬 것은 준수였다.

집 안으로 들어와 테이블 위에 어제 놓고 간 파일 팩을 집어 들고 다시 뒤돌아 우진의 곁을 지나쳐 나가 버렸다.

키홀더와 책을 말없이 들고 멍청하게 서 있던 우진이 사라진 준수의 그림자에 순간 신발을 구겨 신고서 뒤를 쫓아갔다. 분명 지금 이 상황을 해명해야 할 애틋한 연인의 감정을 교환하는 관계는 아니었지만, 오해가 충분히 될 만한 지금의 상황에 대해 설명이 필요한 순간이라고 느꼈다. 대충 눈앞에 있는 슬리퍼에 발을 쑤셔 넣고 현관을 나설 만큼 급박한 마음이 들었다. 준수가 자신에 대해 있지도 않은 오해를 가지고 있을 필요는 없다고 생각했다.

"준수야. 박준수!"

"……."

"야, 잠깐만!"

"……."

우진은 슬리퍼 신은 발로 달려가 준수의 앞을 가로막았다. 자신을 붙잡은 우진을 가만히 쳐다보고 있던 준수는 급한 마음의 우진과는 달리 느릿한 목소리를 했다.

"가서 데이트 마저 해."

"아니 그게……."

"사생활이라고 간섭하지 말라더니 그 콘돔이 저 녀석이랑 쓰는 거였냐?"

준수는 우진의 어깨를 스쳐 지나가 3층으로 내려가 버렸다. 순간 뭐라 반박도 못 하고 멍하니 홀로 서 있었다.

"……."

입이 떨어지지 않았다. 대충 신고 나온 슬리퍼 사이에서 고개를 내민 발가락이 얼어가고 있는 것도 느끼지 못하고 우진은 멍청히 가버린 준수의 뒷모습만 한참을 바라보고 있었다.

얼어버려 움직이지 않는 발을 힘겹게 끌고 집 안으로 들어왔을 때 우진은 자신의 앞에 서 있는 기웅을 발견했다. 준수의 갑작스런 행동에 아직 집 안에 기웅이 있다는 것도 까먹어 버린 우진은 자신만큼이나 얼음처럼 자리에 굳은 채 서 있는 기웅을 보며 마른침을 삼키며 말문을 열었다. 매끄럽지 못한 말이 목 안에서 흘러나왔다.

"저…… 미안."

괜히 목을 쓰다듬으며 눈을 아래로 내린 우진은 곧이어 들리는 기웅의 목소리에 눈을 바로 떴다.

"두 분 정말 친구 사이 맞으세요?"

"뭐?"

전혀 생각지도 못한 물음이었다. 왜 이런 질문을 하는 것인지도 모르겠고, 답을 해야 할 이유도 모르겠지만 우진은 저도 모르게 그 물음에 대한 대답을 찾고 있었다.

"그럼. 친구지."

기웅은 박준수, 그가 자신과 우진 사이를 오해하길 바랐었다. 그리고 이렇게 두 사람의 견고했던 사이가 틀어지기를 바랐었다.

하지만 이런 식은 아니었다. 화가 나 나가 버린 그를 잡으며 한참이나 자신의 존재조차 잊어버린 채 그의 흔적을 바라보고 있던 우진을 바랐던 게 아니었다. 친구라고 말하면서도 화가 났을 그의 생각에 아직도 정신이 다른 곳으로 나가 있는 그녀를 보는 것을 바랐던 게 아니었다.

기웅은 지금 이 자리에도 없는 준수에게 짙은 패배감을 느끼고 있었다.

여느 날보다도 더 추운 날이었다. 깃을 올려 세우고 손을 비비며 저 멀리 올라가 버린 엘리베이터가 내려오기를 기다리고 있던 기웅은 구두 소리를 내며 자신의 옆으로 서는 준수를 발견하고 비비던 손을 아래로 내렸다. 빨간색 체크무늬 머플러를 한 준수는 자신을 의식하고 선 기웅에게 시선도 주지 않고 정면만을 보고 서 있었다.

기웅은 저도 모르게 준수를 빤히 쳐다보고 있었다. 그때, 제 시선을 눈치챘는지 준수의 날카로운 음성이 돌아왔다.

"그만 보는 게 어때. 좋은 사이도 아닌데."

"흠."

기웅은 헛기침을 하며 시선을 돌렸다. 엘리베이터는 아직도 10층에 머물러 있었다.

"두 분이 친구 사인데 그렇게 화를 낼 필요는 없지 않아요? 교수님 사생활이잖아요. 아무리 친한 친구라도 사생활은 서로 터치하면 안 되는 거 아닌가."

기웅은 자신도 모르게 비아냥거리는 말이 튀어나왔다. 어제 맛보았던 패배감을 그에게도 조금은 느끼게 해 주고 싶은 마음이 꿈틀거렸다.

"네가 상관할 바는 아닌 것 같은데."

기웅은 그의 차가운 응대에 욱하는 마음을 털어놓지도 못하고 입을 다물고 말았다.

"그래도 저는……."

"우리 일이야. 주제넘는다 생각하지 않나?"

준수는 '우리' 라고 선을 그었다. 그리고 기웅의 눈을 쳐다보았다.

날카롭고 차가운 눈.

기웅은 지지 않으려고 두 눈을 부릅뜨려 노력했다. 손가락에 힘이 절로 들어갔다.

"그래도 너를 위해 친절히 말해 줄까?"

"……."

"친구라고 했지, 친구 그 이상이 아니라고 말한 적 없어."

그리고 준수는 돌아온 엘리베이터 안에 올라탔다. 넋을 놓고 그런 준수를 바라보고 있는 제 눈앞에서 엘리베이터 문이 가차 없이 닫혔다. 쥐고 있던 손가락에 힘이 풀렸다.

7. 다시 사랑한다 말할까

라떼 하나를 사서 손에 쥔 우진은 카페 문을 열고 나가려 등을 돌렸다. 다 읽었으니 돌려주겠다던 책을 손에 쥐고 우진을 빤히 쳐다보고 있던 기웅이 멈칫거리며 손을 뻗었다. 빨대를 입에 물고 뜨거운 커피를 상관 않고 쪼로록 빨고 있는 우진이 고개를 돌렸다.

"저…… 교수님, 잠깐 이야기 좀 할 수 있을까요?"

저를 어렵게 붙잡은 기웅은 하고 싶은 말이 있지만 돌려 말하기가 어려운 듯 긴장한 얼굴로 제 앞에서 서서 우물쭈물했다.

계속 뜸을 들이는 기웅을 차분히 기다리며 우진은 자리에 앉아 컵을 내려놓았다. 기웅은 선뜻 말을 못 건네는 제가 답답한지 플라스틱 뚜껑을 열어 커피를 벌컥벌컥 마셨다. 결심을 굳혔는지 곧 말이 떨어지길 기다리는 우진을 보고서 '음…….' 하는 머뭇거림으로 처음을 시작했다.

"교수님."

"하고 싶은 말 있어?"

"저 사실은요……."

"……."

"……후."

커피를 그렇게 마셨건만 입안이 여전히 마른지 몇 번을 타액을 삼켜 딱 붙어 버린 목을 축였다.

"말해."

기웅은 아까와는 다른 조금은 긴장된 얼굴로 목을 가다듬었다. 카페 안은 연인들이 커피를 마시며 만들어 내는 따뜻한 분위기로 가득 차 있었다.

"저 사실은 오래전부터 이 아파트에서 교수님이 살고 계신 거 알았어요. 학교에서 지나가다 우연히 뵌 적이 있는데 우리 아파트에도 계시길래 우리 학교 교수님이구나 알게 되었어요."

기웅은 커피 묻은 입술을 혀로 닦으며 다시 입을 열었다.

"그리고 저 곧 학교 그만둘 거예요. 교수님 말씀처럼 제가 하고 싶은 일에 제 청춘을 걸어 보기로 했어요. 그만한 가치가 있다고 여겼거든요."

우진은 이미 결정을 내린 기웅의 말에 미소가 번졌다. 그렇지만 곧 이어지는 기웅의 말에 다시 입가에 미소가 걷혔다.

"그러니까 이젠 말하려고요."

"……."

"저 교수님이 좋아서 교수님 강의 들은 거예요."

"알아. 나도. 네가 말했잖아."

"교수님이 좋아서요."

"……."

"남자로서 교수님을 좋아해서요. 교수님 얼굴이 보고 싶어서요."

기웅의 고백에 우진은 입이 떡 벌어졌다. 하지만 기웅은 그런 우진을 상관 않고 계속해 말을 이었다.

"있죠. 교수님. 제 고백을 받아 달라는 말이 아니라요. 그냥 말씀을 안 드리고 그냥 제가 가지고 있기에는 마음이 터질 것 같아서요."

기웅은 입술이 파르르르 떨렸다. 어쩐지 조금 울먹거리는 그의 입술은 말랐다가 젖기를 반복하고 있었다.

아무런 말없이 그저 그런 기웅을 가만히 바라만 보고 있는 우진은 아무런 말도 없이 기웅을 지켜보고 있었다. 아직 어린 티를 벗지 못한 소년 같은 눈망울이 떨렸다. 입술도 떨고, 손도 떨고, 눈도 떨고.

우진은 그런 순수한 모습에 웃음이 나왔다. 황당하거나 어이가 없어서 웃는 그런 웃음이 아니라 순수한 기웅이 귀여워 나오는 그런 웃음.

"있지. 기웅아. 교수님은……."

"대, 대답을 들으려고 고백한 건 아니에요. 그냥 교수님 곁에만 있을 거예요. 아무것도 안 바라고요."

그래, 그래. 우진은 그렇게 대답하며 고개를 끄덕였다. 자신이 거절할 것임을 알고 있는 기웅의 모습에 우진은 더 이상은 아무 말 않기로 했다. 그리고 다시 잔을 쥐려는데 익숙한 진동 소리가 들려왔다. 우진은 잔을 내려놓고 자연스럽게 전화를 받았다. 기웅은 우진의 목소리에 잔뜩 귀를 기울이며 그렇지 않은 척 커피에 얼굴을 내리박았다.

"왜? 뭐? 몰라. 나는 너네 집 카드키에 손 안 댔어. 잘 찾아봐, 어디 있겠지."

그리고 뚝 하고 끊은 전화를 보며 기웅은 조심스레 물었다. 잔을 잡은 손가락이 떨렸다.

"그분……이신가 봐요?"

"누구? 준수? 맞아. 하여튼 만날 나보고만 그래."

귀찮은 듯 볼을 부풀리면서도 아주 익숙하다는 듯 말하는 우진의 모습에 기웅은 다시 심장이 내려앉았다. 마치 두 사람 사이에 끼여 불청객이 된 것만 같았다. 기웅은 머리끝이 새하얗게 세는 기분이었다. 방금 그녀에게 고백을 한 건 전데 어느새 다시 그녀의 관심은 준수에게로 향해 있었다.

우진은 커피를 마시며 밤늦게까지 수업 준비로 잠을 자지 못한 탓인지 통 잠이 오지 않아 새벽 늦게야 잠이 들고도 아침 일찍 깨 책을 읽었다. 그 부작용으로 우진은 아침 회의 시간에 꾸벅꾸벅 졸리는 잠을 억지로 참아 가며 앞에 펼쳐진 종이들을 더듬더듬 읽어야만 했다.

이건 정말 고통이었다. 아침 잠 많은 저를 배려해 출근 시간을 9시 정도로만 미뤄 줘어도 이렇게까지 힘들진 않았을 텐데.

가능성 없는 바람을 중얼거리며 거의 실신 상태로 뜬눈으로 자고 있는 와중에도 귓가로 끝없이 들리는 팀장의 프로젝트에 대한 똑 부러지는 설명들은 더더욱 자장가처럼 들렸다. 눈을 뜨려고 애써도 눈꺼풀을 누르는 초인적인 힘에 우진은 항복 상태였다.

"정 대리님. 정 대리님 일어나요."

소곤소곤거리는 이수진 대리의 목소리에 반쯤 감은 눈을 번쩍 떴다. 앞에 놓여 있는 물을 손을 뻗어 잡은 우진은 벌컥벌컥 술 마시듯 들이켜고 잠을 깨려 고개를 도리도리 저었다.

오늘 회의는 돌아가며 아이디어를 내놓는 것으로 진행되었다. 이수진 대리는 아주 리틀 박 팀장 아니랄까 봐 그럴싸한 아이디어를 내놓았다. 그의 브리핑에 다들 괜찮은 생각이라며 고개를 끄덕이고 손을 움직여 메모를 했다.

다음 순서인 우진에게 시선이 돌아왔다. 입술에 묻은 물을 손등으로 닦은 우진은 입을 떼기 전에 준수를 한 번 힐끔 쳐다보았다. 한 치의 실수도 용납 않겠다는 날카로운 시선에 침을 꿀꺽 삼키고 어제 정리해 놓은 종이를 앞으로 당겨 왔다.

"제가 이번에 할머니 댁에 내려갔다가 유기농 식품을 보고 생각이 난 건데요. 유기농 식품만의 장점을 어필하는 식품을 기획해 보면 어떨까 생각해 봤습니다."

"그건 저번에 했던 프로젝트 주제 아닙니까?"

"주제는 같지만 다르게 기획하면 충분히 그럴싸한 기획이 되지 않을까 해서……."

"정 대리 의견은 아직 그렇다 할 구체적 사항들이 없으니까 더 아이디어를 생각해서 기획안으로 제출하세요. 그리고 이 대리를 제외한 나머지 분들은 채택할 만한 아이디어가 없습니다. 이번에 아이디어가 채택되면 시중에 시범 판매되고 결과에 따른 인센티브도 있을 예정이니까 다들 다시 한 번 생각해 보세요. 머리 굴려 그만한 보수면 손해 보는 일 없을 겁니다. 참, 그리고 오 대리는 샘플표본조사 보고서 올리세요."

짧은 회의가 끝이 나고 다들 자리에서 일어서며 이리저리 널브러진 종이들을 정리하는데 준수가 기획안들을 챙기다 말고 만년필을 가슴팍에 꽂으며 고개를 들었다. 그리고 그녀의 이름이 불렸다.

"정우진 대리."

나오려는 하품을 꾹 눌러 참고 웅크린 채 기지개를 펴던 우진은 죄짓다 걸려 제 발 저리는 사람처럼 깜짝 놀라 자리에서 벌떡 일어났다.

"네!"

"정우진 대리는 지금 내 방으로 오세요."

"네……."

자기 뭐 잘못한 거 있어? 우진의 옆구리를 콕콕 찌르며 묻는 직원들의 호기심 어린 시선에 어깨를 으쓱했다. 저놈의 높으신 분들의 속내를 이년이 어찌 알겠습니까. 내뱉지도 못할 말을 중얼거리며 한숨을 내쉰 우진은 파일을 챙겨 자리에서 일어나 준수를 뒤따라 팀장실로 향했다.

이런 제 모습을 불쌍한 눈으로 보고 있는 오 대리를 향해 어색하게 어깨를 까딱하며 인사했다. 저번의 일로 제게 직접적인 터치 한번 못 하고 눈으로만 대화를 시도하고 있는 오 대리가 좀 안쓰럽기도 하면서 내 처지도 다를 바 없다는 생각에 스스로가 안타까웠다.

어떻게 보면 그냥 상황이 만들어 낸 사소한 오해인데, 그걸 한 번 눈감아 줄 줄도 모르고 그저 상처받은 오 대리 옆구리를 송곳으로 북북 찌르는 박 팀장이라니. 이래서 네가 빛이 나지만 다이아몬드가 못 되는 이유다.

"부르셨어요."

"앉으시죠."

"……네."

준수는 기획안들을 정리하고서 어제 제출된 서류들에 사인을 휘갈기며 우진의 눈에 초점을 맞췄다. 사인을 다 끝낸 건지 만년

필 뚜껑을 닫은 준수는 모든 일을 멈추고 말을 시작할 것처럼 움직였다.

아침에 좀 졸아서 화가 난 건가. 그가 할 것 같은 말들을 머릿속으로 고르고 있는 우진의 귓가로 낮고 힘 있는 음성이 나지막이 흘러들었다.

“아침 시간에 왜 그렇게 정신을 못 차리는 겁니까.”

“그건…….”

“어젯밤에 뭘 했길래 아침 시간에 남들 다 보는 앞에서 자.”

“어제 늦게까지 자료 준비하느라 늦게 자는 바람에…….”

“너 그거 불륜이야. 알아?”

“뭐? 불……륜?”

순간적으로 튀어나온 전혀 생각지도 못한 말에 우진은 방금까지도 머릿속에서 지렁이처럼 남아 꿈틀대던 졸음이 확 깨 버렸다.

저와 기웅의 관계에 대해 말을 하는 건가? 왜 준수에게 그런 해명을 해야 하는지 잘 모르겠지만 네가 상상하는 그런 것이 아니라고 말이라도 하려고 붙잡았었는데 그렇게 가 버리더니 이제는 뭐? 불륜?

우진은 너무 기가 막히고 황당해 손에 들고 있던 파일을 팀장 책상에 소리 내어 던지듯 올려놓고 입술을 잘끈 깨물었다.

“야, 이게 어떻게 불륜이야? 걔가 미성년자야? 아니 막말로 우리가 뭐 돈 주고받고 잠자리하냐?”

“……잤냐?”

분위기가 조금 이상해졌다는 게 확실히 느껴졌다. 어느새 기웅과 자신이 불륜이냐 아니냐 에서 잤느냐 안 잤느냐로 주제가 넘어갔다. 왠지는 모르겠지만 기웅과 아무런 사이도 아니라고 순순히 말하기엔 뭔가가 마음이 내키지 않았다.

성질을 돋우는 너에게 해명을 해야 하는 지금의 상황도 화가 나는데 거기에다가 불륜이라니. 부아가 치밀어 오르고 짜증이 났다. 알 수 없는 뭔가가 저를 톡 쏘게 만든 기분이었다.

"내가 자든 말든 그게 너랑 무슨 상관인데?"

이게 아닌데. 확실히 지금 이 대화는 핀트가 어긋나도 한참이 어긋났다.

갑작스럽게 내뱉은 자신의 말에 스스로 당황하며 흘린 말을 다시 생각으로 주워 가며 정돈했다. 이 상황을 어떻게 끝낼 것인가를 고민한 우진은 준수의 입이 떨어지기 전에 자리에서 벌떡 일어났다.

"할 일이 많아서 먼저 가 보겠습니다. 그럼."

팀장실 문을 열고 나오자마자 우진은 벽에 머리를 쿵쿵 박았다. 미쳤다, 미쳤어. 정우진, 갑자기 그 얘기가 왜 나와.

"정 대리, 뭐 해?"

"깜짝이야. 아! 오 대리님 기척을 좀 하고 다녀요!"

"아, 내가 깜짝 놀랐네. 아니 그냥 지나가던 김에 물어봤어. 벽에 머리를 박고 있길래……."

"그럼 그냥 가던 길이나 가요."

“왜, 박 팀장이 뭐라고 그래? 처음 겪는 일이야? 그냥 넘어가. 이따 커피나 한 잔 하자.”

‘처음 겪는 일이니까 그렇죠. 이런 건 나도 처음 겪는단 말이에요. 도대체 왜 그런 말을 해 가지고…….’

우진은 입만 벙긋벙긋거리며 답답한지 가슴을 쳤다.

“한숨 좀 그만 쉬어요. 정 대리님 자리만 푹 꺼지겠어요.”

아니, 왜 갑자기 이렇게 말도 안 되는 트집을 잡아 가며 자신을 괴롭히는지 이해할 수가 없었다. 그것도 박준수답지 않게 유치하게.

신경질이 나 씩씩거리고 있는 우진의 곁에서 여직원들이 알짱거렸다. 정확히 말하자면 팀장실 근처겠지만. 여직원들은 일이 있어 팀장실을 나온 준수를 보며 입을 가리고 웃었다. 도대체 뭐가 좋다고 저렇게 웃는 것인지 우진은 고개를 저었다.

여직원들은 준수가 떠나간 자리에 남아 음담패설 비슷한 것들을 늘어놓기 시작했다.

“팀장님이랑 키스하면 어떨까요.”

“해 본 여자가 우리 회사 내에는 없겠지?”

“저 부드러운 입술이랑 키스하면 어떨까요? 팀장님도 신음 소리 같은 거 낼까요?”

“어우. 야. 하지 마. 상상되잖아.”

팀장님 무섭다고 야단법석일 땐 언제고. 이하나와 신주아는 제 가슴을 부여잡고 부끄러움도 없이 깔깔댔다. 준수는 저들을 만나도 그저 일 이야기뿐인데 저들은 다른 생각뿐이라니.

남직원들은 그런 여직원들을 보며 고개를 저으며 한심한 눈으로 쳐다봤다.

타이핑을 빠르게 하며 따뜻한 녹차 한 잔을 마시던 우진은 속에서 꼬르륵 소리를 내는 배 속 시계 소리에 배를 쓰다듬었다. 오이 없는 샌드위치에 당근 잔뜩 넣어서 아메리카노 한 잔 딱 먹고 시작하면 여한이 없을 거 같은데. 주아도 우진과 비슷한 생각을 하고 있는지 켜 놓은 컴퓨터로 양념치킨 사진을 찾아 스크롤을 빠르게 내리며 입맛을 다시고 있었다.

"정 대리님, 오늘 회식 때 뭐 먹으러 가자고 할 거예요?"

"회식? 오늘 회식 있어?"

"모르셨어요?"

몰랐다. 전혀. 이 중요한 소식을 모르고 있었다.

"저번 우리 팀 중요 계약 건 이야기가 잘돼서 팀장님이 오늘 특별히 한턱 쏘신대요. 뭐…… 거의 팀장님이 다 하셨긴 했지만."

"이 중요한 소식을 모르고 있었다니……."

"갈비? 갈비는 너무 많이 먹었으니까 회는 어때요? 아, 팀장님 날것 못 드신다고 했지."

방금까지 계획되어 있었던 샌드위치와 아메리카노 간식 계획이 전부 지워지는 순간이었다. 오늘은 간식 굶을 거야. 설마 저번처럼 기획안 다 완성하지 못한 사람은 회식 자리에 못 오게 하는 건 아니겠지.

지금도 그때만 생각하면 자다가도 벌떡 일어난다. 하필이면 오 대리와 짝이 되어 하나의 기획안을 완성하는 데 무려 10시간이라는 기록을 세우며 남들 다 고기 구워 먹을 때 오 대리와 둘이 기획안 붙들고 욕이나 실컷 먹었던 그날.

집에 오는 길에 포장마차에서 오 대리와 둘이서 신세타령하며 술 한잔 마시다가 그다음 날 또 오 대리와 둘이 짝이 됐었지. 그리고 또 욕으로 배를 채웠었다.

고개를 휙휙 저었다. 저번처럼 그런 일이 일어난다면 정말 접시 물에 코를 박고 죽어 버릴 테다. 고개를 도리도리 저은 우진은 필사적으로 펜을 움직여 없는 아이디어를 짜내기 시작했다.

"정 대리님, 팀장님이 부탁하신 자료 가지고 오라시던데요."

"아. 네!"

정학의 말에 펜을 움직이다 말고 고개를 들어 팀장실 쪽을 한 번 쳐다보고는 자리에서 일어났다. 정학의 손에 들린 찢어진 종이들로 봐선 팀장실 안의 분위기가 그렇게 달콤하진 않을 것 같다는 생각이 위협적으로 들었다. 그렇지만 이번 자료를 준비하면서 자신 있었던 우진은 어깨를 펴고 당당하게 팀장실 안으로 들어가 고개를 숙여 인사를 꾸벅했다.

"물론 표본조사 결과를 바탕으로 만들었고 전에 팀장님이 프레젠테이션 하셨던 것도 조금 인용했어요. 자료는 여기 있습니다. 아마 마음에 드실 거예요."

"생각보다 좋네요."

자료를 전해 주고 오케이 사인을 보내는 준수의 허락에 걸음을 돌려 팀장실을 나온 우진은 뿌듯한 얼굴을 했다. 오늘 회식은 당연히 무난히 참석 가능할 것 같았다.

팀장실을 나오니 정학은 다시 열심히 타자를 치고 있었고 아까까지만 해도 잔뜩 지쳐 있던 오 대리도 기운 내어 업무를 시작했다. 회식의 영향인 것인지 야근의 영향인지 다들 정신없이 타자를 두드리며 펜을 굴리고 오는 전화를 어깨와 볼 사이에 끼워 받으며 일을 진행시키기 바빴다.

그래도 개중에 팀 에이스인 이수진 대리를 중심으로 한 사람씩 업무를 끝내기 시작했다. 그리고 팀장실에서 나오면서 울상을 짓는 팀원들도 줄어들었고 찢겨진 종이를 들고 나오는 팀원들도 줄어들었다.

우진의 마지막 일이던 카피를 완성시켰을 때 팀원들은 슬슬 마무리하는 분위기를 만들었다. 다소 부드러워진 팀실 분위기 속에 이수진 대리의 목소리가 들려왔다.

"자, 그럼 슬슬 마무리합시다."

마침 가방을 들고 팀장실을 나온 준수가 정리를 하고 있는 팀원들을 쳐다보며 유연한 목소리를 냈다.

"회식의 힘이 대단하네요. 오 대리만 빼고 모두 통과됐습니다. 오 대리는 회식 참석 안 할 겁니까?"

"다 됐습니다. 여기 있습니다!"

"4번이나 리턴 했는데 이번에는 확인 안 해도 되겠죠."

준수를 따라 줄줄이 가방을 챙겨 들고 팀실을 나온 팀원들은 다들 메뉴 선택의 행복한 고민을 하며 말을 주고받았다.

준수가 날음식을 싫어한다는 것을 다들 알고 있는 팀원들은 횟집 의견을 탈락시키고 갈빗집과 뷔페를 놓고 투표를 했지만 몇몇 고기 마니아의 강경한 입장에 결국 갈빗집으로 정해졌다.

모두가 모인 갈빗집. 하고많은 자리 중에 준수 곁에 달라붙어 앉은 이수진 대리의 모양새가 마음에 들지 않는지 오 대리는 혀를 쯧쯧 차다 나오는 고기에 집중을 하기로 했는지 별다른 말은 하지 않았다.

준수를 중심으로 자리에 앉은 팀원들은 불판 갈기가 무섭게 고기를 올려놓고 소주를 소주잔에 따르며 회포를 풀었고, 준수의 또 다른 옆자리에 앉은 우진은 직원들이 따라 주는 술을 좋다고 침을 흘리며 받아 들었다.

그 순간, 잔이 준수의 손에 의해 잡혔다. 의아한 눈으로 옆을 쳐다봤을 때 회식 자리에서마저도 침착한 눈을 한 그가 조용하게 속삭였다.

"적당히 해."

"걱정 마. 조절하면서 마시니깐."

"퍽이나."

'주는 잔 거절하면 주는 사람이 어떻겠어?' 소곤소곤 말하며 되레 큰소리로 우긴 우진은 잔 끝까지 술이 찰랑거리는 소주잔을 높이 들었다. 그러자 팀원들의 입에서 만날 외치는 구호가 나왔고 준수가 잔을 들자 다들 고개를 돌리고 소주를 들이켰다. 여기저기서 터지는 캬! 소리에 다들 한 잔 더 주거니 받거니 하며 고기를 집어 먹기 시작했다.

이수진 대리가 준수에게로 더욱 바짝 붙어 술을 한 잔 따르며 고개를 꾸벅 숙였다. 팀원들은 다들 말 안 해도 알고 있었다. 저 소주 한 잔의 의미를. 눈치 빠른 박준수가 그걸 모를 리 없겠지.

"우리 상남자 이수진 씨는 아주 상남자처럼 아부하네."

오 대리는 그런 수진이 못마땅해 대놓고 혀를 찼다. 우진은 잘 봐달라고 인사하는 이 대리를 말없이 지켜보는 준수를 눈으로 흘기며 빠르게 소주잔을 비워 나갔다.

오 대리가 어느새 우진의 옆으로 와 술을 잔에 기울이며 고기를 한 쌈 싸 우진에게 내밀었다.

"아직도 미안해하시는 거예요? 난 그런 거 벌써 다 잊었으니까 걱정 마세요."

"그래도, 정 대리한테 미안하니까……."

"그런 말 말라니깐요. 나는 박 팀장님과는 달라요. 쿨하다고요. 선배. 자자, 한 잔 더 해요."

오 대리와 잔을 짠, 하고 부딪치며 고개를 뒤로 젖혔다 다시 제자리로 돌아왔을 때 준수가 자신과 오 대리를 말없이 쳐다보고 있는 것이 느껴졌다.

설마 이것도 의심하는 건 아니겠지. 오 대리와 저와의 사이가 별거 아닌 걸 알고 있으면서 저렇게 심술을 부리는 것이 마음에 들지 않아 일부러 준수 보란 듯이 오 대리와 쌈을 나눠 먹으며 친한 척 유세를 떨었다.

"자, 정 대리님. 우리 외로운 사람끼리 러브샷 한번 갑시다."

"어? 정학 씨가 왜 외로운데요?"

"뭐야, 몰랐어요? 정학 씨 여친한테 전구도 잘 못 간다고 차였잖아요. 일주일도 더 됐을걸요?"

얄밉게 입술을 히죽이는 은미를 노려보던 정학이 소주잔에 소주를 가득 따라 우진에게 건넸다.

"자자, 외로운 사람들끼리 한번 뭉치자구요."

기분이다 싶어 건네는 잔을 받아 든 우진이 허리를 조금 들었을 때 들었던 잔이 빼앗겼다. 아니 그러니까…….

"김정학 씨. 그 술, 저한테는 한 잔 안 줍니까?"

준수의 그림자에 팀원들은 러브샷에 가졌던 관심을 모조리 그에게 돌렸다. 운전을 해야 해서 술은 마시는 시늉만 할 뿐 입에도 안 대던 준수가 대뜸 말했다.

"저야 영광 아니겠습니까."

진심으로 감격을 한 듯한 정학은 허리를 반쯤 숙여 술을 공손히 잔에 채웠다. 우진은 말없이 술잔을 바라보고 있다 자리에서 일어섰다.

"잉? 우진 씨 벌써 가게? 2차 같이 가자."

"전 이만할래요. 속이 안 좋아서."

"아, 뭐야. 정 대리 이러기야?"

"내일 지각하면 대신 야근해 줄 거예요?"

그대로 입을 다물어 버린 오 대리를 살짝 밉지 않게 흘긴 우진은 나머지 멤버들을 2차로 보내며 그들이 가는 반대방향으로 몸을 돌렸다.

이번엔 정말 조절 잘해서 충분히 혼자서도 잘 걸을 수 있다 이거야. 일부러 모델처럼 한 줄을 쭉 머릿속으로 그려 가며 거리를 걷고 있는데 옆에서 클랙슨 소리가 들렸다. 준수였다.

"……타."

"가던 길 가시지."

"걸어가면 한참이야. 그냥 타."

"나 아직 화 안 풀렸어."

불륜, 불륜. 그놈의 불륜 소리가 다시 들리는 듯했다. 우진은 추워 닭살이 오른 손등을 비비며 옷깃을 여몄다. 준수의 침착한 목소리가 다시 들렸다.

"두 번 말 안 해. 그냥 타."

정말로 두 번 말 안 하는 준수를 알기에 우진은 우물쭈물하는 척하다 냉큼 차에 올라탔다. 준수는 따뜻한 히터를 우진에게로 돌리며 핸들을 틀었다. 우진은 무심한 듯 입을 열었다.

"받아 줄게."

"뭘?"

"네 사과."

"아직 안 했는데?"

"한 거 알아. 네 성격에 미안하다는 말이 나오겠어? 그냥 분위기로 알아듣는 거지."

준수는 우진의 말에 입꼬리가 올라갔다. 이래서 정우진이 좋다.

우진은 사람 마음을 편안하게 만들어 주는 사람이었다. 어릴 적부터 싸워서 화가 나도 늘 얼마 가지 않아 풀어 버리는 우진의 심플함 덕분에 크게 싸우는 일이 많지 않았다. 준수가 자신의 감정을 잘 표현 안 한다는 사실을 너무나도 잘 아는 우진이었기 때문에 분위기를 미루어 그냥 사과 같은 것은 받은 셈 치는 거였다. 차에서 내린 우진은 퉁명스러운 말투로 준수를 향해 말했다.

"그래도 내일 하루는 안 볼 거야. 주말 잘 보내기나 해라. 팀장 놈아."

쌩하니 들어가 버리는 우진을 준수는 한참을 뒷모습만 바라보며 서 있었다.

❊ ✱ ❊

주말 내내 침대에서 뒹굴거리며 수업 준비만 하다 우진은 손을 더듬어 핸드폰을 찾았다. 박준수는 정말 주말 내내 연락 한 통이 없었다. 아무리 제가 안 본다 했어도 그렇지…….

그래도 밥은 혼자 먹기 싫어서 찾아가 볼까 하다 비장하게 마음을 접었다. 핸드폰 안에 들어 있는 전화번호부 목록을 쭉 넘기며 옆에 놓인 박하사탕 하나를 까 입에 물었다.

유현진, 이소라, 이민정, 정유경.

젠장할! 암만 뒤져 봐도 이 늦은 시간에 부를 친구는 유경이 말고는 없었다.

"정우진, 너 인생 헛살았어. 고작 있는 친구 둘인데, 유경이는 요 며칠 연락도 통 안 되고 박준수는……."

요즘 자꾸 준수와 사이가 틀어지는데, 아무리 생각을 해 봐도 그 원인을 모르겠다. 부리지 않아도 될 심술이나 부리고 혼자 이렇게 외롭게 방 안에 있는 꼴이라니.

이런저런 생각으로 머릿속이 꽉 찼는데 배 속에서 꼬르륵 소리가 들렸다.

"집에서 혼자 밥 먹는 건 정말 싫은데…… 비빔밥 먹고 싶다. 비빔밥은 준수가 찰지게 비비는데…… 걔가 고추장을 넣어야 비율도 딱 적당하고…… 배고파……."

결국 고픈 배를 움켜쥐고 끙끙대다 남은 밥을 박박 긁어서 반찬 여러 개를 싸 들고 먹다 남은 막걸리와 사발도 하나 챙겼다. 그리고 3층으로 내려갔다. 일단 고픈 배를 채우고 나서 요즘 소원해진 관계를 막걸리나 마시면서 풀 생각이었다.

3층으로 내려가 패스워드를 입력하자 기계음이 들리며 문이 해제되는 소리가 들렸다. 문이 열리자마자 우진은 안으로 들어가 가져온 반찬이랑 밥을 식탁 위에 내려놓고 준수를 찾았다. 집 안 가득한 온기, 준수가 있다는 뜻인데 대체 어디 있는 거야?

"준수야. 박준수."

아무런 대답이 없었다.

"집에 없나? 박준수. 어디 있어?"

아무리 불러도 대답 없는 침묵에 우진은 가지고 온 반찬들을 테이블 위로 내려놓고 침실로 들어갔다. 그곳에는 준수가 죽은 사람처럼 가만히 누워 있었다. 방 안에 흐르는 이상한 기류에 우진은 그에게 더욱 바짝 다가갔다.

"너 어디 아파?"

침대에 몸을 깊게 파묻고 누워 있는 준수는 이마며 머리칼이 식은땀으로 잔뜩 젖어 있었다. 안 그래도 붉은 입술이 제가 갖고 있는 뱀파이어 립스틱마냥 짙게 달아올라 있었다.

잘 아프지도 않는 준수가 이렇게까지 식은땀을 흘리며 누워 있는 것을 보니 우진은 가슴이 쿵쿵 뛰었다. 어디가 잘못된 건가? 뭘 잘못 먹은 건가? 별의별 생각들이 우진을 덮쳤다. 우진은 그의 이마에 손을 짚다 말고 놀라 소리쳤다.

"야! 너 열 엄청 높아!"

우진은 그길로 침실에서 나와 수건에 물을 적셨다. 그리고 준수에게로 달려가 그의 이마에 가만히 수건을 얹었다. 우진의 손이 그의 손에 순식간에 붙잡혔다. 우진은 놀란 눈으로 그를 봤다.

"너 괜찮아? 열 많이 나. 있어 봐, 내가 죽 끓여 줄게."

"……됐어."

"됐긴 뭐가 됐어. 죽이라도 먹어야지. 설마 너 주말 내내 이렇게 있었던 거야? 연락을 하지, 바보야."

"……가만히 있어. 정신 사나워."

그는 거친 숨을 내쉬었다. 숨을 내쉴 때마다 뜨거운 열기가 뿜어져 나왔다.

"그러게 누가 그렇게 일만 하랬어? 너처럼 그렇게 일하면 어느 누가 안 아프겠어."

"그래서 아픈 거 아냐."

"만날 말만. 그냥 있어. 내가 뭐라도 만들어 올게."

준수에게서 등을 돌리려던 우진은 또다시 손목이 붙잡혔다. 이번엔 너무나도 강한 힘에 침대 위로 쓰러지며 준수의 가슴에 우진의 가슴이 그대로 닿았다. 바로 앞에 준수의 입술이 있었다.

"……정우진."

"왜, 왜?"

"가만히 있으랬잖아."

"알았으니까 이것 좀 놔."

준수는 여전히 손에 힘을 풀지 않은 채 우진을 바라보고 있었다. 아파서 식은땀을 흘리는 주제에 눈빛은 너무나 뜨거웠다.

"내가 다른 남자 만나지 말랬지."

"기웅이 얘기하는 거야? 내가 얘기하려다가 못 했는데 말야. 걔랑 나는……."

순간 그는 우진의 입술에 제 입술을 가져다 대었다. 키스는 아니었다. 그런데 맞닿아 있는 준수의 입술이 너무 뜨거워서 꼭 키스를 하는 것 같았다. 놀란 우진이 힘을 주어 준수의 가슴팍을 밀었다. 입술이 쪽 소리를 내며 떨어졌다.

"너, 너……."

"나 이제 너랑 친구 안 한다."

"……."

"내가 그랬지. 난 남녀 사이에 친구 없다고."

"……."

"처음엔 너랑 다시는 이렇게 편하게 못 만날까 봐 그게 두려웠는데, 이젠 네가 나를 너무 편하게만 볼까 봐 그게 두렵다."

"……야."

"너, 나 친구 이상 아닌 거 알아. 그러니까 집에 가. 난 너랑 이렇게 있으면 키스하고 싶으니까."

우진은 그의 곁에 있겠다고 고집을 부리고 싶었지만, 어쩐지 오늘은 그래서는 안 될 것만 같았다.

8. 너와 내가 선을 넘는다면

아침부터 회사 분위기가 좋지 못했다. 또 지각인지 공석인 오 대리 자리를 중앙에서 팔짱을 끼고 바라보고 있던 준수가 우진에게 작은 심부름 하나를 시켰고 카피한 종이 한 장을 가지고 다시 팀실로 돌아오는 도중, 그 앞에서 기웃대고 있는 오 대리를 발견했다. 우진이 그를 부르자 오 대리는 공처럼 몸을 튕겼다.

"아, 깜짝아!"

"……지각하신 오 대리님, 좋은 아침."

"정 대리…… 놀랐잖아."

"앞으로 놀랄 일이 또 남았을걸요."

"그럴 거 같아. 안으로 어떻게 들어가지?"

"팀실 안 분위기 장난 아니에요. 오 대리님 아마 각오하셔야 할 텐데."

우진이 눈을 감고 고개를 좌우로 흔들며 안타까운 표정을 하자 오 대리는 죽을 맛인지 잔뜩 먹구름이 드리운 표정을 했다. 그리고 문을 열고 들어가는 우진의 뒤에 숨어 조용히 팀실 안으로 살금살금 들어가 자리에 앉았다.

준수는 생선 훔치러 가는 고양이처럼 소리 없이 조용히 자리에 앉는 오 대리를 보며 입을 열었다.

"오 대리, 와서 보고서 받아 가세요."

"보고서……요?"

"그럼 금요일에 제출하셨던 보고서가 무사통과되신 줄 아셨습니까."

오 대리로 인한 것인지 기분이 좋지 않아 보이는 준수는 뒤도 돌아보지 않고 팀장실 안으로 들어가 버렸고 팀원들은 그런 오 대리를 보면서도 모른 척하며 일을 시작하기 위해 펜 뚜껑을 열었다.

따뜻한 녹차 한 잔을 곁에 두고 펜을 꺼낸 우진은 팀장실 안으로 들어가 버리는 준수를 가만히 보고 있었다. 언제 아팠냐는 듯 아픈 기색 하나 없이, 꼭 그렇게 고백한 사람이 아닌 것처럼 평소와 다름없는 분위기였다.

정신없이 일을 하는 팀원들 사이에서 펜 끝을 물고 있던 우진은 부탁한 카피 파일을 가지러 가기 위해 자리에서 일어났다. 코

너를 돌아 엘리베이터 앞에 선 우진은 열리는 문 안으로 발을 내디뎠고 그 안에서 흐트러짐 없이 서 있는 준수를 발견했다.

우진은 침을 꿀꺽 삼켰다. 어제 그러고 나서 처음으로 이렇게 단둘이 마주했다.

어색한 엘리베이터 안에서 우진은 괜히 긴장된 손을 포개며 옆자리에 섰다. 준수는 아무렇지 않다는 듯 곁에 서서 정면만 보고 있었다.

우진이 아무래도 어색한 분위기에 뭐라 말을 꺼내려던 찰나, 엘리베이터 문이 열리며 우르르 사람들이 밀고 들어왔다. 회의가 있는 모양인지 그에 대한 이야기를 하고 있는 직원들 사이에서 맨 끝으로 몸이 밀려난 우진과 준수는 말없이 분위기를 견디고 있었다.

남자 직원의 몸에 떠밀려 눈을 찡그리는 우진의 손이 준수에게 잡혔고, 곧 몸이 그에게로 완전히 당겨졌다. 본의 아니게 남자 직원의 몸과 완전히 밀착될 뻔했던 우진의 몸은 준수에 의해 틀어져 자리가 뒤바뀌었다. 그리고 잡힌 손목은 여전히 그에게 맡겨져 있었다.

준수는 우진의 몸을 감싸 안다시피 하며 공간을 널찍이 만들었다. 우진은 고개를 들어 저보다 한 뼘 정도는 훌쩍 키가 큰 준수를 올려다보았다. 저에게는 시선도 주지 않고 여전히 정면만 보고 있는 준수가 보였다.

어제 그런 일이 있어서일까? 괜히 그의 스킨 냄새와 섬유 유연

제가 섞여서 나는 준수 냄새에 헛기침을 했다. 자신에게로 떨어지는 시선에 우진은 고개를 아래로 푹 숙였다.

엘리베이터는 5층으로 내려가서야 사람들을 뱉어 내었고 우진은 숨을 내쉬었다. 그제야 딱 달라붙어 있던 몸이 떨어졌다.

"잠깐, 옷 걸렸어."

준수의 넥타이핀에 제 옷의 털실이 엉켜 버렸다.

"으…… 아끼는 스웨턴데."

준수의 시선이 잠깐 옮겨 붙는 것이 느껴졌지만 멈춰 선 엘리베이터 안에서 두 사람은 말없이 엉킨 실을 풀어내는 데 집중했다.

몸을 뗄 수 없이 자신의 허리를 끌어안듯 손을 가져간 준수의 행동에 우진은 우물쭈물 다가섰다. 그리고 좀 더 제 허리 안쪽으로 다가오는 준수의 손끝 감촉에 저도 모르게 몸을 움찔거렸다. 확실히 몸이 준수의 감각에 움찔거렸다는 것을 느낀 순간 준수의 움직임도 우진의 움직임도 멈춰진 채 짧은 찰나 침묵이 흘렀다.

우진은 준수를 밀며 몸을 빼내고 길게 늘어져 버린 실은 쳐다보지도 않고 열림 버튼을 눌렀다. 그리고 곧 눈앞에 펼쳐진 드넓은 로비에 우진은 굳은 얼굴을 했다. 준수는 다시 주머니에 손을 꽂고 천천히 걸음을 옮겨 내렸다.

"왜 안 내려."

"5층에서 내려야 하는데……."

바보다. 바보 천치 멍게 해삼이다. 준수와 그렇게 이상하게 딱 붙어 있는 바람에 내려야 하는 것까지 잊어먹어 버렸다.

웃을 듯 말 듯 한 준수의 표정에 우진은 의아했지만 곧 보기 좋게 쏙 들어가는 그의 보조개에 표정이 잔뜩 일그러졌다. 아리송한 그의 표정. 하지만 분명 우진은 충분히 느낄 수 있을 만큼 웃고 있었다. 이런 저를 보며.

❀ ✱ ❀

준수가 없는 팀실은 다시 팀장의 가십거리로 시끄러웠다. 이번에는 준수의 여자 친구가 옆 영업 2팀의 직원 이현경 씨라는 루머였다. 우진은 괜히 그들에게 다가가 귀를 기울였다.

"세상에, 팀장님이 그런 스타일을 좋아했었어?"

"이현경 씨가 누구지?"

"왜 있잖아요. 섹시한 정장 스커트만 입고 오는."

"아아, 그 이현경 씨."

우진은 슬쩍 그들의 대화에 동참했다. 마른침을 삼켜 넘기며 말했다.

"아닐걸요? 원래 박 팀장님 루머 많잖아요. 근데 사실인 건 하나도 없었지 않아요?"

"이번엔 아니에요. 확실히 본 사람이 있어요. 둘이 끌어안고 있는 거."

우진은 증인이 있다는 소리에 인상을 찌푸렸다. 어제 자신에게 좋아한다고 고백했던 남잔데? 뭔가 앞뒤가 안 맞았다.

"내 이럴 줄 알았어. 이래서 어물쩍거리다 괜찮은 남자 다 놓치는 거야."

"언제는 뭐 안 어물쩍거려서 그랬나."

"아. 오 대리님!"

우진은 괜히 이상해진 마음에 입을 다물었다. 박준수가 아무리 마초 같다 해도 여러 여자를 동시에 좋아하고 그런 남자는 아니었다. 준수를 누가 동시에 좋아하면 모를까.

우진은 입에 종이컵을 물고 마시고 싶지도 않은 차를 들이켰다. 직원들의 쓸데없는 말에 뜨거운 차임을 잊고 한입에 털어 넣은 우진은 제 목을 부여잡았다.

점심 먹으러 갈 시간이 없어 사 온 샌드위치와 라떼를 곁에 놓은 우진은 따뜻한 라떼의 온기에 입맛을 다시며 뚜껑을 열었다. 그리고 막 샌드위치를 들었을 때 점심을 하고 온 건지 양치를 마치고 팀실로 들어선 오 대리가 보였다.

이리저리 삐뚤어진 넥타이를 바로 할 생각도 않고 케케묵은 구두를 신은 채 천천히 다가온 오 대리는 컵을 쥔 우진의 손목을 끌어 간이 소파에 앉히고는 들고 있는 커피를 낚아채 벌컥벌컥 마셨다.

아 뜨거! 아 뜨거! 하며 어수선을 떠는 오 대리를 보며 혀를 끌끌 차고 다시 뺏어 뚜껑을 덮었다. 그러게 남의 커피는 왜 뺏어 먹어?

"정 대리. 아까 이현경 씨 우리 팀실에 온 거 알아?"

"네?"

"이야. 애인 있다는 거 루머인 줄 알았는데 진짜 있었더라. 하긴 그 루머가 기정사실화되긴 했었지?"

순간 우진은 가벼운 오 대리의 입안에서 빠르게 흘러나온 말을 주워 담으며 복잡해진 머릿속을 정리했다. 그래, 뭐 박준수가 그 여자를 좋아하면 어쩔 거고, 아니면 또 뭐 어쩔 건데. 나와는 하등 상관없지. 우진은 볼멘소리를 했다.

"그게 그렇게 중요한 거예요?"

"당연하지. 가십 하나 없던 팀장님의 사생활이 조금씩 드러나는데."

"팀장님이 무슨 톱스타예요? 입가에 묻은 커피나 닦으세요."

아무렇게나 축 늘어진 소매로 입을 슥 닦은 오 대리는 다시 눈을 번뜩거렸다.

"완전 모델 같던데? 팀장님 여자 엄청 따지는 거 아냐? 하긴 박 팀장 정도면 무리도 아니지."

"그래서 하나 씨가 머리 박고 있는 거예요?"

팀실에 들어올 때부터 알은체도 않고 책상에 머리를 박은 채 핸드폰만 만지작만지작거리던 하나가 급기야 머리를 책상 유리 위로 쿵쿵 박으며 고개를 좌우로 흔들었다.

없는 줄 알았던 팀장 여자 친구의 존재에 상심한 건지 생각보다 예뻤던 이현경의 모습에 충격을 받은 건지 하나는 누가 봐도 상심한 모습이었다. 우진의 생각엔 그 둘 다 해당하는 거 같았지만.

하나의 책상 위에는 사보에서 오려 낸 박 팀장의 사진이 액자 안에 곱게 자리하고 있었다. 오 대리는 머리를 처박으며 괴로워하는 하나를 보면서 말을 덧붙였다.

"팀장님 애인 엄청 예쁘던데? 정 대리도 봤으면 좋았을 텐데. 하긴 바로 옆 팀이잖아. 가서 봐봐."

"제가 봐서 뭐하게요."

"쭉쭉 빵빵 장난 없더라."

"이제 남의 애인도 성희롱합니까?"

다시 뺏은 우진의 커피를 마시고 있던 오 대리가 뒤에서 들려오는 낮익고도 살 떨리는 음성에 코로 커피를 내뿜었다. 따가운 코를 붙잡고 콜록콜록거리던 오 대리는 뜨지도 못하는 눈을 부여잡고 자리에서 벌떡 일어났다.

못마땅한 얼굴로 자신을 내려다보고 있는 준수를 보던 오 대리는 겨우 톡 쏘는 코를 진정시키고 눈을 떴다. 그리고 자폭했다.

"정말 팀장님 애인이에요?"

"여태 오 대리가 말하지 않았습니까. 내 애인이라고."

"……그럼 그게 정말."

"내 가십 하나 캐내려고 하는 그 정신으로 프로젝트 준비를 해보세요. 틀림없이 승진할 겁니다."

"그건……."

"그 에너지로 오늘 야근은 오 대리가 하는 게 좋겠네요."

울 것 같은 표정으로 고개를 숙이는 오 대리에게서 눈을 돌린 준수는 핑거스냅으로 우진과 이수진 대리를 톡톡 집었다.

"정 대리, 이 대리는 내 방으로."

빵이 온통 커피 자국으로 얼룩져 있는 얼굴로 여전히 멍청히 서 있는 오 대리를 지나쳐 우진은 먹다 남은 샌드위치를 정리하고 준수를 따라 팀장실로 들어섰다.

준수는 정장 재킷을 벗어 걸어 둔 채 셔츠만 입고서 이제 막 다가오는 프로젝트 시즌에 대한 준비를 하고 있었다. 아마 팀원들 모두가 확신하는 것이겠지만 못해도 준수는 이번 프로젝트로 또 회장님께 공을 인정받을 것이란 생각이 들었다. 오 대리의 막판 초치기로 다소 위험천만하기도 했지만 그래도 준수가 마음먹고 한 일 중에 실패한 건 단 하나도 없으니까.

준수에게로 다가선 이 대리와 우진은 그가 내민 종이를 내려다보았다.

"지금 제정신인 사람은 두 분뿐인 거 같으니 두 분이 연구자료 좀 맡아 줬으면 좋겠는데."

"그럼요. 제가 하겠습니다."

이수진 대리는 준수가 내민 종이들을 들자마자 냉큼 고개를 숙이고 팀장실을 나가 버렸다. 저, 저 매너 없는 놈 같으니라고 선배를 팀장실에 홀로 놔두고 나가 버리는 저…….

먼저 홀랑 가 버린 이 대리를 달갑지 않은 눈으로 쳐다보던 우진은 괜히 준수와 단둘이 있는 것이 어색해 발을 돌려 팀장실을 나오려는데 준수의 음성이 그녀의 발을 붙잡았다.

"정 대리."

"……네?"

"요새 학생들 가르치는 일은 잘돼 갑니까?"

"그야 뭐……. 왜요?"

"우리 팀원 사생활이니 궁금해서 물어본 겁니다."

"……네. 그럼."

"정 대리."

"아, 왜요!"

가려는 우진을 다시 불러 세웠을 때 준수는 내내 서류로 붙어 있던 시선을 뗀 채 우진을 바라보고 있었다. 책상 위에 두었던 손도 거둔 채.

"5층 사는 그 학생이랑은 아직도 애틋한 사입니까."

애틋? 책 몇 번 주고받은 게 전부라고 말하고 싶었지만 우진은 입을 다물었다. 준수와의 일이 불현듯 떠올랐기 때문이다. 어제 자신에게 그렇게 입술까지 맞춰 놓고 이렇게 물어보는 것은 아무리 봐도 질투였다.

그럼 여태 오 대리와 자신에게 그랬던 것도 질투 때문인가? 우진은 문득 얻은 깨달음에 입이 벌어졌다.

"저기, 팀장님."

"왜요."

"어제 일…… 잊으신 건 아니죠?"

"내가 정 대리 입술에 입 맞춘 거 말하는 겁니까?"

"티, 팀장님! 누가 들으면 어쩌려고!"

소곤소곤하면서도 화를 낸 우진은 헛기침을 하며 다시 반듯하게 섰다.

"그럼 그 소문은 다 뭐예요? 뭐 팀장님 여자 친구가 영업 2팀에 누구라던데."

"신경 쓰입니까?"

"네? 아니요? 제가 왜요?"

"그럼 뭘 물어봅니까. 가서 일 보세요."

자기가 불러 세워 놓고 결국엔 또 쫓겨나듯 팀장실을 나서야 했다.

팀장실을 나설 때까지도 저를 끝까지 쳐다보는 준수의 시선이 이상하고도 묘하게 신경이 쓰였다. 그리고 눈으로도 수천 가지 말을 하는 박준수를 모르지 않아 더 그랬다.

'저 녀석의 시선이 원래 이렇게 신경 쓰였나. 아니 근데 왜 저렇게 뚫어져라 쳐다보고 그래. 기분 이상하게…….'

문 앞에서 중얼거리던 우진은 다시 한 번 팀장실을 돌아보며 볼을 부풀렸다. 그때 팀장실 주위를 지켜보던 하나가 천천히 다가왔다. 얼마나 머리를 박았는지 군데군데 까치집을 짓고 화장이 밀려 올라가선 영 몹쓸 꼴을 한 하나는 다가오는 우진을 자리에 앉히고서 다소 진지하게 이야기를 시작했다.

"정 대리님. 팀장님 애인에 대해 아는 거 뭐 없어요?"

"오늘 다들 왜 이래. 하나 씨 진심으로 박 팀장 좋아하는 거였어?"

"……네."

허이구. 완전 여기가 회산지, 박준수 팬 집합손지. 우진은 혀를 끌끌 찼다.

"내가 팀장님 여자 친구에 대해 좀 아는데 말이야. 모델 출신에 이 가슴도 자연산이에요. 하나 씨 그…… 흠, 암튼 비교가 안 돼."

우진은 괜히 하나를 놀려 주고 싶어 준수의 전 여자 친구 윤강을 떠올리며 말했다. 그 말에 더욱 망연자실한 하나를 보며 어깨를 으쓱했다.

하나는 옆에 놓인 서류를 옆구리에 끼고 자리로 돌아가 다시 머리를 박기 시작했다. 복이 터졌다고 해야 하는 건지 인기가 많아 피곤하다고 해야 하는 건지.

고개를 젓고 무의식적으로 팀장실로 고개를 돌렸을 때 팀장실에서 나와 팔짱을 낀 채 벽에 기대어 선 준수와 다시 눈이 마주쳤다.

따로 피할 이유가 없어 마주친 눈을 피하지 않고 계속 지키고 섰던 우진이 고개를 먼저 돌려 조용히 자리에 가 앉았다. 뒤를 돌아보지 않아도 아직 준수가 저를 계속 쳐다보고 있다는 것이 온몸으로 느껴졌다. 연필을 집는 손끝 하나도 신경이 쓰였다.

떨리는 손을 애써 진정시키며 오타를 수정하기 위해 펜슬을 움직이던 우진이 순간 백 안에서 윙윙 울리는 진동 소리에 핸드폰을 꺼냈다. 그리고 문자메시지를 확인했다.

[교수님 빈센트 반 고흐의 영혼의 편지라는 책 아세요?]

뜬금없었지만 정갈하게도 보낸 문자메시지에 우진은 열고 있었던 펜 뚜껑을 이로 문 채 서툰 손으로 답장 버튼을 눌러 메시지를 입력했다.

"응, 알아. 그런데 그건……."

"엄마야!"

자신의 문자가 소리 내어 읽히고 있는 것에 놀라 핸드폰을 바닥으로 떨어트렸다. 굳이 고개를 들어 목소리의 주인을 확인하지 않아도 알 것 같았다.

"정 대리 근무 시간은 애인이랑 연애하는 시간입니까?"

"그게……."

"지적하기도 지치네요. 시킨 연구 자료나 가져오세요."

그리고 가 버리는 준수의 뒷모습을 가만히 바라보던 우진이 바닥에 떨어진 핸드폰을 다시 주웠다. 아니나 다를까 '정 대리님, 애인 있었어요?' 하며 물어보는 하나에게 그냥 일이나 하라며 손을 젓고 펜을 잡는데 다시 진동이 울렸다.

[참. 교수님 말씀하신 프린트 다 완료했습니다! 애들한테 나눠줄 준비도 완료! :)]

웃고 있는 이모티콘을 보며 우진은 풋 하고 웃어 버렸다. 어쩜 이렇게도 제 나이 같을까. 책 한 권에 위로를 받고 커피 한 잔에 감사함을 느끼는 순수한 20대 청년의 모습이란 저까지도 기분을 좋게 만들었다. 사소한 이모티콘 하나에도 기운이 전해져 오는 것을 보니 더 그랬다.

생각지도 못하게 찾아온 문자를 보며 소리 없이 웃던 우진이 문득 고개를 돌렸을 때 팀원들의 프로젝트 준비를 봐주고 있는 준수의 가지런한 속눈썹이 눈 안에 들어왔다. 그리고 그것을 보고 있는 우진을 비웃기라도 하듯 자료를 검토하다 빨간 입술을 올려 웃은 준수가 허리를 들었을 때 눈이 마주쳤다.

우진은 마주친 눈을 피할 줄을 모르고 멍하니 마주치고 있었다. 그 순간 우진은 문득 왜 이현경 씨와 스캔들이 난 건지 정말로 궁금해졌다.

팀원들은 제각각 가방을 들쳐 메고 팀실을 나왔다. 오랜만에 하는 이른 퇴근에 다들 기분이 좋았다.

우진은 자신의 옆에 선 준수를 힐끔 보았다. 주차장에서 헤어진 팀원들은 자신의 차를 찾으러 떠났고 운전하는 것을 그리 좋아하지 않아 자주 버스를 타고 다니는 우진은 오늘 아침 버스를 타고 출근을 했다는 사실을 그제야 깨닫고 1층으로 가기 위해 걸음을 옮겼다.

그때 준수의 목소리가 그런 우진을 잡았다.

"내 차 타고 가."

"아냐. 그냥 버스 타면 돼."

"안 잡아먹어. 그냥 타."

우진은 준수의 눈치를 살피다 슬금슬금 그의 뒤를 따랐다. 안전벨트를 매며 창밖을 보던 우진이 창가 유리로 하나둘씩 달라붙기 시작하는 물방울을 발견했다.

"비 오는 건가."

비 오는 것을 유난히 싫어하는 우진이 떨어지는 비를 보고 중얼거렸다. 비가 오면 몸이 으슬으슬하니 추워지고 외로움이 밀려온다며 비 오는 것을 싫어하는 우진을 아는 준수는 아파트 입구로 들어서며 차창 밖의 하늘을 올려다봤다.

슬슬 시려 오는 두 팔을 감싸 안으며 차에서 내린 우진은 아파트 입구로 뛰어 들어가며 천천히 걸어오는 준수에게로 눈을 돌렸다. 어제의 일은 그렇다 치고 지금 당장은 많은 비가 올 것 같으니 준수에게 붙어 있는 수밖에 없었다.

걸어 들어가는 등 뒤에 찰싹 붙어 따라갔다. 그리고 3층에서 내리는 그의 옷 끄트머리를 꽉 움켜잡았다. 준수는 그 의미를 알고 있었다. 유난히 천둥번개를 무서워하고 어두운 것을 싫어하는 우진을 잘 알고 있었다. 우진은 밝은 척 말하면서도 준수의 옷가지를 꽉 붙잡고 있었다.

"우리 정말 친구 안 해? 그럼 너네 집 놀러 가는 것도 안 돼?"

"나한텐 네가 친구가 아니지만 너는 아니니까, 뭐 네 마음대로."

"그럼 너네 집에 좀 가 있어도 돼? 비가 너무 많이 오면 어떡해."

"좋을 대로 해."

준수의 허락에 우진은 두말 않고 그의 집 안으로 들어갔다. 우진은 신발을 벗자마자 냉장고를 뒤적였다. 저녁을 부실하게 먹어서인지 배가 고파 왔다. 남은 반찬 몇 개와 고추장을 꺼낸 우진은 밥 위에 반찬들을 차곡차곡 얹으며 고추장을 꺼냈다.

"야. 여기 이거 좀 비벼 봐. 찰지게."

"너 참 뻔뻔하다. 네 손목은 숟가락 돌리면 부러지냐?"

"그래! 부러진다! 어쩔래? 빨리 비벼 줘. 고추장 조절 알지?"

준수는 재킷을 벗다 말고 우진이 건네는 숟가락을 받아 쥐었다. 치. 결국 해 줄 거면서.

"비빔밥엔 막걸리가 최곤데."

"막걸리 또 한잔하시게?"

"몰라. 너 머리 젖었으니까 감고 나와. 막걸리 한잔하면서 영화나 보자."

준수는 우진을 보며 혀를 끌끌 찼다. 확실히 전과는 달리 자신이 다가가면 잔뜩 긴장한 기색이 역력했지만 우진은 여전히 친구

일 때 그 모습을 했다. 뭐, 그게 정우진의 매력이려나.

머리를 감고 나온 준수가 여느 때처럼 우진에게 드라이기를 내밀었을 때 우진은 비빔밥을 먹다 말고 군소리 없이 드라이기를 받았다.

우진은 윙 돌아가는 드라이기로 준수 머리를 열심히 말리다 녀석의 귀를 유심히 살펴보았다. 아무래도 귀는 참 예쁘게 잘생겼다고 생각했다. 준수는 손도 예쁜데 손보다 귀가 더 예쁜 것 같기도 하고. 손가락을 뻗어 귀를 살짝 만지는데 준수가 고개를 번쩍 들었다.

"깜짝이야! 왜 그래, 뜨거워?"

"귀……."

"귀?"

"만지지 마."

"알았어."

잔뜩 굳은 목소리에 놀란 우진이 기어들어 가는 목소리로 대답했다. 생각해 보니까 열 받네 왜 또 정색을 하고 그래? 나한테 화내지 마! 우진은 준수 머리를 마구 헝클어 놓았다.

비빔밥을 다 비우고 난 후 벌써 두 사발째 막걸리를 마셨다. 역시 이 맛이야! 와인은 개뿔, 막걸리가 최고야!

"야! 너 와인 마시지 마! 이거 마셔."

"막걸리는 속 쓰려서 싫어."

"시끄러! 우리나라 술 마셔. 괜히 딴 나라 좋은 일 하지 말고."

"……참 술버릇도 가지가지다. 퍼도 퍼도 마르지가 않는다. 네 술버릇은."

"참. 나 때문에 생긴 멍은 다 나았어? 어디 봐."

천천히 다가가 눈가에 바짝 붙어 준수의 얼굴을 만지던 우진은 손을 뻗어 좀 더 세심히 더듬었고 저를 쳐다보던 준수와 눈이 마주쳤다. 순간 그날 밤의 기억이 불현듯 머릿속을 파고들며 그때 그 감촉과 여태까지 전혀 기억을 하지 못했던 입술이 닿았을 때 준수의 눈동자가 생각나 버렸다.

준수의 뺨에 손가락을 대던 우진이 순간 손을 떼고 뒤로 등을 물렸다. 분명 지금 취한 것은 자신이겠지만 어쩐지 준수도 조금 취해 보이는…… 그런…….

황급히 사발을 들어 남은 막걸리를 마저 마신 우진은 벌떡 일어나 테이블 의자를 안으로 밀어 넣었다. 조금 비틀대며 주춤하자 준수는 반사적으로 자리에서 일어나 우진의 손목을 꽉 쥐고 바로 일으켜 주었다. 우진은 그 손을 무의식적으로 빼내며 몸을 바로 일으켜 세웠다. 그리고 곧바로 아무렇지 않은 척하며 리모컨으로 채널을 돌렸다.

준수는 원체 조잘조잘거리는 성격이 아니니 둘 다 다른 생각으로 말없이 오렌지를 먹으며 TV를 보고 있었다.

리모컨으로 채널을 돌리며 오렌지를 입안으로 구겨 넣은 우진은 다시 두 채널 앞으로 돌려 시선을 고정시켰다. 알알이 터지는 오렌지를 안으로 더욱 깊숙이 밀어 넣고 손가락으로 스크린을 가리켰다.

"죽인다. 소지섭 갑바 죽인다. 진짜……."

"저런 거 좋아하냐?"

"빨래판 안 좋아하는 여자가 어디 있어. 모든 세상 여자들이 다 좋아할걸?"

우진은 울룩불룩한 복근을 보고 있다 물끄러미 시선을 준수 쪽으로 돌렸다. 언젠가 보긴 봤었다. 물론 샤워를 하고 나와 가운 틈으로 살짝 보이는 근육의 아쉬움이란 깊고도 짙었지만.

언제나 느끼는 거지만 위험한 호기심은 곧 위험한 행동으로 이어졌다.

준수의 니트 속으로 우진이 손을 쑥 넣어 배를 더듬었다. 역시 너도 소지섭 못지않았어. 배를 더듬으며 생각보다 단단한 잔근육에 더욱 손으로 안쪽을 더듬으며 눈을 동그랗게 떴다. 그리고 얼마 못 가 손이 잡힌 우진은 잔뜩 인상을 쓴 준수를 올려다보았다. 아, 자식이 그거 좀 만진 거 가지고.

"치사하다. 닳냐?"

"닳아. 만지지 마."

"치."

우진은 잡힌 손목을 빼 순식간에 준수의 어깨며 허리며 손을 넣어 간지럼을 태웠다. 당해 봐. 너도 당해 봐라.

"……너 간지럼 안 타?"

"그걸 이제 알았다는 게 더 놀랍다."

"이럴 수가, 난 간지럼 완전 많이 타는데……."

중얼중얼거리며 장난이 실패했음을 우울해하면서 손을 슬그머니 빼내는 우진을 물끄러미 보던 준수가 손을 뻗었다. 그리고 그 손은 곧 우진의 허리에 닿았다.

"하지 마! 하지 마 간지러워! 박준수…… 으. 하지 말라니까!"

아예 자지러지며 바닥에 드러누운 우진은 눈물까지 찔끔 흘렸다. 알았어. 이제 안 건드릴게. 항복!

"알았어. 이제 안 할게. 안 만질게."

우진은 준수의 귀를 콱 손으로 잡으며 이마를 콩 찍었다. 짧은 순간이었지만 그 순간에 흐르는 짧은 정적을 느낄 수 있었다.

준수는 그제야 우진의 허리에서 손을 거두고 몸을 일으켰다. 고개를 돌리고 눈도 마주치지 않은 채 갑자기 찬물 확 끼얹은 것처럼 말이 없어진 준수를 바라보던 우진은 눈가에 고인 눈물을 손으로 닦고 살폈다. 내가 어디 잘못 건드렸나?

"왜 그래? 내가 다치게 했어?"

"……아냐. 됐으니까 건드리지나 마."

"치사 빤스."

준수는 성큼성큼 냉장고로 걸어가 차가운 물을 꺼내 마셨다. 아, 맞다. 아까 귀 건드리지 말랬지. 그것 때문에 그런 건가?

옷을 정돈하고 헝클어진 머리를 바로 쓸어 넘긴 우진은 몸은 일으키며 뺨을 긁었다.

"너 남자 친구 사귀었다던 거 다 거짓말 아냐?"

난데없는 준수의 말에 우진이 눈썹을 찡그렸다.

"뭐? 갑자기 그 말이 왜 나와?"

"저 바보."

준수는 물컵을 내려놓으며 우진에게로 다가왔다. 그리고 허리를 확 끌어당겼다. 놀란 우진의 눈이 동그랗게 떠졌다.

"왜, 왜 그래?"

감긴 허리가 사정없이 떨려 왔다.

준수는 순식간에 우진의 코앞까지 얼굴을 가져와 눈을 맞췄다. 영문을 모르는 순진한 눈동자와 제 진한 눈동자가 마주하고 있는 것만으로 준수는 몸이 뜨거워지는 느낌이었다.

"야, 너 왜 그……!"

이러려고 한 건 아니었다. 그런데 뜨겁게 솟구치는 우진에 대한 애정을 갈망하는 제 자신을 참을 수가 없었다. 그래서 말을 하는 그녀의 입술을 제 입술로 틀어막았다.

그저 뜨겁게 맞닿아 있던 입술은 우진이 저도 모르게 벌린 입술 틈을 비집고 맹렬히 파고들었다. 뜨거운 그의 혀가 그녀의 입안 곳곳을 점령했다. 강렬하고 조급했으며 조급한 만큼이나 뜨거웠다. 열이 순식간에 머리끝까지 올라 찼다.

우진은 입술만큼 뜨거운 준수의 손가락이 제 스웨터 안으로 침투했다는 사실을 깨닫고 몸을 움찔거렸다. 온몸이 긴장과 함께 느껴 보지 못했던 뜨거움, 그리고 낯선 자극으로 바들바들 떨렸다.

다리에 힘이 풀려 주저앉을 것만 같았다.

우진은 좀 더 안으로 밀고 들어오는 준수의 손가락을 힘없이 붙잡았다. 그리고 동시에 타들어 갈 듯 얽히고설키며 마찰하고 있던 혀가 처음만큼이나 순식간에 떨어졌다.

맞붙어 있던 혀가 떨어지며 타액이 엿가락처럼 늘어졌다. 준수는 우진의 어깨를 잡아 제 품에서 떨어뜨려 놓았지만 그녀를 붙잡고 있는 힘은 조절하지 못해 강인하고 억셌다. 놀란 눈동자가 여실히 눈앞에 보였다.

“너와 친구 안 한다는 말, 이런 거야. 알아들어?”

숨을 몰아쉬며 내뱉는 준수의 말에 우진은 넋이 나간 사람처럼 그를 바라보고 있었다. 아니 준수의 뜨거운 눈동자 안에 자리 잡은 자신을 바라보고 있었다.

거칠게 밀어붙인 준수 때문에 위로 올라가 버린 스웨터를 채 내리지도 못한 우진은 자리에 주저앉듯 다리를 후들거렸다. 그리고 곧 제 곁에 아무렇게나 놓여 있던 가방과 점퍼를 들고 현관을 나섰다.

문이 쾅! 하고 닫혔다.

준수는 자신의 손안에서 빠져나간 우진의 흔적을 느끼며 작게 한숨을 내쉬었다. 급격하게 피곤이 밀려왔다. 그저 저를 편하게만 여기는 우진에게 긴장감을 주고 싶었지만 이런 식의 강렬한 표현을 생각하진 않았었다. 그러나 제 몸을 마구 더듬고 예민한 부위까지 경계 없이 더듬는 순간 저도 모르게 그녀에게 손을 뻗은 것이다.

준수는 여전히 화상을 입은 듯 뜨거운 입술을 젖은 혀로 핥으며 머리를 거칠게 쓸어 넘겼다. 미간을 찡그린 채 준수는 현관을 돌아보았다. 우진이 현관 앞에 떨어뜨리고 간 머플러가 눈에 들어왔다.

❀ ✱ ❀

우진은 판단력이 흐려지고 있었다. 말을 몇 번 더듬는다든가 다음 줄을 건너뛰고 읽는다든가 하는 잦은 실수를 해 버렸다.

"오늘 수업은 여기까지. 도우미는 과제 걷어 와."

과제를 걷어 온 기웅은 우진과 함께 강의실을 나섰다. 자판기 커피가 좋다는 우진의 말을 기억한 기웅이 커피 한 잔을 우진에게 내밀며 피곤하지 않으냐고 물었다. 우진은 고개를 저으며 말없이 커피 한 모금을 입에 물었다.

"학교, 정말 그만두는 거니?"

"네. 이제 곧이요. 모델 일 본격적으로 시작하려고요."

"그래. 잘됐으면 좋겠다."

"저기 교수님. 이제 저 학교 그만두면 정말 우리 사제지간도 아니고 남남인데 가끔 얼굴 보고 데, 데이트 같은 건 못 해요?"

우진은 기웅의 말에 놀라 고개를 돌렸다. 커피가 든 종이컵이 아래로 내려갔다. 아, 이건 분명 선을 그어야 할 필요가 있는 부분이라는 것을 깨달았다. 이렇게 계속 기웅이와 따로 만나는 것이-물론 우리가 다른 뜻이 있어서 만난 적은 없지만- 기웅이에겐 상처가 될 것 같다는 생각이 들었다.

"기웅아."

"네. 교수님."

"너는 대답할 필요가 없다고 했지만 나는 대답을 해야겠어. 나는 네가 학교를 그만두어도 내 제자일 거야. 내가 아끼는 제자. 이렇게 너와 따로 만나는 것이 어떤 의미가 되었든 너에겐 나중에 상처가 될 거 같아. 내 말 무슨 말인지 알지?"

"그럼. 안부를 전하거나…… 책 빌리는 것도 안 돼요?"

"흠. 빌려 주는 건 문제가 없어. 하지만 그 이상은 바란다면…… 난 널 보는 게 힘들어질 수밖에 없어."

"교수님……."

"넌 정말 내 좋은 제자야."

우진은 웃으며 기웅의 손을 잡았다. 기웅은 준수 때문이냐고 묻고 싶어 말이 턱 끝까지 차올랐지만 입을 다물었다. 굳이 확인해서 상처 입고 싶지는 않았다. 지금도 충분히 아팠다.

"조심히 들어가세요. 교수님."

전화해도 돼요? 라는 말이 입 밖으로 튀어나올 것 같았지만 눌러 참고 손을 흔들었다. 마음으로 감정을 나누며 사제지간에서 주고받을 수 있는 따뜻한 감정을 느끼면 그것으로 족하다고 마음을 다잡았다. 그렇지만 자꾸만 좀 더 손을 뻗고 싶은 마음, 그녀를 만나고 싶은 마음이 자꾸만 자신을 충동질했다.

첫눈에 반했다? 아니면 웃고 있는 그 모습에 마음이 갔다? 그 둘 다 맞는 것 같았다. 아파트 앞에서 엄마를 잃어 울고 있는 꼬마아이에게 가방에서 사탕을 꺼내 꼭 쥐여 주며 활짝 웃고 있던 그녀를 잊을 수가 없어 내내 마음으로 좇다 불과 얼마 전에야 자신이 다니는 학교에서 강의를 하고 있는 교수라는 걸 알았다. 그래서 흥미도 없는 식품학 수업을 신청했다.

그리고 다가가면 다가갈수록 가까이할 수 없는 사람이라는 것을 깨닫는다. 그것이 마음 아팠지만 기웅은 우진을 향해 웃었다. 이 아픈 마음을 우진에게까지 전달하고 싶지는 않았다. 그저 나 혼자 아프다 말겠지 하고 자위했다.

"너도 어서 들어가."

우진은 차를 돌려 학교를 빠져나오며 백미러로 여전히 손을 흔들며 웃고 있는 기웅을 힐끔 보았다. 자신이 한 말이 상처가 되지는 않았는지 걱정되어 기웅이가 사라질 때까지 백미러를 보았다. 어찌 됐건 웃고 있는 모습에 마음이 놓였다.

❊ ✱ ❊

"어…… 교수님 오셨네요."

갑작스런 목소리에 놀란 우진은 주춤 뒤로 물러섰다. 언제부터

였는지 3층 엘리베이터 앞에서 앉아 있던 기웅이 허리를 폈다.

"너 지금 여기서 뭐하는 거야?"

"아…… 전해 드릴 게 있어서……."

기웅은 웅크려 있던 몸을 일으켜 우진에게로 다가왔다. 순간 한 발자국 다가왔을 때 한기가 확 느껴져 저도 모르게 인상을 찌푸렸다. 도대체 얼마나 오래 여기 있었던 거야.

놀란 눈으로 우진은 가만히 선 채 자신을 바라보고 있는 기웅을 쳐다보았다. 무엇 때문인지 자신을 기다린 듯해 보이는 기웅이 말없이 서 있을 뿐이었다.

"너 괜찮은 거야?"

"……여기."

품 안에서 무언가를 꺼낸 기웅이 우진에게로 내밀었다. 내민 것을 내려다본 우진은 멍하게 그것을 건네받으며 시선을 돌렸다. 얼마나 품 안에 안고 있었는지 받은 그것은 따뜻한 온기를 품고 있었다.

"반 고흐의 영혼의 편지예요. 이거 교수님 드리려고 샀어요. 벌써 가지고 계실지도 모르겠지만."

"나…… 주려고?"

"네. 책을 읽는데 교수님이 생각이 나서요."

우진은 포장지에 정성스럽게 싸여 초록 리본 하나를 달고 있는 책을 내려다보았다. 우진은 혼란스러운 눈으로 책을 내려다봤다.

"기웅아."

"그냥 정말 생각이 나서 샀어요. 다른 뜻은 없어요. 그러니 그냥 받아 주세요."

"……."

"말씀드린 대로 저 이제 열심히 제가 하고 싶은 일 할 거예요. 오며 가며 우연히 마주칠 순 있겠지만 아마 따로 이렇게 찾아오는 일, 없을 거예요."

"정말로 힘들거나 조언이 필요할 땐 연락해. 난 영원히 네 편이야."

"네. 교수님."

"조심해서 들어가."

"교수님……."

"……."

"감사합니다."

기웅은 그렇게 고개를 꾸벅 숙였다.

너 먼저 가 보라는 우진의 말에도 기웅은 끝까지 교수님 먼저 들어가는 거 보고 들어가겠다고 떼를 썼다. 그래, 그럼 나 먼저 들어간다, 하고 손을 흔들며 집 안으로 들어왔다.

손에 쥐고 있는 책을 바로 들어 곱게 붙여진 초록리본을 쳐다보았다. 영혼의 편지? 기웅을 닮은 것 같기도 했고, 어린 나이에 남들과 달리 감수성이 풍부해 보이는 기웅에게 어울리는 듯도 했다.

집으로 들어와 책을 테이블 위에 올려두고 목덜미에 둘러져 있는 스카프를 풀어내었다. 그와 동시에 몸에 남은 힘이 쭉 빠졌다. 피곤에 지친 몸으로 아메리카노를 내리고 가방을 뒤져 핸드폰을 꺼냈다. 그 짧은 시간에 엄마한테 문자 한 통이 와 있었다.

[준수랑 나눠 먹으라고 엄마가 김치 담갔는데 언제 가져다줄까? 내일?]

"준수 집에 김치 아직 있던데……."

우진은 커피 잔을 잡으려다 말고 키패드를 눌렀다.

[엄마 좋은 시간에 와. 그리고 준수는 젓갈 들어간 김치 안 먹으니까 젓갈 없는 걸로 가져와요.]

마지막 글자까지 완성시키고 전송 버튼을 누르는데 순간 방 안에서 바스락 소리가 들리는 것을 느꼈다. 우진은 그 소리에 자신의 귀를 의심했다. 잘못 들었나? 귀를 쫑긋 세우고 놀란 마음을 진정시키며 다시 커피를 드는데 또 작은 소리가 안방에서 들렸다.

우진은 반쯤 들다 만 커피를 내려놓고 핸드폰을 열고서 부엌 밑에 무릎을 굽히고 몸을 말아 앉았다. 설마 도둑 든 건가? 요샌 백수들이 여자들 혼자 사는 집에 들어와서 일 나가면 먹고 자고 한다던데 그런 놈인가?

몸이 바들바들 떨렸다. 그러고 보니까 칫솔 위치도 좀 바뀐 것 같아 보이고……. 수건도 젖어 있었던 것 같고…….

도둑이라는 생각이 들자 그쪽으로만 한없이 생각 가지가 뻗어나갔다. 우진은 몸을 웅크리고 최대한 쭈그려 앉아 떨리는 손으로 핸드폰을 열어 1번 단축키를 꾹 눌렀다. 제발, 제발 받아.

— 어.

"준수야. 우리 집에 지금 도둑 든 거 같아."

— ……뭐?

"방금 안방에서 소리 났어. 지금 집에 나밖에 없단 말이야."

— ……또 장난치지. 불 끄고 잠이나 자.

전에 준수가 해 주는 밥이 먹고 싶어 집에 도둑 들었다는 장난으로 유인한 적이 있었다. 준수는 그걸 아직도 기억하고 있는 모양이었다.

"정말이야. 또, 또! 소리 났어."

— ……신발장 옆에 있는 골프채 들고 두 번째 서랍에 후추 있으니까 그거 찾아서 부엌 밑에 숨어 있어. 지금 올라간다.

응응. 다급하게 대답하며 신발장 옆으로 가 골프채를 잡고 서랍에서 후추를 꺼내는 동안에도 준수는 전화를 끊지 않고 계속 듣고 있었다.

두려움과 동시에 밀려드는 눈물에 입술을 꾹 막고서 조용히 부엌 밑에 숨어 수화기 너머 준수의 숨소리만 듣고 있었다. 그리고 곧 패스워드가 해지되는 소리가 들렸다. 우진은 준수에게로 다급하게 달려갔다.

준수는 손가락을 들어 쉿, 하는 제스처를 취하고는 골프채를 건네받아 안방으로 조용히 들어갔다. 준수의 옷깃을 꽉 잡고 뒤를 따라 들어가던 우진은 한껏 어깨를 움츠리며 눈을 질끈 감고 있었다.

"괜찮아. 이제 괜찮아."

준수의 나직한 말에 꼭 감은 두 눈을 떠 소리를 내는 물체의 정체를 확인했다. 맥이 탁 풀려 버렸다. 아침에 눈을 뜨며 던진 시계가 미니선풍기 버튼을 눌러 선풍기가 윙윙 돌아가며 그 위로 던져 놓은 옷가지들이 펄럭이고 있었다.

우진은 순간 눈물이 왈칵 터졌다. 그냥, 그냥 서러워졌다. 갑작스럽게 닥친 두려움도, 그때에 맞춰 등장한 준수도, 모두 다 서러웠다.

"무서워. 무서워……."

준수의 옷깃을 잡고 있던 손가락을 풀고 갓난아이처럼 준수의 목을 꽉 안은 채 서럽게 울었다.

뭐가 그렇게 서러운지 제 목을 끌어안고 펑펑 우는 가녀린 몸에 준수는 골프채를 든 오른손 대신 왼손으로 우진의 어깨를 마주 안으며 다독였다. 우진은 자신을 안아 주는 손길에 더욱 눈물이 쏟아져 내렸다.

밤잠을 이루지 못했다. 도둑이 무서워서 그런 거냐고 묻는다면

할 말은 없지만 그것과 더불어 우진의 머릿속은 여러 생각으로 복잡하게 엉켜 있었다.

울고 있는 자신을 수백 번도 더 토닥여 준 준순데 아까 자신의 등을 안아 준 준수는 뭔가 좀 달랐다. 자신을 안고 있던 그 힘이 너무나 강인하고 단단해 저도 모르게 넋을 놓고 울어 버렸다. 미간을 찡그리며 저를 있는 힘껏 끌어안았던 그 모습이 떠올랐다.

"이게 다 그 키, 키스 때문이야."

우진은 그래서 그런 것뿐이라고 몇 번을 중얼거리며 베개에 얼굴을 파묻었다.

9. 친구와 연인 사이

아침 일찍 출근한 우진은 여유롭게 자리에 앉으며 들어오는 팀원들에게 인사했다. 장난치며 깔깔대던 정학과 오 대리가 재미없는 농담을 주고받고 있는 사이, 어디 잠깐 다녀온 것인지 아침부터 문서를 손으로 넘기며 팀실 안으로 준수가 들어왔다.

팀원들이 자리에서 일어서 인사했다.

"일들 시작합시다. 이 대리는 따라 오세요."

우진은 자신의 등 뒤를 지나가는 준수를 힐끔 보다 책상으로 고개를 돌렸다. 뭐 좋아한다느니, 친구 안 한다느니 그런 소리나 하더니 준수는 그 날 이후로도 자신을 본다 해도 크게 동요한다거나 우진처럼 화들짝 놀라 숨는다거나 그런 것은 없었다. 고백은 박준수가 했는데 숨어서 눈치나 보고 있는 것은 정우진이었다.

요란하게 타이핑을 해대는 팀원들과 전화기를 뺨과 어깨 사이에 꽂으며 손으로는 열심히 메모하는 팀원들 사이를 빠져나온 우진은 종이분쇄기에 용지를 넣으며 동시에 카피를 하고 있었다.

종이를 씹어 먹는 파쇄기를 보며 인쇄 버튼을 누르던 우진은 자신의 뒤에 서 있는 그림자에 깜짝 놀라 뒤돌아섰다.

"여기서 뭐 하세요?"

자신의 등 뒤에는 준수가 서 있었다.

"거기 있는 프린트물 좀 가져가려고."

"아…… 잠깐만요."

인쇄물들을 손으로 뒤적거리던 우진의 등 뒤로 커다란 가슴팍이 닿았다. 놀란 우진이 몸을 들썩거렸지만 상관 않고 준수는 우진을 품에 안은 꼴로 제게 필요한 인쇄물을 찾기 시작했다.

"저기 팀장님. 제가 움직일 수가……."

"여기 있네요."

찾은 인쇄물을 손에 든 준수는 당황스러운 얼굴을 한 우진을 스쳐 나가 버렸다.

방금 무슨 일이 있었던 건지 순식간에 지나간 일을 더듬던 우진은 목을 긁으며 다시 뒤돌아섰다. 그리고 나오기 시작하는 카피물을 손에 들었다.

그러고 보니 이 카피물을 들고 다시 팀장실로 들어가야 했다. 왔을 때 바로 줄걸.

우진은 난감한 표정으로 카피물을 들고 팀장실 주위를 기웃거렸다. 반투명으로 되어 있어 기웃거려도 볼 수 없는 팀장실 앞을 까치발을 들고 의미 없이 엿보고 있었다.

"뭐 합니까?"

"으악! 깜짝이야."

반듯하게 선 채 인상을 찌푸리고 있는 준수의 모습에 우진은 말을 더듬었다.

"아니 이거 드려야 해서……."

"들어오세요."

팀장실 안으로 들어간 우진은 최대한 그에게서 멀리 떨어진 채 두 손을 모으고 서 있었다. 카피물을 홱홱 넘기던 준수는 여전히 시선을 카피물에다만 둔 채 우진에게로 걸어왔다.

우진은 뒤로 물러서다 벽에 등을 부딪혔다. 준수는 종이를 덮으며 우진의 얼굴 가까이로 바짝 다가섰다. 놀란 입술이 떨리며 부산스럽게 열렸다.

"너무 가, 가까이 오신 거 아니에요?"

"정 대리는 입사 몇 년 찬데 아직 이런 거 하나 제대로 못 해 옵니까?"

"예? 맞게 다 했을 텐데."

준수의 말에 우진은 그가 들고 있던 카피물을 건네받아 손으로 종이를 넘겨 가며 장수를 확인했다. 딱 맞아떨어지는 장수를 확인한 우진은 따져 물을 심산에 고개를 들었다. 그런데 제 눈앞에 준수의 얼굴이 가까이 있었다. 놀라 얼굴을 재빨리 떼어 냈다.

준수는 여전히 아무런 표정 없이 그런 우진을 쳐다보고 있었다. 그리고 더욱 그녀에게로 붙어 섰다. 틈도 없이 바짝 붙은 준수의 행동에 우진의 눈이 있는 대로 커졌다.

"티, 팀장님."

"잘 보세요. 여기, 여기."

수정하기 전 파일이 그대로 카피가 된 것을 눈치챈 우진이 아차차, 싶어 입술을 깨물었다.

이 민망한 상황에서 탈출하고자 하는데 준수의 얼굴이 점점 다가왔다. 이대로라면 그 날, 준수의 집에서 벌어졌던 일이 다시 벌어질지도 모른다는 생각에 우진은 제 입술을 손등으로 막았다. 딸꾹질이 났다.

"꼭 이렇게 부, 붙어서 말해야 하는 거예요?"

"짝사랑하는 상대 마음 흔들려고 노력 중입니다."

"……예, 예?"

짜, 짝사랑?

우진은 다시 딸꾹질이 나는 입술을 틀어막았다. 준수가 피식 웃으며 발을 조금 뒤로 물렸다.

"이렇게 하면 넘어올 겁니까?"

"아, 아니요!"

"그럼 뭐 상관없잖습니까."

우진은 딸꾹질을 집어삼키며 숨을 골랐다. 여긴 팀장실이 아니라 늑대 소굴이다. 순진한 양을 소굴로 불러들여 잡아먹으려는.

"상관……없죠?"

"그럼 나가서 하던 일 마저 하시죠. 이건 다시 제출하시고."

잘못 제출한 문서를 품에 안고 우진은 뒤를 더듬어 발걸음을 돌렸다. 그리고 팀장실 문을 열려고 하는 찰나 다시 준수의 목소리가 들려왔다.

"참. 정 대리."

그의 부름에 우진의 고개가 본능적으로 준수에게 휙 돌아갔다.

"이거 들고 가세요."

우진은 그제야 준수의 책상 위에 놓인 머플러를 발견했다. 분명히 제 것이었다. 어디서 떨어뜨린 것인지 몰라 눈을 깜빡이는 우진에게로 준수의 음성이 떨어졌다.

"그 날, 놓고 갔습니다."

그 날. 준수가 말하는 그 날을 가만히 상기시키던 우진은 얼굴이 벌겋게 달아올랐다.

거칠고 격했던 그의 숨소리, 델 듯이 뜨거웠던 혀, 그리고 그의 입술. 상의를 침범해 제 연약한 허리를 매만지던 단단했던 그의 손끝, 짙은 눈동자…….

우진은 저도 모르게 손으로 제 입을 틀어막았다. 눈앞이 새빨개져 준수마저 흐리게 보이는 것 같았다.

우진은 빠른 속도로 달려가 책상 위에 놓인 제 머플러를 낚아챘다. 그리고 쏜살같이 팀장실을 나왔다. 그런 자신을 조용한 눈으로 가만히 응시하는 준수가 느껴졌지만 우진은 그런 것들을 신경 쓸 겨를이 없었다.

심장이 벌렁거렸다. 들고 있던 종이를 품 안에 끼고 자리로 돌아온 우진은 키보드와 씨름 중인 오 대리를 힐끔 보며 팀장실을 곁눈질했다.

"정 대리 거기, 거기 샘플자료 좀."

목이 탔다. 머리 위로 햇볕이 있는 대로 내리쬐는 기분이었다. 저만 따라다니며 내리쬐느라 우진의 자리만 온통 벌겋게 달아오른 것만 같았다.

괜히 기분이 이상해 주위를 두리번거리며 팀원들을 살피던 우진은 자신의 책상 위에 어질러진 자료들을 물끄러미 내려다봤다. 빨간색, 파란색 그래프가 지금 자신의 마음처럼 요동치며 상승세, 하락세를 그리고 있었다.

"자, 자. 밥들 먹으러 갑시다."

언제 나간 건지 점심식사를 하러 간 준수는 이미 없었고, 곧이어 팀원들이 자리를 털고 일어나기 시작했다. 여기저기서 허리를 잡고 앓는 소리를 해댔다.

우진은 슬쩍 자리에서 일어나는 하나에게 다가갔다. 머리에 얌전한 리본 핀을 찔러 넣던 하나는 다가서는 우진을 보며 제 손에 쥐고 있던 립스틱을 내밀었다.

"아니, 난 됐어요."

그럼 말고라는 듯 립스틱 뚜껑을 열어 제 입술에 핑크색을 덧칠하던 하나는 할 말이 있는 듯 우물쭈물 서 있는 우진을 돌아봤다.

"왜요? 정 대리님, 식사하러 가요."

하나와 팀실을 돌아 나오며 우진은 여유로운 척 넌지시 화두를 던졌다. 이랬든 저랬든 연애에 관심이 많아 보이는 하나라면 답을 알 것도 같아서.

"친구인 남자랑 키, 키스를 했는데 여자는 그 남자에게 친구 이상의 감정은 없어. 근데 가까이 다가오면 이렇게 손이 떨린다든가, 입술이 마른다든가 뭐 그런 건 그냥 키스를 했기 때문에 그런 거지? 마음이 있어서 그런 게 아니라?"

"그거 정 대리님 얘기예요?"

"어? 당연히 아니지. 내가 아마추어야? 바로 파악 가능하지."

"그럼 왜 물어요?"

"친구가 귀찮게 계속 물어보잖아. 뭐 여러 사람의 경험을 듣는 게 더 좋지 않겠어?"

"그거는 모르겠고, 그 사람이 다른 여자랑 다정하게 웃으며 같이 있을 때 가슴이 저릿저릿하거나 이유 모를 열이 치밀어 오르잖아요? 그럼 사랑이에요. 뭐 별다른 게 사랑인가. 쉬워요, 사랑."

어렵다. 복잡하다. 그리고 뭐? 사랑? 내가 준수를?

우진은 고개를 도리도리 저었다. 말도 안 된다. 역시 하나한테 물어본 자신이 바보였다.

"정 대리님 좋아하는 당근 반찬 나왔네요."

시선을 당근으로 돌리며 수저를 드는 우진의 뒤로 낯익은 피사체가 다가섰다. 우진은 놀라 수저를 떨어뜨릴 뻔했다. 당근이 눈 앞에 있었다. 그리고 준수가 등 뒤에 있었다.

준수의 등장을 알아챈 직원들은 고개를 숙이며 식판을 든 채 피하듯 준수가 없는 안식처를 찾아 떠났고 우진은 그를 슬쩍 돌아보았다.

"점심 맛있게 하세요."

"……예."

당근을 받아 든 우진은 안식처로 떠난 팀원들을 찾아 얼른 걸음을 옮겼다. 도망치듯 자리에 앉아 밥 한 숟갈을 입 안으로 욱여넣었을 때 준수가 자신의 앞에 식판을 놓았다. 팀원들이 사레 걸린 듯 기침을 해댔다.

"식사 중에는 일 얘기할 마음 없으니까 편하게들 식사하세요."

"네, 네. 팀장님. 정학 씨, 나 물 좀."

우진은 반찬 없이 들어간 밥을 씹으며 눈썹을 찡그렸다. 뭔가 이쯤 되면 이것도 의도된 것이라는 생각이 들었다.

정갈하게 반찬을 집어 먹는 준수를 노려보며 우진은 계란말이를 씹었다. 밥이 입으로 들어가는지 코로 들어가는지도 모르게 정신없이 숟가락질만 해대던 팀원들은 준수의 행동에 입이 떡 벌어졌다. 자신의 식판 위에 놓인 당근을 집어 우진의 밥숟가락 위에 가지런히 얹었다.

"컥."

오 대리가 가슴을 두드리며 물을 들이켰다.

"정 대리 좋아하는 당근 많이 드시고 열심히 일해 주세요. 팀에 도움이 되도록."

얹힌 당근과 준수를 굳은 채 번갈아 보고 있던 우진이 눈을 깜빡였다.

"뭐, 다른 거라도 더 얹어 드립니까?"

"……아뇨."

먹기나 하라는 준수의 눈빛에 우진은 의미 없이 턱만 움직여 씹었다. 다들 넋이 나간 사람처럼 준수를 쳐다봤다. 국을 호로록 마시는 오 대리의 방정맞은 소리가 들려올 뿐 다들 입에 지퍼를 잠그고 말없이 식사를 시작했다.

우진은 식판에 고개를 처박고 밥만 퍼먹다 조심스레 고개를 들어 준수를 올려다봤다. 표정 변화 하나 없이 식사를 하고 있는 저 얼굴을 보자니 꿈은 아닌 듯했다. 확실히.

식사 같지도 않은 식사가 끝이 나고 팀원들은 가슴을 두들겨 댔다. 오늘 후식은 커피가 아닌 소화제가 어떠냐며 카페로 향하던 팀원들은 진심으로 고민을 했다.

카페에 둘러앉은 팀원들은 진심으로 의아한 얼굴로 회의 같은 반상회를 시작했다. 오늘의 주제는 단연 팀장이었다.

"팀장님 처음으로 우리랑 식사 같이 한 거지?"

"회식을 제외하면 그렇죠."

"갑자기 무슨 심경의 변화실까?"

"아, 구내식당에서 식사가 하고 싶으셨나 보죠."

"언제는 구내식당에 안 오셨어? 우리랑 같이 식사를 하신 적이 없으시잖아."

우진은 그들의 대화에 선뜻 끼지 못하고 빨대만 쪼로록 빨고 있었다. 쓴맛이 목구멍을 타고 넘어갔다.

"아, 근데 팀장님 해외출장 가신다며?"

어? 이건 들은 적이 없는 말이다.

"전에 왜 이탈리아 측 바이어랑 계약한 거 있잖아. 그거 재계약에 갑자기 다른 조건이 붙었나 봐."

"저기, 팀장님 아냐?"

팀원들의 말에 고개를 번쩍 든 우진은 카페 안으로 들어오는 준수를 발견했다. 그리고 옆엔 나뭇가지에 매달린 열매마냥 대롱대롱 달린 누군가가 준수 곁에 있었다. 팀원들은 자리에서 일어나 인사를 꾸벅하며 준수 옆에 붙은 여자를 향해 멋쩍은 인사를 했다.

"저 사람이 그 사람이지? 팀장님 애인이라고 소문났던 이현경 씨."

"어머. 웬일이야. 사실인가 봐."

소곤소곤거리면서도 할 말은 다 하며 맞장구치던 하나와 주아가 현경을 흘겼다.

"둘이 커피 마시러 온 건가 봐."

"이렇게 대놓고?"

우진은 나란히 커피를 시키며 자리에 앉는 두 사람을 바라봤다. 커피 별로 좋아하지도 않으면서 카페엔 왜 왔지? 그것도 스캔들 상대랑?

아무리 납득할 만한 이유를 찾으려 해도 정말 팀원들의 루머에 의한 '여자 친구'라는 관계가 아니면 딱히 성립될 상황이 아니었다. 다른 팀인 두 사람이 일 얘기를 하려고 온 건 아닐 테고.

"우진 씨 그만 쳐다봐."

눈치를 주며 히죽히죽 웃는 오 대리는 그저 이 상황이 재밌기만 한 듯했다. 우진은 급격히 기분이 나빠졌다. 아니, 방금까지도 짝사랑 어쩌고 하며 사람 가지고 이상한 짓이나 하더니 이젠 다른 여자랑 데이트를 하고 있다. 엄연히 고백을 해 놓고 그 고백 상대 앞에서 다른 여자랑 데이트라니? 이건 예의가 아니잖아.

"저 먼저 일어날게요. 천천히 마시다 오세요."

우진은 자리에서 일어나 그대로 카페를 나왔다. 아니 박차고 나왔다.

"뭐? 내 마음을 흔들려고 노력 중이야? 퍽이나!"

앞에 놓인 돌을 발로 뻥 하고 걷어찼다. 날아간 돌만큼이나 마음이 무거웠다.

일을 하는 내내 우진은 준수에게 일절 시선 같은 것은 두지 않았다. 그가 뒤를 지나쳐 가도 일부러 무시했다. 사실 이렇게라도 화가 났음을 좀 눈치채 줬으면 했다. 그리고 화가 난 이유도 좀 알아차려 줬으면 했다. 뭐 그렇다고 미안하다는 말은 절대 안 할 박준수겠지만.

업무를 마치고 퇴근한 우진은 주차장으로 내려와 팀원들을 배웅하고 제 차로 향했다. 주차장 한편에서 준수가 자신을 말없이 지켜보는 것이 느껴졌다. 괜히 발걸음이 더 냉랭해졌다.

차에 타기 위해 문고리를 잡다 말고 우진은 우뚝 멈추었다. 아니 그래도 이 열 받는 건 좀 따져야겠다. 미안하다는 말은 못 들어도 변명이라도 들어야겠다.

고개를 홱 돌려 아직 저를 바라보고 있는 준수를 쳐다봤다. 그리고 성큼성큼 걸어 그 앞에 섰다.

"뭐? 나를 좋아해? 내가 아니고 이현경 씨겠지. 괜히 사람 가지고 좋아한다느니 짝사랑 상대라느니 장난치지 말고 그 여자랑 잘해 봐. 내가 그렇게 만만해?"

"……."

"너 그리고 왜 출장 간다는 말 안 했는데? 아무리 그 여자를 좋아한다지만 친구인 나한테 그 정도 말은 할 수 있잖아. 그 멀리까지 가면서 한마디 말도 안 하려고 했어?"

"……."

"그래. 가 버려라. 나랑 무슨 상관이야."

쉴 새 없이 쏘아붙이는 우진을 그저 바라만 보고 있던 준수는 희미한 웃음을 흘렸다.

"뭐야. 너 웃어? 내가 우습냐?"

"시끄러워. 조용히 좀 해."

조용히 하라는 말에 여태 떠들던 입이 다물려 버렸다.

"그 여자랑은 아무 사이도 아냐. 넘어질 뻔한 거 한 번 잡아 준 게 다야. 카페에 같이 갔었던 건 가는 길에 우연히 만나서 같이 간 것뿐이고. 이태리 출장은 곧 말하려고 했어. 어차피 시간은 남아 있으니까."

우진은 차근차근 제 입장을 설명하는 준수의 말에 할 말이 없어졌다. 그래도 이대로 기죽어 순순히 수긍하긴 싫어 퉁명스레 말했다. 쉽게 화가 풀린 모습을 보여 주긴 싫다.

"너 커피, 사 마시러 갈 만큼 좋아하진 않잖아. 근데 카페에 가는 것 자체가 말이 안 돼."

"너 보려고 갔었어. 팀원들 때문에 계획이 틀어졌지만. 이제 됐냐?"

"뭐가?"

"내가 변명해 주기를 바랐던 거 아냐?"

"아, 아냐!"

정곡을 찌르는 준수의 말에 우진은 할 말을 찾지 못하고 우물쭈물했다. 하지만 그렇지 않은 양 곧 콧방귀를 뀌며 뒤돌아섰다. 그리고 거칠게 자신의 차 문고리를 확 잡아당겼다.

차를 타고 쌩하니 가 버리는 우진을 보고 섰던 준수는 소리 없이 웃었다. 질투하는 우진의 모습이 귀여웠다.

"너도 내가 아예 마음에 없는 건 아니다 이거지?"

준수는 가볍게 차에 올라타 액셀을 밟았다. 차는 경쾌한 소리를 내며 건물을 나갔다.

* * *

일찍 출근해 말없이 타이핑만 하던 우진은 진동이 오는 핸드폰을 꺼내어 발신인을 확인했다. 유경이었다. 핸드폰을 꺼내 어깨와 뺨 사이에 끼우면서 동시에 타이핑을 했다. 아직 아무도 출근하지 않은 팀실은 조용한 적막이 흘렀다.

"어. 왜?"

— 야. 진짜 치사하다. 내가 연락 안 한다고 너도 안 하냐?

"바빴어. 많이. 지금도 바쁘고."

— 준수랑은 잘되고 있어?

"뭐가?"

— 준수 너한테 마음 있는 것 같아 보이던데…….

"뭐?"

깜짝 놀란 우진이 팀실 안임을 잊고 저도 모르게 소리를 질렀다. 그리고 순간 놀라 입을 다물었다.

— 뭘 그렇게 놀라? 너 몰랐어?

"뭘 몰라?"

— 이게 시치미를 떼는 건지, 진짜 모르는 건지. 원. 나도 그냥

느낌만 그런 건데 그때 우리 술 마신 날, 준수 눈빛이 좀 그래 보였어. 아니면 뭐 말고.

책임감 없게 그런 말을 해 놓고 아니면 말고라니. 우진은 갑자기 뚝 떨어진 신뢰도에 인상을 찌푸렸다. 뭐 결과적으로 유경의 말이 맞긴 했지만.

"바빠, 끊어."

— 나도 없는 시간 쪼개서 전화한 거야. 이것아.

"이따 전화할게."

우진은 끊긴 전화를 보며 자신이 무엇을 타이핑하고 있었는지 한참을 생각했다. 그리고 복잡한 심정으로 눈을 감았다 뜨는데 뒤에서 중저음의 날카로운 목소리가 들렸다. 우진은 뒤를 돌아보다 말고 놀란 눈으로 벌떡 일어섰다.

"박준수, 박준수. 왜 남의 이름을 타이핑하는 겁니까?"

준수의 말에 자신의 모니터를 쳐다본 우진은 놀라 모니터를 등 뒤로 숨겼다. 유경과 통화하다 저도 모르게 박준수라고 타이핑했나 보다. 얼굴이 시뻘게졌다.

"그, 그게 또 오늘 얼마나 까일지 무, 무서워서 저도 모르게 쳤어요."

준수는 픽 하고 웃었다. 묘하게 웃는 그 모습에 우진은 꼭 죄지은 사람처럼 심장이 벌렁거렸다.

"그거야 정 대리 능력에 달린 일이죠. 뭐 안 되면 야근하면 되는 거고."

준수는 여전히 웃음기를 머금은 채 팀장실 안으로 들어가 버렸다. 우진은 그대로 머리를 책상에 박았다. 정말 되는 일이 없었다.

안 좋은 예감은 늘 맞아떨어졌다. 우진은 남은 크림빵을 입안으로 구겨 넣으며 전투적으로 씹었다. 목이 막히는 줄도 모르고 다음 빵 껍질을 소리 내어 깠다.

"야근 파이팅이요, 정 대리님."

"그냥 가. 정학 씨."

"정 대리 물이라도 마셔 가며 먹어. 오늘 밤새도록 있어야 하는데 체하면 어쩌려고."

제 약을 살살 올리는 직원들이 나가 버리고 혼자 덩그러니 남은 우진은 슬픈 표정으로 빵을 씹었다. 그리고 불이 켜진 팀장실을 홱 쏘아봤다.

준수는 팀장실에서 나와 서류들을 우진 앞으로 던지듯 내려놓았다. 예, 예, 소인은 시키는 대로 해야죠. 어느 분 말씀인데.

우진은 남은 빵을 옆으로 던져 놓고 서류를 정리하기 위해 손으로 끌어당겼다. 그런 우진의 뺨 위로 준수의 손이 다가왔다. 놀란 눈이 잔뜩 경계하며 물러섰다. 준수는 우진의 입술 옆에 붙은 빵 조각을 떼어 내며 태연히 펜을 꺼냈다.

"어, 어디서부터 시작하면 돼요?"

"지금 잡고 있는 그거부터."

처음부터 다 하라는 말이잖아. 우진은 한숨을 내쉬며 연필을 잡았다.

조용한 팀실 안은 서류가 넘어가는 소리만이 들려왔다. 우진은 어깨가 아픈 것인지 맞은편에 앉은 준수 한 번 그리고 앞에 놓인 서류를 한번 바라보다 자리에서 벌떡 일어났다. 그리고 허리를 두드리며 기지개를 쭈욱 폈다. 저 괴물 같은 놈. 벌써 몇 시간째 자세 하나 흐트러짐 없이 서류만 넘기고 있는 준수를 보며 우진은 고개를 절레절레 저었다.

"커피 한 잔 드려요?"

노, 라는 대답 대신 체크가 끝난 서류들을 테이블 아래로 내려놓았다. 우진은 커피 한 잔을 입에 물고 자리에 앉아 다시 연필을 잡아 들었다.

"팀장님. 이거 잘못된 거 맞죠?"

우진은 그에게 가까이 몸을 숙여 연필로 의심스러운 부분을 찍었고, 준수는 자신의 만년필로 수정한 숫자를 써 넣었다. 그리고 그런 준수를 우진은 말없이 쳐다보고 있었다.

우진의 시선을 느낀 건지 준수의 고개가 들렸다. 몇 시간 만에 처음으로 그가 고개를 들었다.

"왜?"

"어? 아니……."

바보같이 말꼬리만 길게 늘어졌다. 우진은 괜히 혀로 입술을 쓸며 다시 제 서류들을 끌어당겼다. 준수의 시선이 그런 우진의 빨간 입술, 그리고 혀에 닿았다.

"근데 너 설마 나랑 둘이 있고 싶어서 뭐 야근 시킨 건 아니지?"

괜히 분위기를 유연하게 만들어 보려 우진은 웃음 섞인 농담을 했다. 준수의 시선은 여전히 우진의 입술에 머물러 있었다. 그리고 다시 그의 시선은 서류로 떨어졌다.

"네가 잘했어 봐. 말했지. 네 능력껏 시킨다고."

"그럼 그렇지."

한숨이 쏟아져 나왔다. 여전히 남은 서류들은 한가득이었다.

한참을 다시 일하는 데 집중하던 준수는 문득 고개를 들어 우진을 보았다. 서류를 품에 안은 채 말없이 눈을 감은 우진은 하품을 하며 힘겹게 고개를 들었다. 피곤해 보이는 얼굴이 도리질 치며 잠에서 깨어 보려 애쓰고 있었다.

"눈 좀 붙여."

"아냐. 아직 많이 남았잖아. 다 해야 해."

그러고는 다시 꾸벅꾸벅 졸기 시작하는 우진의 모습에 준수는 맞은편으로 건너가 우진의 머리를 소파에 뉘어 주었다. 우진이 고개를 들어 그의 손길을 거절했다. 아직도 일을 할 수 있다고 큰소리쳤다. 준수는 그런 우진을 말리지 않고 다시 일을 하기 시작했다. 그대로 우진의 옆자리에 앉아.

방금까지만 해도 잠에 절어 죽을 것같이 피곤했던 눈이 이상하게 말똥말똥해졌다. 아니 괜히 옆자리에 있는 준수가 불편해졌다.

우진은 준수를 힐끔거리다가 다시 시선을 아래로 떨어뜨렸다. 그러다가 다시 또 한 번 힐끔.

"뭐 할 말 있어?"

"그건 아닌데…… 너 다시 네 자리로 돌아가면 안 돼?"

죽어라 아래로 박혀 있던 준수의 고개가 말 한마디에 우진에게로 돌려졌다. 눈이 마주쳤다.

"왜?"

"아니 그냥…… 좀 신경 쓰이고 불편해서."

우진은 눈을 피했다. 준수는 그런 우진을 놓치지 않았다.

"나 봐."

명령과 같은 그의 힘 있는 말에 우진은 고개를 들었다. 다시 눈이 마주했다.

"저리…… 가. 불편하다니까."

다시 돌아가려는 우진의 고개를 준수의 손이 붙잡았다. 놀란 눈을 한 우진이 그의 손을 붙잡았다. 왜 이러냐는 그녀의 눈빛에 준수는 완전히 우진에게로 어깨를 돌렸다.

"10초만 봐."

"뭐?"

"10초만 이렇게 보고 있어."

알 수 없는 준수의 말에 우진은 반강제로 그를 보고 있었다. 얽힌 시선은 꼼짝 없이 초침이 열 번을 움직일 동안 이렇게 시선을 얽은 채 있어야 했다.

거의 20여 년을 이렇게 눈을 마주하고 있는데 왜 지금은 그의 눈을 제대로 보질 못하겠는 것인지. 우진은 알 수 없는 이상한 감정에 눈을 감았다. 9초가 지나가고 있었다. 준수의 손이 우진의 뺨에서 떨어지고 우진은 고개를 완전히 돌려 버렸다.

"넌 아니라고 선만 긋지 말고 날 좀 더 있는 그대로 받아들이는 게 어때? 나와는 절대 친구 이상이 될 수 없다고 선을 긋고 있잖아. 넌 내가 아니라고 확신해? 한 번쯤 네 마음을 들여다봐. 정말 나에 대한 네 마음이 그저 친구일 뿐인 건지. 선 긋지 말고 있는 그대로 한번 돌아봐."

우진은 자신의 자리로 돌아가 앉는 준수를 멍하니 보았다. 그는 언제 그랬냐는 듯 다시 일에 열중하기 시작했다. 다시 딸꾹질이 나올 것 같았다.

✻ ✻ ✻

내일이면 다시 평화의 주말이 돌아온다. 어쨌거나 전쟁 같은 평일이 지나가고 다시 휴전시기가 다가온 것이다.

주말의 설렘에 들뜬 직원들은 커피 브레이크도 거르고 일에 집중했다. 우진은 어제의 야근으로 피로한 어깨를 두드리며 내리 키보드만 두드리고 있었다.

"정 대리님."

우진은 멍한 눈으로 고개를 들어 자신을 부르는 목소리를 향해 올려다보았다.

"네. 이 대리님."

수진은 목을 가다듬으며 뒷짐을 지고 서 있었다. 왜 불렀냐는 듯 올려다보는 우진의 눈빛에 수진은 뒷짐을 진 손을 풀고 우진 앞으로 티켓 두 장을 내밀었다. 우진은 이게 뭐냐는 표정을 했다.

"사실 오늘 저녁 영화표가 생겼는데 안 바쁘시면 같이 보러 가셨으면 해서요."

"저요?"

"네. 정 대리님이요. 같이 영화 보고 싶은 마음이 드는 사람이 정 대리님밖에 없네요."

수진은 주위를 둘러보라는 듯 손짓으로 뒤를 가리켰다. 전화를 받으며 씨름을 하는 하나, 문서를 파쇄기에 잘못 넣어 좌절하고 있는 정학, 펜을 굴려 가며 머리를 잡아 뜯는 오 대리. 상태가 메롱인 듯 키보드에 머리를 처박는 은미.

우진은 멍하니 그들을 쳐다보다 별거 아니라는 듯 말하는 수진의 편안한 태도에 웃으며 고개를 끄덕였다.

"좋아요. 불금을 우리도 제대로 불태워 보죠."

수진은 그렇게 말하며 가볍게 웃었다. 그리고 우진은 자신을 떠나가 자리에 착석하는 수진에게서 다시 관심을 돌리며 빠져나갈 것처럼 아픈 어깨 한쪽을 앞뒤로 휘둘렀다.

좀비처럼 고군분투하던 팀원들이 하나둘씩 자리를 비우고 우진도 자리에서 일어나 피곤한 손으로 어질러진 책상을 정돈했다. 의자를 책상 안으로 밀어 넣은 우진은 엘리베이터 앞에서 자신을 기다리고 있는 수진에게로 갔다. 그는 다가오는 우진을 보며 자신이 잡아 둔 엘리베이터 버튼을 눌렀다. 엘리베이터 문이 곧장 열렸다.

"영화 장르가 뭐예요?"

"스릴러 추리요. 아, 우진 씨가 보기엔 너무 잔인한가?"

"아니에요. 저 스릴러 좋아해요. 범인 찾고 하는 거."

"의왼데요? 전혀 안 좋아하실 것처럼 보이는데."

"안 좋아할 것처럼 보이는 건 어떻게 보이는 건데요?"

"연약해 보이잖아요. 무서운 거 싫어할 것 같고."

"아, 귀신은 무서워요."

"그건 저도 무서워요."

수진의 말에 두 사람이 동시에 웃음을 터뜨렸다.

지하 주차장으로 돌진하던 엘리베이터가 10층에서 멈춰 섰고 망설임 없이 문이 열렸다. 눈앞에 있는 남자의 존재에 수진이 고개를 꾸벅 숙여 인사했다.

"회의가 늦으셨네요. 팀장님도 퇴근하세요?"

"네."

짧은 대답과 함께 우진과 눈을 마주하고 있던 준수는 말없이 엘리베이터에 올라탔다.

"저희는 가볍게 영화나 한 편 보려고요. 팀장님도 함께 가실래요?"

영혼이 전혀 담기지 않은 수진의 물음에 준수는 코웃음을 쳤다. 진짜 같이 가기라도 하면 어쩌려고.

"아니요. 저는 한가하게 영화나 보고 있을 시간이 없어서요."

우진은 제 앞에 서서 정면만을 바라보고 있는 준수를 힐끔 쳐다보았다. 마치 한 백 년은 흐른 것처럼 길고 긴 시간을 내려간 엘리베이터가 주차장에 도착했을 때 우진의 시선은 앞서 걸어가는 준수에게 있었다. 그저 무표정한 얼굴로 걸어가는 그를 보며 우진은 수진의 말을 흘려들었다.

"정 대리님. 저녁 뭐 드실래요? 아, 스테이크 레어 좋아하신댔죠? 이야, 레어 좋아하는 사람 드문데. 제가 스테이크 잘하는 집 아는데 그쪽으로 갈까요?"

"……네."

그리고 흘려 답했다.

"영화 취향이 저랑 비슷한 게 정말 신기하네요."

준수가 무섭도록 빠르게 차에 올라탔고, 그대로 우진을 지나쳐 차가 쌩하고 주차장을 빠져나갔다.

수진은 정말 편한 동료처럼 굴었다. 그래서 우진은 더욱 편했다. 별다른 사심이 있는 것이 아니라 그게 좋았다. 그런데도 우진은 그의 말에 웃을 수가 없었다. 엘리베이터 앞에서 그를 마주했을 때 자신을 바라보던 눈이 생각났다. 그리고 자신을 쌩하고 지나쳐 가던 그 모습이 떠올랐다.

범인을 추적하는 추리 영화 속 경찰은 빠른 걸음으로 범인의 뒤를 쫓았다. 몸을 감추고 숨어 있던 범인은 이윽고 칼을 휘둘렀고, 그 칼에 맞은 경찰은 피를 흘리며 쓰러졌다.

우진은 의미 없이 팝콘을 씹어 넘겼다. 자신이 꼭 저 강도가 된 것만 같았다. 준수의 마음을 쑤시고 찔러 피를 낸 것만 같은 이 이상하고도 찝찝한 기분.

'윽!' 하는 사람들의 외침이 여기저기서 들려왔다. 그제야 우진은 경찰이 너무 많은 피를 흘려 죽어 버렸다는 것을 알아차렸다.

10. 너는 내게

"네?"

우진은 제 귀를 의심했다.

"팀장님이 뭐라고요?"

"팀장님 오늘 아침 비행기로 이태리 가셨다고요. 아, 몇 번을 말해요."

"왜?"

자신이 생각해도 어이없는 반문이었다.

"재계약하러 갔다고 몇 번을 말해요? 그 깐깐한 바이어가 우리 팀장님 목을 조르고 흔드니까 직접 날아가신 거죠. 아예 대면하고 해결을 보시려고."

우진은 좀비처럼 걸어와 자리에 털썩 앉았다. 이런 일은 태어나 처음이었다. 준수와 친구를 한 이래로 처음 있는 일이었다. 가까운 지방을 떠나도 떠난다 말을 하는 준수가 아무런 말도 없이 훌쩍 이태리로 떠나 버렸다. 그냥 가 버렸다.

"왜 이래. 넋 나간 사람마냥. 팀장님이 떠나시면서 우리 할 일 다 주고 가셨어. 정 대리도 하던 일 마저 하면 돼."

우진은 가만히 자리에 앉아 하던 일을 하면서도 문득문득 불 꺼진 팀장실을 쳐다보았다. 생각지도 않게 맞아 버린 빈자리에 그곳만 구멍이 뻥 뚫려 버린 것 같은 기분이었다. 아무 일도 없는 듯이 일을 하고 밥을 먹고 커피를 마시고, 평소와 다름없는 일상이었지만 우진은 우울했다.

일찍이 퇴근을 시작한 팀원들을 따라 밖으로 나온 우진은 오랜만에 집 앞 포장마차로 들어섰다. 오늘은 오 대리고 유경이고 아무도 없이 그냥 혼자 마시고 싶었다. 왜 가끔은 혼자 술 마시고 싶은 날이 있지 않은가. 그런 날이라고 생각했다.

"이모. 여기 소주 한 병이랑 어묵탕 하나요. 아, 그리고 당근 남은 거 있으면 서비스로 부탁드려요."

주문한 음식이 나오자 소주 뚜껑을 따고 잔에 콸콸 따른 우진은 텁텁한 입맛을 돋우려 한 번에 입안으로 들이부었다. 캬, 절로 감탄이 터져 나왔다.

좋아하는 어묵 국물도 마시고 쫄깃한 어묵을 한입 베어 먹은 우진이 핸드폰을 꺼냈다. 그쪽에 가서도 전화 한 통 없을 줄은 알았지만, 그래도 가기 전에 전화 한 통, 문자 한 통 없던 것은 백 번 생각해도 박준수의 잘못이었다.

"유경이라도 부를까?"

곧 고개를 저었다. 시답지 않은 질문을 해대며 저를 귀찮게 할 것이 뻔했다. 전화번호부를 좀 더 내려 그의 이름을 보았다. 그리고 또 한 입. 입가를 타고 흐르는 소주를 닦으며 우진은 어묵을 씹었다.

"나쁜 놈."

'넌 내가 아니라고 확신해?'

확신…….

'선 긋지 말고 있는 그대로 한번 돌아봐.'

있는 그대로…….

"이모 여기 한 병 더요!"

우진은 소주를 삼키며 맑은 액체가 날아가 버린 빈 병을 내려다보았다. 준수가 자신의 곁에 친구가 아닌 다른 존재로 있다는 생각. 그래, 해 보지 않은 것은 아니다. 준수의 고백을 들은 후론 진지하게 생각해 보기도 했다.

그런데 조금 겁이 났다. 만약 이 감정이 확실하지 않은 감정이면 어떡하지. 너무 오랫동안 알아 온지라 잠깐 헷갈렸던 거면 그땐 어떡하지? 다시 친구 사이로 돌아가자고 해야 하나?

확실히 그날 이후로 준수가 신경 쓰이고 눈에 밟혔다. 고백을 받았기 때문에 어쩔 수 없는 마음이었다. 준수의 말이 옳다. 선을 그어 놓았었다. 너무 오랫동안 친구로 있었기에 우리가 연인이 되는 게 말도 안 된다고 생각하고 있었다. 그의 말대로 솔직하게 그어 놓았던 선을 지우면…….

지금 우진은 준수에게 흔들리고 있었다. 그 마음이 뭔지 아직 단정하진 못하겠지만 확실히 친구였을 때와는 다른 무언가가 존재했다.

우진은 어느새 비어 버린 병을 보고 자리에서 일어섰다. 우울한 얼굴로 터덜터덜 걸었다. 엘리베이터가 20층을 가리키고 있었다. 우진은 천천히 계단으로 걸음을 옮겼다.

3층에 다다른 우진은 걸음을 멈췄다. 그리고 준수의 집이 있는 곳으로 향했다. 비밀번호를 입력하고 문을 열었다. 주인 없는 빈집에 불이 켜졌다. 언제 보아도 깔끔한 집 안은 사람이 없어 한기가 돌았다.

우진은 침실로 들어가 침대에 대자로 손을 뻗고 누웠다. 후 하고 한숨을 내쉬니 알코올 냄새가 풍겼다.

잠을 깊이 이루지 못해 문득 새벽에 일어나 주위를 둘러봤을 땐 준수 집답지 않은 너저분한 그림이 펼쳐져 있었다. 몽롱한 기운에 좀비처럼 일어나 의자에 잔뜩 걸려 바닥까지 팔 한쪽만 걸린 채 늘어진 옷들을 줍고 주방을 뒤져 남아 있는 딱딱하게 다 말라 버린 식빵을 이로 콱 물었다. 그리고 다시 소파로 와 몸을 벌러덩 뉘였다.

어젯밤 준수의 와인냉장고에서 와인과 간식거리를 꺼내 홀로 2차를 한 우진은 그대로 준수의 침대에서 뻗어 잤다. 까치집을 지은 머리를 감아 빗고 제집으로 올라간 우진은 주인을 맞지 못해 외로웠던 방 안을 가로질러 옷을 갈아입고 출근 준비를 시작했다.

❊ ✱ ❊

"하나 씨. 팀장님 언제 오시는지 알아?"

"계약 성립되면 오시겠죠?"

벌써 그가 간 지 삼 일째였다. 여전히 그에게선 연락이 없었다. 준수가 출장을 간 적은 수도 없이 많았지만 이렇게 외롭게 기다려 본 적은 없었다. 또한 이렇게 연락이 없던 적도 없었다. 못해도 이틀에 한 번은 사람 속을 긁는 문자가 오거나, 밥이나 거르지 말고 잘 챙겨 먹으라는 문자가 왔었는데 이번에는 이상했다.

"팀장님 없으니까 허전하긴 하네요."

정학이 사탕을 하나 까먹으며 말했다. 그러거나 말거나 오 대리는 관심도 없는 듯 신문을 좌악 펼쳤다. 하나는 복사용지를 잔뜩 쥐고 걸어오며 정학의 말에 동조했다.

"팀장님이 차라리 옆에서 화라도 내 주셨으면 좋겠어요."

하나는 무릎으로 흘러내리는 복사용지를 고쳐 잡으며 카피실로 들어갔고, 오 대리가 콧방귀를 꼈다.

"돌아오시면 곧 욕먹을 텐데, 뭐."

"오 대리도 욕먹고 싶은 것 같은데요."

오 대리가 신문을 넘기다 말고 자리에서 벌떡 일어났다. 의자가 위로 넘어가며 요란스러운 소리를 냈다.

"티, 팀장님!"

"팀장님! 언제 오셨어요?"

우진은 손으로 자료를 찾다 말고 팀원들의 말에 고개를 돌렸다.

정말로 준수였다. 준수는 반듯한 걸음으로 우아하게 걸어 오 대리 앞까지 도착했다. 오 대리가 침을 삼키는 것이 눈에 보였다.

"신문은 본인 화장실에서나 읽으시고, 회사에 왔으면 받아 가는 월급 값은 해야지. 안 그렇습니까?"

"아! 그게……. 잠깐 일을 끝내고 휴식을 가지고 있던 참이라."

"휴식. 휴식이라……. 오 대리가 휴식을 가질 만한 자격이 있는지 볼까요, 그럼?"

준수는 오 대리의 책상에 놓인 문서들을 날카로운 손으로 가져왔다.

"오타, 비문에, 샘플조사 조작까지?"

"조, 조, 조작이라니요! 조작 아닙니다. 팀장님. 제가 직접 알아

보고…….”

오 대리는 자신이 참고한 샘플조사 자료를 떨리는 손으로 뒤적이며 준수에게 내밀었다. 준수는 빼앗듯 가져와 자료를 훑었다.

“한번 보시죠. 본인이 제대로 입력을 했는지 안 했는지.”

오 대리는 식은땀을 흘렸다. 준수는 말하기도 귀찮다는 듯 손을 저었다.

“아닙니다. 그냥 그러고 계시다가 퇴근하세요. 뭘 더 바란다고 오 대리가 할 수나 있겠습니까? 여기 있는 팀원들보다 한참 선배가 근무태만에, 만년 대리에. 팀원들 보기 창피하지도 않습니까?”

“팀장님…….”

준수는 잔소리도 피곤한지 오 대리를 지나쳐 팀장실로 들어가 버렸다. 팀원들은 그런 오 대리를 하나같이 불쌍하다는 듯 쳐다봤다. 이 대리는 오 대리를 보며 소리 없이 혀를 쯧쯧 찼다.

우진은 제 손에 들고 있던 자료와 책들을 책상 위로 버리듯 내려놓고 팀장실 문을 두드렸다. 허락의 목소리가 들려왔다. 문을 열고 들어간 우진은 준수를 원망하듯 쳐다보았다.

준수는 저를 닮아 빳빳하게 줄이 선 블랙슈트 재킷을 걸어 두며 커프스단추를 풀었다. 그리고 소매를 접어 반듯하게 걷어붙였다.

“말하세요.”

“왜 아무 말도 없이 가셨습니까? 그렇게 말도 없이 가 버리시면 남겨진 사람은 얼마나 기다리는지 아니, 걱정하는지 아세요?”

내내 다른 것에만 시선을 두던 준수의 눈이 들렸다.

"아니면 뭐 잘 있다고 연락이라도 한 통 해야 하는 거 아닙니까?"

"정우진 씨."

"네. 팀장님."

"나는 정우진 씨를 친구로 생각하지 않는다고 말씀드렸습니다. 친구도 아닌 사람에게 그런 연락, 쓸데없는 짓이라고 생각하지 않습니까?"

우진은 눈물이 핑 돌았다. 하지만 숨을 삼키고 입을 열었다. 눈물을 간신히 참았다.

"하지만 제게는 팀장님이 친구니까 네 마음대로 하라고 분명 그러셨잖아요."

"그건 정우진 씨 입장에서 그렇고요. 나는 아닙니다. 친구도 뭣도 아닌 그런 사람한테 내 시간 투자하고 싶은 생각 없습니다. 할 말 끝났으면 이만 나가세요."

우진은 쫓겨나듯 팀장실에서 나왔다. 그리고 저도 모르게 눈에 맺혀 있던 눈물을 뚝 떨어뜨렸다. 갑자기 변해 버린 준수의 태도에 당황스러워 눈을 어디에 둬야 할지 모른 채 방황했다.

"팀장이 드디어 사람 잡았네. 잡았어. 우진 씨 울지 마. 한두 번 까여?"

우진은 손등으로 눈물을 닦으며 화장실로 빠르게 걸었다. 눈물이 와락 쏟아질 것 같았다.

그 후로 밥을 먹을 때도, 커피를 마실 때도, 잠깐 회의를 가질 때도 준수는 팀장으로서의 딱딱한 눈빛 그 이외의 것은 일절 보내지 않았다. 말도 없이 각자의 차를 탔고 알은체도 없이 각자의 집으로 향했다.

도대체 왜 그렇게 갑자기 변해 버린 것인지 우진은 알 길이 없었다. 그저 엄마 잃은 병아리처럼 하늘만 바라보고 있었다.

❀ ✱ ❀

집으로 돌아온 준수는 어질러진 집을 보며 머리를 쓸어 넘겼다. 온통 우진의 흔적들이었다. 자신이 집을 비운 사이 들어왔던 제 사랑은 한참을 머물다가 떠난 듯해 보였다.

그렇게 심하게 대할 생각은 없었다. 그런데 우진을 보는 순간 이 대리와 함께 있던 그 날이 떠올라 화가 났다. 우습고 유치하지만 우진이 자신의 마음을 조금 돌아봤으면 해서……. 어쩌면 우진에게 투정을 부리고 있는 건지도 몰랐다. 내 마음을 좀 알아 달라고.

준수는 우진이 어지르고 간 흔적들을 치우면서 곁에 놓아두었던 핸드폰을 보았다. 지금 당장 연락하고 싶다. 연락해서 그간 네가 보고 싶어 힘들었다고 털어놓고 싶다.

❀ ✱ ❀

알 수 없는 냉전이 시작되고 이는 꽤 길게 이어졌다. 냉전이라기보다 일방적인 준수의 냉대에 가까웠지만 둘 사이는 확실히 편치 못했다.

점심식사를 마친 우진은 필요한 자료들을 출력해 옆구리에 끼워 넣고 계단을 올랐다. 어차피 한 층만 내려가면 되니 엘리베이터보다는 계단을 택하기로 했다. 준수와 마주칠 것 같기도 했고. 그런데,

"……."

"……."

우진은 한 발자국 뒤로 물러났다. 준수와 마주칠까 봐 고른 계단에서 하필 마주치다니.

우진은 고개를 숙여 그에게 인사하고 다시 계단을 내려가며 그 옆을 스쳐 지났다. 급한 마음이 드러났는지 계단을 내려가던 우진은 발을 헛디뎠다. 결국 계단 아래에 털썩 주저앉고 말았다.

우진은 신음을 흘리며 떨어진 구두를 손으로 더듬었다. 준수가 빠른 걸음으로 계단을 내려와 우진의 발목을 잡았다.

"괜찮아? 안 다쳤어?"

준수는 한쪽 손은 구두를 잡고 한쪽 손은 우진의 다리 사이로 손을 넣어 그녀를 번쩍 안아 올렸다.

"괘, 괜찮아. 내려 줘."

"가만히 있어."

우진을 번쩍 안아 휴게공간까지 온 준수는 그녀를 내려놓고 구두를 다시 신겨 주었다. 발목이 시큰거렸다.

"정말 병원 안 가 봐도 돼?"

"응. 그 정도는 아냐. 괜찮아."

"쉬다가 내려와. 아프면 말해. 병원 보내 줄 테니까."

"……응."

그 말을 끝으로 문을 열고 나가 버린 준수의 등을 지켜보던 우진이 제 발목을 내려다보았다.

"왜 이러지……."

눈물이 날 것 같았다. 콧잔등도 시큰거린다. 차오르는 눈물로 인해 눈앞이 희미해졌다. 잠깐이지만 다시 돌아온 준수의 태도 때문일까? 확실히 곁에 준수가 없는 것은 너무 외롭고 힘들다. 다시 곁으로 돌아와 줬으면 좋겠다.

우진은 눈가를 비비다 말고 문득 떠오르는 생각을 더듬었다.

'너…… 눈에…….'

대학 엠티 때, 그날 밤에, 눈물인지 아닌지 모를 그것으로 눈이 젖어 있었던 준수의 모습. 그리고 자신에게서 등을 돌리던 모습.

결국 뺨을 타고 눈물이 툭 떨어졌다. 알 것 같았다. 그 때 준수의 눈빛의 의미를. 지금 저처럼 울고 싶었던 준수의 눈을.

희미하게 보일 것 같았다. 그날의 진심이.

곁에 없는 것은 싫다. 차갑게 대하는 것도 싫고, 그래. 이현경 씨와 다정히 대화를 나누는 너도 싫다. 이렇게 등을 보이고 멀어지는 것도 싫다. 내 손을 잡아 줬으면 좋겠고 다정하게 눈도 마주쳐 줬으면 좋겠다.

……예전처럼 나를 좋아한다 말해 줬으면 좋겠다.

우진은 아픈 발목을 비틀거리며 팀실 안으로 들어왔다. 준수의 시선이 와 닿는 것이 느껴졌다. 이 대리 책상에서 허리를 숙여 대화를 나누던 준수는 우진의 불편한 걸음걸이에 허리를 일으켜 손을 얹고 한참을 우진에게서 눈을 떼지 못했다.

"팀장님?"

"아, 이 매뉴얼대로 작성하시면 됩니다. 작성되는 대로 제출해 주세요."

"예."

우진의 책상에 서성거리며 발목을 흘끔거리는 오 대리를 본 준수가 그를 불러 세웠다. 오 대리는 토끼마냥 놀란 눈으로 제자리로 돌아가 착석했다. 우진과 눈이 마주쳤지만 이내 준수는 팀장실 안으로 들어가 버렸다.

❀ ✱ ❀

가위바위보에서 진 정학이 간식을 손에 들고 엘리베이터로 올라탔을 때 닫히고 있던 문이 열리며 다른 팀 팀장과 준수가 함께 올라탔다. 놀란 정학은 꾸벅 그들을 향해 인사를 했다.

"아, 박 팀장 나를 믿어 봐, 글쎄."

"싫다고 몇 번 말해. 선배."

"야, 너 내 사촌동생을 못 봐서 그래. 장담하는데 마음에 쏙 들 거다."

"장담하는데 그럴 일 없을 거다."

"그냥 한번 만나나 봐. 만난다고 닳냐?"

"닳아. 시간 아까워."

주고받는 대화를 유심히 듣던 정학이 침을 꼴깍 삼켰다. 팀장들의 대화를 엘리베이터 구석에서 듣고 있자니 등허리에 식은땀이 날 것 같았다. 기획 1팀 팀장은 뻣뻣하게 구는 준수가 답답한지 말을 하다 말고 정학에게로 눈을 돌렸다.

"팀원?"

"인사해요. 연구기획 1팀, 정 팀장."

"아, 연구기획 2팀, 김정학 사원입니다."

정학은 고개를 꾸벅 숙이며 정 팀장에게 인사했다. 정 팀장은 건성으로 고개를 끄덕이며 이어 엘리베이터에서 내렸다. 내리면서도 여전히 준수를 향해 자신의 사촌동생을 어필 중이었다.

엘리베이터에서 내린 정학은 대단한 가십을 드디어 캐치한 것 마냥 달리듯 팀실 안으로 들어섰다. 그리고 사 온 도넛을 책상 위로 던지듯 내려놓으며 말했다. 따끈한 도넛의 뚜껑이 열리고 고소

한 냄새가 풍기기 시작했다.

"대박 사건. 이번엔 내 귀로 두 분이 말씀하시는 거 직접 들었어요."

"뭔데? 또."

"왜 기획 1팀 정 팀장님 사촌동생이랑 우리 팀장님이랑 선본대요."

정학은 흥분한 눈으로 코를 벌름거렸다.

"엘리베이터에 두 분이 딱 탔는데 그 얘기를 하더라고요. 이현경 씨는 팀장님 애인이 아니었나?"

"벌써 헤어진 건가?"

"아, 지금 그게 중요한가. 그래서 진짜 정 팀장 사촌동생이랑 박 팀장이랑 그렇고 그런 사이가 된다고?"

소문이 부풀려지는 건 순식간이었다. 우진은 울고 싶은 얼굴로 서 있었다. 품 안에는 복사용지를 한아름 안은 채.

"아니 다들 팀장님 사생활에 왜들 그렇게 관심이 많습니까?"

이수진 대리가 딱딱한 말로 쏘아붙였다. 그러거나 말거나 정학과 오 대리는 이미 소문 부풀리기의 마지막 단계에 도착해 있었다. 이 대리가 혀를 차며 도넛을 집어 들었다.

"정 대리, 뭐하고 섰어. 이리 와서 도넛이랑 커피 한 잔 해."

우진은 용지들을 자리에 내려놓고 그대로 팀실을 나갔다. 시원한 공기가 절실했다.

❀ ✱ ❀

집으로 돌아오자마자 블라인드를 모두 내리고 방 안을 암흑으로 만들었다. 그리고 대강 겉옷을 벗고선 침대 안으로 파고들었다. 억지로 눈을 감으며 잠을 청하다 결국 몸을 모로 누이고 감기지 않는 눈을 떴다.

'기획 1팀 정 팀장님 사촌동생이랑 우리 팀장님이랑 선본대요.'

'진짜 정 팀장 사촌동생이랑 박 팀장이랑 그렇고 그런 사이가 된다고?'

우진은 오늘 하루 백 번도 더 머릿속에서 맴돌았던 말을 다시 곱씹었다. 그리고 몸을 일으켜 벌떡 앉았다.

이번엔 확실히 이현경 때와는 다르다. 그때는 따져 물을 수나 있었지만 지금은 그럴 만한 사정이 안 된다. 왜냐하면 준수는 이미 자신에게 친구 이상이 아니라면 볼 필요가 없다는 듯 선을 긋고 멀리 가 버렸으니까. 왜 너는 나를 좋아한다고 하면서 다른 여자와 선을 보냐고 말할 수가 없게 되었다.

이미 자신이 준수에게, 너는 친구 이상은 아니라고 말했으니까.

'너를 좋아하지만 네 마음은 받아 주지 않을 거야. 그리고 다른 여자도 만나지 마.'

우진은 제 스스로 머리를 쥐어박았다.

"이기적이야."

속에서 쓴물이 올라왔다. 이럴 땐 준수가 끓여 주는 라면이 딱 인데.

지금 생각해 보면 새삼스러울 것도 없지만 우진의 주위 모든 것은 온통 박준수와 연관되어 있었다. 벌써 서로 연락을 주고받은 지도 한참이 지났다. 준수가 이태리로 출장을 가기 전이었으니까 일주일은 훌쩍 지나 있었다.

"준수는 지금쯤 뭘 하고 있나? 이 시간쯤이면 서재에서 책을 읽고 있을라나? 아님 회사에서 가져온 일을 하고 있나?"

우진은 바닥에 바짝 엎드려 귀를 가져다 댔다. 그런다고 소리가 들릴 리는 없겠지만.

그러다가 우진은 벌떡 일어났다. 모양새가 웃겨도 단단히 웃겼다. 간만에 유치한 짓 한번 해보자 싶어 발을 쿵쿵 굴렀다. 그러다가 다시 침대 안으로 기어 들어가 몸을 새우처럼 구부렸다. 우진은 울고 싶어졌다.

❋ ✱ ❋

사건이 터졌다. 정 팀장의 사촌동생을 로비에서 봤다는 사람이 나타난 것이다. 마침 박 팀장도 사라진 참이었다.

정학은 '맞네, 맞어.' 하고 짝짝 박수를 쳤다. 구경 가 봐야 하는 거 아니냐고 오 대리가 주책없이 말했지만 이내 고개를 저었다. 저번처럼 또 팀장한테 까였다간 이젠 정말 숨어야 할 쥐구멍을 찾아야 할지도 몰랐다.

“거 일들 합시다. 내가 승진하면 우리 팀원 같은 부원들 가만 안 둘 겁니다. 막 굴릴 거예요.”

“승진이나 하고 말해. 이 대리. 우린 뭐 아닐 것 같아? 내가 승진하면 부하 직원들이랑 겸상은 절대 없어.”

오 대리가 지지 않고 말했다. 도대체 이 의미 없는 말장난은 언제쯤 끝날지, 수진이 한숨을 내쉬었다. 그리고 곧 준수가 들어오자 오 대리는 재빨리 고개를 책상 아래로 숙였다.

“팀장님. 어디 다녀오세요?”

하나가 잽싸게 준수 곁으로 달려가 물었다.

“왜요?”

“아니 뭐…… 누구 만나러 가셨나 해서요.”

“팀장 회의 다녀왔습니다.”

“아하.”

하나는 고개를 끄덕이며 싱긋 웃었다. 하나는 분홍 립스틱을 바른 입술을 비비며 팀장실로 들어가는 준수를 눈으로 힐끔 좇았다.

“매력적이야.”

“이젠 아주 대놓고. 하나 씨 남자 꼬시러 왔어? 일해. 일.”

“그냥 확 자빠져 볼까요? 이러나저러나 다른 여자한테 갈 남자면 그냥 내가 고백이나 먼저 확!”

"확! 걷어차이지나 말고 일해."

우진은 다 뽑힌 인쇄물을 들고 잡담 중인 팀원들을 지나쳐 팀장실로 들어갔다.

"여기 있습니다."

우진이 그의 앞에 문서를 가져다 놓자 준수가 힐끗 보더니 냉담하게 말했다.

"알겠습니다. 나가 보세요."

"……."

나가 보라는 준수의 말에도 나가지 않고 있는 우진의 행동에 준수가 의아한 눈으로 쳐다보았다.

"뭐 할 말 있습니까?"

"팀장님. 그 여자분…… 만나셨습니까?"

"여자분?"

"그, 정 팀장님 사촌동생……."

"이젠 정 대리까지 내 가십에 휘둘립니까?"

"아니 뭐 그냥 물어나 봤습니다. 일하세요. 그럼."

우진은 발걸음을 문 쪽으로 돌리다 말고 멈칫하고 그대로 멈춰 섰다. 그리고 조심스레 다시 준수에게로 향해 섰다.

"혹시 저를 좋아한다는 말 아직도 유효한가요?"

"……그것도 그냥 물어나 보는 겁니까?"

우진은 무슨 말을 해야 할까 우물쭈물거렸다. 쉽사리 답하지 못하고 있는 우진을 보며 준수는 다행히 먼저 입을 열어 주었다.

"아직은 그렇습니다."

웃음이 나올 뻔했다. 우진은 웃고 싶은 마음을 꾹 누르며 고개를 꾸벅 숙이고 팀장실을 나왔다. 우진은 올라가는 입꼬리를 들킬까 자신의 책상으로 돌아와서야 마음 놓고 웃었다.

"정 대리님 무슨 좋은 일 있어요?"

하나가 물었다. 우진은 꼭 그녀 앞에서 당첨복권이라도 쥐고 있는 것처럼 어깨를 으쓱해보였다. 하나는 심드렁하게 우진에게서 관심을 거두고 돌아섰다.

'준수가 아직도 나를 좋아한대.'

그 말을 하고 싶어 입안이 간질거렸다.

정학은 헐레벌떡 달려와 팀실 문을 활짝 열었다. 일을 하던 팀원들이 의아한 눈으로 정학을 쳐다보았다. 정학은 거친 숨을 몰아쉬며 헐떡였다.

"밖에…… 카페에서…… 팀장님이랑 웬 여자가…… 같이 있던데요."

정학은 숨을 가다듬으며 다시 말을 이었다.

"분위기 보니까 예사롭지 않던데요?"

팀원들은 단박에 그 여자가 정 팀장의 사촌동생임을 알아차렸다. 완벽한 박 팀장의 약점이라도 하나 잡은 것 같은 기분에 팀원들은 흥미로움을 감추지 못했다.

우진은 이때까지 최정상에 있던 롤러코스터가 빠르게 아래로 내려오는 기분을 맛보고 있었다. 깔깔대는 팀원들은 한 손으로는 타자를 치고 또 한 손으로는 전화기에 전화번호를 입력하면서 입으로는 박 팀장에 대해 떠들고 있었다.

창문 너머로는 해가 어느새 뉘엿뉘엿 지고 있었다. 우진의 기분도 뉘엿뉘엿 산 아래로 꺼져 갔다.

분침이 60번 움직일 동안 우진은 생각 없이 문서들을 손으로 넘겼다. 한 시간이 흘렀는데 아직도 팀장은 자리에 돌아오지 않고 있다.

박 팀장의 데이트 소식도 이젠 흥미가 떨어졌는지 팀원들은 일찍 퇴근하겠다는 일념으로 일에 매달렸다. 그리고 준수가 팀실로 돌아왔을 때 팀원들은 히죽히죽 웃으며 고개를 숙였다.

"오늘은 다들 일찍 퇴근합시다. 이 대리는 아까 연구소에서 넘겨받은 문서자료 가져오고 다들 퇴근하세요."

팀원들은 부리나케 가방을 싸 나가 버렸고 이 대리는 팀장실에 다녀온 후 가방을 챙기기 시작했다. 그리고 우진에게 가볍게 인사를 하고 팀실을 나갔다.

우진은 답답한 마음에 시원한 공기가 마시고 싶어졌다.

"팀장님."

자신을 부르는 소리에 준수가 고개를 들었다. 그는 아직도 퇴근 생각이 없는 모양이었다.

"잠깐 저 좀 보시죠."

그리고 그가 대답을 할 틈도 주지 않고 밖으로 나갔다. 우진은 엘리베이터를 잡아 옥상으로 향했다. 문을 여니 옥상은 석양으로 인해 온통 주황빛이었다. 준수는 말없이 우진의 뒤를 따라왔다. 그리고 윙윙 돌아가는 환풍기 앞에 멈춰 섰다.

"할 말이 뭡니까?"

"저 좋아하신다면서요."

"……."

"근데 그 여자는 왜 만나신 거예요? 아직은 그 마음 유효하다면서요."

준수는 알 수 없는 표정으로 그저 듣기만 하고 있었다.

"아직은 저 좋아하신다면서요."

"근데요."

"그 여자 왜 만나신 거냐구요."

"내 해명이 정 대리한테 큰 의미가 있긴 한가 모르겠지만, 정 팀장 때문에 불쑥 찾아와서 어쩔 수 없이 얼굴 봤고, 난 좋아하는 사람이 있다고 말씀드렸습니다. 더 해명 필요한가요?"

"다른 여자 만나지 마."

우진은 떠올랐다. 보관실에서 했던 준수의 말이.

'다른 남자 만나지 마.'

'아무도 만나지 마.'

지금 그 말을 정우진, 자신이 하고 있다.

"무슨 뜻이야, 그게."

우진은 고개를 저었다. 자신도 모르겠다는 듯 고개를 도리도리 저었다. 눈 안에는 금세 눈물이 가득 고였다. 흘러내릴 듯 흘러내리지 않는 눈물이 그렁그렁 매달려 있었다.

"만나지 마. 다른 여자 만나지 마."

"……."

"싫어. 말없이 내 옆에서 없어지는 것도 싫고, 차갑게 대하는 것도 싫어."

눈가에 맺혀 한가득 차오른 눈물이 결국엔 터져 흘렀다. 준수는 여전히 표정 없는 눈으로 우진을 바라볼 뿐이었다. 그는 대답이 없었다.

"……준수야."

대답을 재촉하는 애원의 목소리가 흘러나왔다.

"아무것도 잃기는 싫고, 예전처럼 네 옆에는 있어 달라?"

그는 피곤한 듯 낮은 한숨을 내쉬었다.

"그래. 네가 원하는 대로 해. 옆에는 있어 줄게. 됐지?"

준수는 우진을 지나쳐 옥상 문을 향해 걸었다. 늘 반듯하던 걸음걸이가 조금씩 비틀거렸다. 피곤한 듯, 한 손으로 마른세수를 하며 얼굴을 쓸어내린 그는 더는 말하지도, 뒤돌아보지도 않았다.

우진은 눈물로 얼룩져 시야가 흐려지자 눈을 손등으로 비볐다.

준수가 점점 멀어져 간다.

우진은 아직도 아픈 발목을 움직여 뛰어갔다. 그리고 그의 손목을 낚아챘다. 놀란 듯 준수가 다시 뒤돌아섰다.

"나 알아냈어. 네가 그때 왜 울었는지. 네가 내 옆에서 없어졌을 때 나도 울고 싶었거든."

"……."

"이게 뭔지는 나도 잘은 모르겠어. 근데 있지……."

우진은 준수가 자신을 떠나지 못하도록 소매를 꽉 붙잡고 있었다.

"네가 다른 여자랑 있는 거 싫어. 나만 봤으면 좋겠어. 네가 날 더 이상 좋아하지 않는다고 할까 봐 그게 겁나. 아까 네가 날 여전히 좋아한다고 말했을 때 사실은 너무 좋았어. 너무 좋아서……."

우진은 훌쩍이며 고개를 숙였다. 더는 준수의 눈을 마주하지 못할 것 같았다. 그래서 준수가 지금 어떤 표정을 하고 있는지 우진은 알 수 없었다. 준수의 작은 한숨 소리가 들려왔다.

"정우진."

아까와는 판이하게 다른 음성이었다. 평소의 준수다. 아니 평소보다 더 부드러운 준수였다. 우진은 고개를 들었다.

"내가 확실히 요즘 제정신은 아닌 거 같다. 이렇게 속 썩이는데도 네가 예뻐 보이는 것 보면."

"준수야."

우진은 준수의 소매를 더욱 꽉 움켜쥐었다. 그는 숨을 길게 내쉬었다. 그리고 말했다.

“좋아. 내가 한발 양보할게. 좋아한다는 말은 들은 셈치자.”

준수는 그제야 우진의 눈가에 맺힌 눈물을 닦아 주었다. 그의 손길이 따뜻해 우진은 다시 왈칵 눈물이 나올 것 같았다.

“그만 울어. 울면 눈 부어서 못생겨져.”

“방금은 예쁘다며.”

입을 삐쭉이는 우진을 보며 준수가 조금 더 가까이 다가왔다.

“정우진, 우리 연애나 하자.”

준수의 시선에 우진의 뺨이 파르르 떨렸다.

“연애하자, 나랑.”

준수가 손을 뻗어 우진의 뺨을 매만졌다. 그리고 한 걸음 더 다가와 우진의 뺨에 자신의 뺨을 조용히 대고 손을 뻗어 머리를 끌어안았다.

“대답.”

“…….”

“싫어?”

“……아뇨. 팀장님.”

“좋아요. 정 대리.”

너무나 오랜만에 가까이서 준수가 웃는 소리를 들었다. 자신의 뺨을 맞대고 귓가에서 웃는 준수는 다정한 손길로 우진을 끌어안았다.

❀ ✱ ❀

언제부턴가 수업 시간에 기웅이 나오지 않기 시작했다. 학생 하나가 자신의 꿈을 좇아 이 강의실을 나가 버렸다. 좋아해야 하는 것인지, 학생을 수업에서 내쫓은 자신의 잘못인 것인지 아직 감이 서질 않았다. 하고 싶다던 모델 일은 잘 하고 있는지 안부가 궁금했지만 무소식이 희소식이려니 하고 그렇게 넘겼다.

이제 이번 학기를 마지막으로 우진은 이 학교를 영영 떠날 것이다. 이번 계약을 마지막으로 학생을 가르치는 일을 그만두기로 했다.

기웅을 꿈에 날려 보냈지만 자신은 현실에 타협하며 그 현실을 끌어안고 살아가는 사회인이었다. 물론 그렇다고 남들 다 부러워하는 회사에 다니는 게 꿈이 아니었다고는 말 못 하겠지만 좋아하는 것 중 하나를 포기하는 것은 여전히 힘들다. 준수와 유경과 함께 이 학교를 누비며 청춘을 보냈던 추억이 갑자기 생각났다.

"옛날 생각나네."

우진은 시린 코를 비비며 웃었다. 어쩌면 기웅을 보는 내내 그를 자신의 청춘이라고 생각했는지도 모른다. 그래서 자신이 원하는 것을 하도록 보내고 싶었을지도.

"교수님!"

기웅과 함께 수업을 들었던 학생들이 우진을 향해 다가왔다.

살갑게 인사를 하는 아이들은 청춘답게 웃었다. 활기찼다.

“기웅이가 교수님께 꼭 안부 전해 달래요. 자긴 모델 일 잘하고 있다고. 아버지께 허락도 받았다고도 했어요.”

“그래? 잘됐다.”

“감사하다고 꼭 전해 달래요.”

우진은 고개를 끄덕였다. 기웅의 청춘이자 자신의 청춘이 그렇게 길을 제대로 찾아 들어섰다. 그리고 이제 방황과 작별인사를 했다.

11. 우리의 시작

턱을 괴고 준수의 브리핑을 듣던 우진은 순간 준수와 눈이 마주치자 침을 꼴깍 삼켰다. 준수는 우진에게로 시선이 닿았지만 곧 다른 곳으로 시선을 돌리면서 평소처럼 편안하고 자연스럽게 제 할 말을 마쳤고 직원들은 열심히 손을 놀려 그의 전달사항을 받아 적으며 차를 들이켰다.

팀장이라는 직함의 그는 직원들과 차례로 눈을 맞추며 설명을 했지만 우진은 그런 의미 없는 시선이 저에게 닿을 때마다 괜히 몸이 움찔거렸다.

준수는 다시 평소대로 돌아왔고, 좀 더 다정해져 있었다. 친구로서 지내 온 그 많은 세월 동안 겪어 보지 못했던 무언가가 추가된 느낌이었다.

멍하게 넋을 놓고 있던 우진은 자신의 팔을 잡고 흔드는 오 대리에 그제야 고개를 들고 앞을 바라봤다. 집중해. 일에 집중하자 정우진. 우진은 하고 싶은 말을 속으로 삼켰다.

"정 대리. 오늘 좀 이상하다? 팀장님한테 돈 떼였어? 뭘 그렇게 쳐다봐."

"쳐, 쳐다보긴요. 일에 집중하고 있는 거죠."

우진의 눈에서부터 펜으로 쭈욱 따라 그은 오 대리는 흠 하며 턱을 괴었다.

"팀장님이 저번에 우진 씨 브리핑 별로라고 해서 신경 쓰여?"

"아니에요! 그런 거!"

"놀래라, 아니면 말지 왜 소린 지르고."

"절대 아니니까 신경 쓰지 말아요."

다른 의미에서 신경이 쓰였다. 준수가 말하는 '연애'를 시작해서 그런 것인지 또 다른 감정을 깨달아 버린 자신 때문인 건지는 모르겠지만 다른 날보다도 더 준수의 손동작 하나하나, 그의 시선 하나하나가 신경이 쓰였다. 괜히 목이 간지러웠다.

뺨을 두 손으로 짝짝 때린 우진은 해산하며 자리를 뜨는 직원들을 바라보며 뒤늦게 자리에서 벌떡 일어섰다. 같이 일어서던 하나가 파일을 옆구리에 끼며 우진에게로 바짝 붙었다.

"오늘 팀장님 핑크색 셔츠, 저만 잘 어울린다고 생각하는 거 아니죠."

"뭐?"

"어쩜 남자가 핑크색이 저렇게 잘 어울릴 수가 있지? 불타오르네. 정말."

하나는 정말 몸이 뜨거운지 팸플릿 종이를 들어 뺨을 향해 부채질을 했다. 우진은 의아한 듯 그런 하나를 보며 물었다.

"팀장님 여자 친구 있다는데 그런 식으로 말해도 돼?"

"뭐 어때요. 어차피 여자 친구는 이 상황 모를 텐데. 그리고 저는 팀장님한테 애인이 생겼다고 해도 별 상관 안 해요. 솔직히 저 정도 되는 남자한테 들러붙는 여자 하나 없겠어요? 그건 그렇고…… 팀장님은 어떤 여자가 이상형일까요?"

은근하게 물어 오는 말에 순간 우진도 궁금해졌다. 물론 그동안의 박준수 여자 친구의 자취를 따라 밟아 보자면 그의 전 여자 친구 윤강처럼 아주 섹시하거나 글래머에 여성미가 철철 넘치는, 뭐 약간 모델 같은 스타일을 좋아했던 것 같은데……. 순간 자신의 아래를 내려다본 우진은 헛기침을 흠흠 했다.

"이상형이랑 전혀 다른데 왜 나를 좋아한다는 거지?"

"뭐가요? 정 대리님."

갑자기 들리는 목소리에 뒤를 홱 돌아보니 서류파일을 잔뜩 든 이수진 대리가 서 있었다. 우진은 제 일에 일일이 신경을 쓰는 팀원들의 관심이 싫어, 남의 일에 신경 끄고 가서 일 보라는 표정을 팍팍 풍기자 이 대리는 더 군말 않고 자리를 떴다.

마른 손으로 종이를 넘겨 가며 커피를 마시는 내내 이 대리 곁에서 프로젝트에 대해 논의하는 준수의 목소리가 귓가에서 윙윙

거렸다.

일을 하다 말고 계속 팀장실을 힐끔힐끔 보게 되는 저 자신이 신경이 쓰여 침을 꼴깍 삼켰다.

'준수가 말하는 연애라는 것이 대체 어떤 것일까?'

우진은 두 손을 뺨에 대고 눈을 감았다. 알지 모를 기대감과 설렘에 미소가 번졌다.

"근무 중에 편안히 쉬기도 하고?"

등 뒤에서 들린 목소리에 우진은 눈을 번쩍 떴다.

"아, 팀장님. 제발 등 뒤에서 불쑥불쑥 나타나지 좀 마세요. 매번 얼마나 놀라는데."

"다른 생각 안 하고 있었으면 이렇게 놀라지도 않았을 겁니다."

무조건 지 말이 다 옳지. 이래 놓고 무슨 연애야, 연애는.

우진은 그를 쏘아보며 다시 노트북을 당겨 왔다. 준수는 우진의 등 뒤에서 그녀가 만들어놓은 작성표를 유심히 살펴보며 마우스에 손을 얹었다. 우진은 눈이 커질 대로 커졌다.

준수는 우진이 잡고 있는 마우스에 그대로 자신의 손을 얹고 마우스를 움직였다. 토끼눈이 된 우진을 무시하고 준수는 자신이 원하는 지점에 도착해서야 마우스에서 손을 떼어 냈다.

"티, 팀장님. 직원들이 보면 어쩌려고……."

"내가 작성표 보는 게 뭐 이상합니까? 직원들이 보면 왜요?"

"아니 그게 아니라……."

준수는 우진만이 눈치챌 수 있게 살짝 웃음을 남기고 자리를 떠났다. 우진은 멍한 눈으로 열려 있던 입술을 다물었다. 심장이 뛰었다. 쿵쾅쿵쾅, 아주 제멋대로.

우진은 쉴 새 없이 뛰어 대는 가슴에 손을 얹어 천천히 숨을 내쉬었다. 이번엔 뺨이 뜨거워졌다.

"오늘 일찍 끝나서 회식한대요! 한우!"

팀원들은 순식간에 산 정상에 올라 야호를 외치는 사람들처럼 손을 번쩍 들고 환호했다. 하나는 립스틱을 다시 덧그리며 구두로 바꿔 신었고, 옆에 있던 여직원들은 거울을 펴 자신의 얼굴을 살피며 용모를 정돈했다. 갑작스런 회식 소식에 우진은 쭉 내밀었던 팔을 접고 저도 거울을 꺼내 화장을 고치기 시작했다.

늘 분홍 립스틱이던 하나는 어디서 꺼낸 것인지 빨간 립스틱을 짙게 바르기 시작했다. 왠지 준수와 함께 식사를 하러 가기 때문이라는 이 예감이 틀리지 않을 것 같았다. 우진은 뭔가 기분이 이상해졌다.

이 대리는 팀원들을 통솔해 여섯 시가 땡 하자마자 회사 아래로 내려가 준수를 기다렸다. 그리고 곧 재킷을 입고 가방을 든 말끔한 모습의 준수가 회사 앞으로 나왔을 때는 추운 날씨에도 추운 줄 모르고 한우 생각에 입이 찢어질 대로 찢어진 직원들을 볼 수 있었다.

팀원들이 고기 생각에 넋이 나가 있을 때 준수의 시선은 자연스럽게 우진에게로 닿았다 떨어지며 짧은 순간에 그녀의 안색을 체크했다.

연애를 시작하면서, 아니 좀 더 구체화시켜 서로의 마음을 확인하면서 준수는 부쩍 제 시선이 저도 모르게 우진을 향한다는 것을 인식하고 있었지만, 굳이 자제하거나 감추지 않았다. 오히려 그 시선을 우진이 느끼고 '우리 연애하는 중'이라는 자각을 좀 더 했으면 했다.

"팀장님, 저 한 잔만 주세요."

불판에 고기들이 깔리고 술들이 왔다 갔다 할 때 하나 절친인 은미는 빈 잔을 하나 들고 준수의 곁으로 다가갔다. 준수는 스치듯 눈을 흘기며 가볍게 말했다.

"처음 보는 재킷이네요."

"어머. 아셨어요? 새로 산 건데."

우진은 아직 익지도 않은 고기를 젓가락으로 찍으며 입안으로 쑤셔 넣었다. 그리고 요상하게 분위기가 돌아가는 두 사람을 쳐다보았다. 익지 않은 고기를 씹으며 소주를 급하게 잔에 따라 한 번에 털어 넣었다.

"정 대리. 뭘 그렇게 급하게 마셔,"

우진은 다시 잔을 채워 술을 마시며 올라오는 쓴 기운에 눈썹을 찡그렸다.

"팀장님, 핑크색 셔츠 정말 잘 어울려요."

"압니다."

두 사람의 농담이 귓가를 타고 넘어갔다.

"앗, 뜨거."

우진은 고기를 성급하게 먹다 말고 젓가락을 내려놓으며 입술을 감싸 쥐었다. 우진의 외마디 외침에 오 대리는 혀를 끌끌 찼다. 오늘 우리 고기는 정 대리가 다 거덜 낸다며. 그렇지만 우진은 그러거나 말거나 계속해서 소고기를 입안으로 쑤셔 넣었다.

"안 드실 거면 마세요. 제가 다 먹을 테니까."

준수가 쳐다보는 것이 느껴졌다. 우진은 입 안에 빵빵하게 넣은 고기를 우적우적 씹으며 소주를 또 한 잔 털어 넣었다.

"누가 정 대리 좀 말리세요. 저러다 또 판 엎습니다. 저번처럼."

'저번처럼' 이라고 콕 찍어 말하지 않아도 되는 것을 준수가 도장 찍듯 찍어 넣었다.

예전에 고기와 소주의 조합을 이기지 못하고 우걱우걱 씹어 먹다 넘어오는 술기운에 판을 엎었다. 정확히 말하자면 토를 하거나 한 것은 아니었고 비틀대다 발이 상에 걸려서 엎었었다.

우진은 준수의 말에 보란 듯이 눈썹을 찡그렸다. 눈썹이 애벌레처럼 꿈틀거렸다.

준수는 네 마음대로 하라는 듯 다시 직원들과 대화를 시작했다. 하나와 은미는 아주 대놓고 술에 취한 척 준수 곁에 들러붙었다. 우진은 하나의 빨간 립스틱의 용도를 알아차렸다.

"참, 일찍도 알았다."

"네?"

"아니에요."

여직원들의 농담을 저리 잘 받아 주고 시시덕거릴 준수가 아닌데, 그는 마시지도 않은 술에 취한 듯 평소답지 않게 웃었다. 둘이 있을 때나 보여 주는 그런 편한 웃음…….

"……후, 취한다."

우진은 코를 훌쩍이며 중얼거렸다. 준수를 힐끔힐끔 훔쳐보던 우진은 마지막 잔을 비우고 준수를 향해 소리쳤다. 아니 소리치고 싶었지만 조심스레 말했다.

"그럼 팀장님, 저는 내일 출근 준비 때문에 먼저 들어가 보겠습니다."

"그러세요. 저도 이만 들어가 봐야겠네요. 그럼 다들 천천히 식사하고 들어가세요. 계산은 이걸로 하세요."

카드를 내미는 준수를 잡고 싶은 여러 개의 눈들이 달라붙었다. 하나는 아쉬운 눈으로 입술을 내밀었다. 준수는 곁에 놓아둔 재킷을 잡아 들고 밖으로 나왔다. 그리고 저 멀리 걸어가고 있는 우진을 보았다.

우진은 덜렁거리는 핸드백을 고쳐 메고 열심히 걸었다. 여직원들과 준수의 다정한 모습들이 문득 생각나 괜히 볼을 부풀렸다. 기분이 상했다. 연애를 하자더니 연애 전과 별반 달라진 것도 없는 느낌이었다. 서로의 애인이 되었으면 다른 여자의 손길은 좀 피하고 그래야 하는 거 아닌가?

"정우진."

어느새 차를 몰아 곁으로 나타난 준수는 말없이 타라는 신호를 보냈다. 우진은 모른 척 보조석으로 올라탔다. 어떻게 좀 참아 보려 했지만 심술맞은 그 심정 그대로 말이 흘러나왔다. 잔뜩 약이 올라 있었다.

"이게 연애야? 연애 전이랑 하나도 다를 게 없잖아."

준수는 말없이 신호를 따라 어둠 속을 운전했다.

"다른 여자랑 뭐 시시덕거리기나 하고. 정 팀장님 사촌동생이 아니면 뭐해? 어차피 다른 여자랑 또 그럴 거."

집으로 도착할 때까지 우진은 말없는 준수의 침묵을 안주 삼아 불만을 토로했다. 우진은 차에서 내리면서도 여전히 묵묵부답인 준수를 보며 그 앞으로 걸어가 길을 막아 세웠다. 준수가 걸음을 멈추었다.

"왜 아무 말도 안 해? 말 잘하던 박 팀장 어디 갔어?"

"네 질투에 어떻게 대응할까 생각 중이야."

준수는 여유로운 표정으로 답했다. 그의 옷차림은 이 오밤중에도 반듯하게 정돈되어 있었다.

"무슨 말이야?"

"질투하느라 쉴 새 없이 움직이는 네 입술을 내 입으로 막아 버릴까, 아니면 당장 너를 끌어안고 다 벗겨 버릴까, 뭐 그런 생각?"

"버, 버, 벗기길 뭐, 뭘 벗겨?"

"몰라서 물어?"

“그래. 몰라서 묻는다.”

“몰라서 묻는다면서 얼굴은 왜 빨개지는데?”

“추워서, 추워서 빨개진다. 왜!”

우진은 새빨개진 얼굴을 홱 돌려 아파트 안으로 들어가 버렸다. 그리고 준수가 그 뒤를 여유 있는 걸음으로 따랐다.

‘귀여워, 정우진.’

준수의 입술이 미묘하게 움직였다.

3층에 도착한 엘리베이터의 문이 활짝 열렸다. 그러자 준수는 우진을 보며 확, 가까이 다가섰다. 우진의 눈이 있는 대로 동그래졌다. 준수의 깊고도 짙은 눈동자가 자신을 보고 있었다. 우진의 술 냄새와 준수의 향수 냄새가 섞이고 있었다. 엘리베이터 문이 기다리지 못하고 닫혔다.

우진은 저도 모르게 준수의 가슴을 제 손으로 밀었다. 하지만 단단한 남자의 몸이 쉽게 물러날 리가 없었다. 우진은 마주치고 있던 눈을 어쩔 줄 몰라 하며 내리깔았다.

가까이로 다가온 준수의 음성이 귓가에 닿았다.

“예전엔 나를 사정없이 껴안더니 이젠 안 그래?”

“더, 더 가까이 다가오지 마. 너.”

“왜 안 되는데? 연애 전과 다를 게 없다고 투정을 부린 건 너 아니었어?”

“나는…… 음…… 거, 건전한 연애를 말한 거였어.”

“뭐가 건전한 건데? 마르고 닳도록 대화만 나누는 거? 아니면 이렇게 손만 잡는 거?"

그러고선 준수는 제 손으로 우진의 손을 잡아 가슴팍까지 들어 올렸다.

"아니, 뭐 꼭 그런 게 아니라도……."

"건전한 건 친구랑 해. 나랑은 불건전한 거 하고."

우진은 고개를 들어 준수를 보았다. 준수는 옅은 웃음을 띠운 채 우진을 내려다보고 있었다. 저를 보며 입꼬리가 올라가며 파인 보조개에 우진은 마른침을 꼴깍 삼켰다. 아, 이건 좀 위험하다. 불건전한 순간이다.

"난 내일 출근을 해야 해서, 그럼 이만."

우진은 그새 닫힌 엘리베이터 문을 재빨리 열고 밖으로 뛰쳐나가 뒤도 안 돌아보고 비상구로 들어가 계단을 뛰어 올랐다. 그리고 집으로 들어가 문을 쾅, 닫았다. 귀가 새빨개졌다. 만지면 화상을 입을 것만 같았다.

❀ ✱ ❀

비상이 걸렸다. 이번 연구기획의 계획에 가장 큰 일부분이었던 최 할아버지가 준수 팀의 기획에 대한 협력을 갑자기 거절해 온 것이다. 거의 막바지 작업 중이었던 연구기획 2팀은 그야말로 비상이었다.

"최 할아버지 연락은 아직입니까?"

"예. 당장 내일모레가 PT인데 어쩌죠?"

준수는 허리에 얹고 있던 손으로 머리를 쓸어 넘기며 잠깐 고민하는 듯하다 이 대리와 우진을 불렀다. 두 사람은 하던 업무를 멈추고 준수의 부름에 응답했다.

"정 대리와 이 대리는 지금 당장 외근 준비하세요."

"팀장님이 직접 가시려고요?"

"큰 선물을 포장해 오려면 큰 포장상자가 가야죠. 곧 바로 출발합시다."

준수의 명령에 우진과 수진은 겉옷을 챙기며 가방을 들었다. 그리고 곧장 팀장실을 나오는 준수를 따라나섰다.

준수의 차에 올라탄 우진과 수진은 걱정스런 어투로 물었다. 팀장의 확신이 듣고 싶은 순간이었다.

"정말 우리가 간다고 그 할아버지 마음이 바뀔까요?"

"그렇게 만들어야죠."

왠지 팥으로도 호박죽을 끓여 낼 것만 같은 준수의 확신에 수진은 고개를 끄덕였다.

"저기 팀장님. 시간이 늦었는데 괜찮을까요? 만약 오늘 안으로 사인을 못 받아 오면……."

"두 분은 걱정할 시간이 있으면 그 시간에 어떻게 마음을 돌릴까 그 고민을 하는 게 더 효율적일 겁니다."

준수의 말에 수진과 우진의 입이 다물렸다.

어느새 선착장에 도착해 차를 배에 실은 준수는 시동을 끄며 옆에 앉은 우진을 슬쩍 보았다. 저도 걱정이 되는지 입을 다문 채 창밖만 보고 있었다. 수진은 잠이 든 건지 뒷좌석에 앉아 머리를 기댄 채 눈을 감고 있었다. 준수는 우진의 어깨에 손을 얹었다. 우진의 고개가 돌아왔다.

"잘될 겁니다."

우진은 슬쩍 뒷자리에 앉은 수진을 돌아보며 고개를 끄덕였다. 어깨에 있었던 준수의 손이 우진의 목덜미를 감쌌을 때 우진은 깜짝 놀라 수진을 돌아보았다. 그는 여전히 눈을 감은 채 옅은 숨만 내쉬고 있었다. 우진은 입모양만으로 물었다.

'왜?'

준수는 목덜미를 쥐고 있던 손을 거두고 우진의 머리를 흐트러뜨렸다. 그리고 다시 반듯하게 제자리에 등을 기대고 앉았다.

배가 섬에 도착했다. 차는 최 할아버지가 계신다는 마을 안으로 깊숙이 들어갔다. 한 언덕 너머 푸른 기와집이 보이기 시작했을 때 수진은 눈을 떠 창밖을 바라봤다. 밭에 한아름 솟아나 있는 식물들이 눈에 들어왔다.

세 사람은 차에서 내려 마당으로 들어섰다.

"계십니까?"

준수의 목소리에 한참을 대답 않던 집 안에서 사람 하나가 빼꼼 모습을 드러냈다. 최 할아버지의 부인 되시는 할머니인 듯해 보였다.

준수는 깍듯이 고개 숙여 인사하며 자신을 소개했다. 그리고 준수의 소개가 끝났을 때 집 안에서 문을 열고 최 할아버지가 나왔다.

"계약 안 한다니까 왜 왔어?"

"할아버님. 할아버님과 말씀을 좀 나누고 싶어 이렇게 찾아왔습니다."

"아, 계약 안 한다는 소리 못 들었어?"

"저희와의 계약을 안 하시려는 이유가 뭡니까?"

"나는 내가 개발한 것이 순수 백 프로 그대로가 쓰여지길 원해. 근데 거긴 아니잖아."

"할아버님께서 연구해 오신 비법에 저희의 최첨단 기술이 더해져 완벽한 모양을 갖춰 가는 것뿐입니다."

"아, 그게 싫다는 거야."

할아버지는 더는 말하기 싫다는 듯 방 안으로 들어섰다. 그리고 그런 할아버지를 보던 할머니가 한숨을 내쉬며 고개를 저었다.

"저 양반은 내가 설득해 볼 테니 우선 이리로 들어와요. 날이 차요."

할머니가 내어 주는 방 안으로 들어선 세 사람은 가지고 온 가방을 내려놓았다. 그리고 동시에 준수는 다시 자리에서 일어섰다. 다시 대화를 해 볼 마음이었다. 하지만 그런 준수를 막아선 것은 할머니였다.

"지금은 아마 안 통할 거예요. 저 양반 고집 센 건 알아줘야 해. 일단 내가 가서 설득해 볼 테니 그다음에 들어가 봐요."

준수는 할머니의 호의에 가볍게 목례했다. 수진은 두르고 있던 머플러를 풀며 허리를 두들겼다. 그리고 준수를 향해 조심스럽게 물었다.

"가서 빵이라도 몇 개 사 올까요? 점심도 못 하셨잖아요."

"난 됐습니다. 두 분은 가서 식사하고 오세요."

"팀장님도 안 드시는데 저희가 어떻게……."

그렇게 다시 자리에 앉은 수진과 우진, 그리고 준수는 긴 침묵에 들어갔다. 우진은 등을 벽에 기대고 눈을 감았다. 수진은 준수의 눈치를 보다 이내 잠에 빠져들었다. 그때 할머니가 들어왔다.

"이제 들어가 봐요."

준수는 할머니께 인사를 하고 방으로 건너갔고 우진은 완전히 벽에 기댄 채 잠에 빠져들고 있었다.

점점 깊어지는 어둠에 문득 눈을 뜬 건 수진이었다. 눈을 비비며 불을 켜니 곁에는 우진이 눈을 감고 있었다. 그리고 준수가 없는 것을 눈치챈 그가 자리에서 벌떡 일어섰다. 그 순간 문이 열리고 차가운 공기와 함께 준수가 들어왔다.

"팀장님!"

준수는 성공한 것인지 도장이 찍힌 계약서를 수진에게 들어 보이며 가방을 챙겼다. 수진은 멋쩍은 얼굴로 머리를 긁적였다.

"저희가 도와 드려야 했는데, 죄송합니다."

그리고 수진은 재빨리 우진에게 다가가 그녀를 흔들어 깨웠다. 우진은 부스스한 눈을 비비며 잠에서 깨어났다.

"팀장님. 계약은 어떻게 됐어요?"

"계약했습니다."

가방과 함께 겉옷을 집어 든 준수는 문을 열다 말고 뒤로 물러섰다. 할머니가 상을 들고 방 안으로 들어왔다. 상 안에는 밥 세 공기와 한눈에 보아도 맛깔나 보이는 반찬들로 가득했다.

"아닙니다. 저희는 내일 출근을 해야 해서 이만 가 봐야 합니다. 마음만 감사히 받겠습니다."

"가고 싶어도 배가 끊겨 못 가요. 파도 때문에 배도 안 뜨고. 아마 내일 오전 늦게나 되어야 뜰 거예요. 밖에는 비도 온다우."

할머니의 말에 밖을 내다본 우진이 제 팔을 감싸 안았다. 바깥에 빗줄기는 점점 거세지고 있었다.

"방이 넉넉하긴 한데, 아마 한 방은 메주 냄새가 나서 못 잘 텐데……."

"아, 괜찮습니다. 팀장님과 정 대리님은 편한 방에서 주무십시오. 제가 그 방에서 자겠습니다."

수진은 그렇게 말에 못을 박았다. 준수는 그런 할머니를 보며 어쩔 수 없다는 듯 감사인사를 표했다.

"그러면 하루만 신세를 지겠습니다."

"편하게 쉬다 가세요."

할머니가 방을 나가자 그제야 준수가 자리에 앉았다. 준수가 자리에 앉기를 기다리던 수진은 그를 따라 냉큼 착석했다. 된장찌개에선 맛있는 냄새가 올라왔다.

"그럼 식사들 하죠."

말없이 잘 구워진 고등어 한 점을 먹던 우진은 놀란 눈으로 고개를 들었다.

"와, 생물 고등언가? 되게 맛있어요. 드셔 보세요."

"그러네요. 팀장님도 드셔 보세요."

"팀장님은 생선 못 드세요."

우진은 그렇게 말하며 다시 한 숟가락 밥을 떴다.

"정 대리님이 그걸 어떻게 아세요?"

"네?"

우진은 입에 밥을 넣다 말고 반문했다. 순간 당혹의 눈길이 준수와 수진에게 향했다. 우진은 밥숟가락을 아래로 슬며시 내려놓으며 어색하게 웃었다.

"예전에 회식할 때 말해 주신 거 같은데, 아닌가? 하하. 맞죠? 팀장님?"

"그랬나요. 내가?"

준수는 어떤 당황의 기색도 없이 태연하게 밥만 먹을 뿐이었다. 수진은 그런가 보다 하고 다시 밥을 먹기 시작했다.

식사가 끝난 후 가볍게 씻고 돌아온 우진은 창밖에 내리는 비를 보며 몸을 떨었다. 이 야심한 시각에, 그것도 이 섬마을 오지에서 비가 내린다. 으슬으슬. 이 대리 때문에 준수 곁에 있지도 못하지 않은가.

"그럼 저는 이만 제 방으로 건너가겠습니다. 팀장님 안녕히 주무십시오. 정 대리님 방 제 옆방이던데 같이 가실래요?"

"아, 저는 조금만 더 있다 갈게요. 밖이 너무 추워서요."

우진의 대답에 수진은 별다른 말없이 떨어지는 비를 맞으며 건넛방으로 뛰어갔다. 입고 있던 슈트 재킷을 벗고 소매를 걷어 올리던 준수가 여전히 자리에 앉아 움직일 생각을 않는 우진을 보며 물었다.

"정 대리는 안 갑니까?"

"……비가 와서요."

"근데요."

"아니 비가 오니까……."

준수는 여전히 네 말의 요점이 뭐냐는 얼굴로 서 있었다. 우진은 조금씩 말라 들어가기 시작하는 입술을 혀로 비볐다.

"조금만 있다 갈게요. 팀장님은 그냥 편하게 주무세요. 저는 그냥 없는 사람처럼 옆에 조용히 있다가 가겠습니다."

참나, 준수가 기가 찬 듯 중얼거렸다. 그는 남은 소매를 다 걷어 올리고 구석에 말없이 앉는 우진을 보며 말했다.

"옆에 있는데 어떻게 없는 사람 취급합니까."

"아니 그냥 저는 유령이다 생각하세요."

"유령이 아닌데 어떻게 유령이다 생각합니까."

우진은 지금 당장 네 방으로 건너가라는 듯한 준수의 말에 눈썹이 아래로 축 처졌다.

"위험하다. 나."

"네?"

우진은 그를 보며 다시 되물었다. 준수는 대답 않고 이불을 펴며 베개를 던지듯 놓았다. 우진은 혹시라도 수진이 건너올까 싶어 구석에 처박혀 있었다. 구석에 있다고 해서 숨겨지는 것도 아닌데 괜히 마음이 그랬다.

"저 팀장님……."

베개 위에 머리를 누인 준수는 팔짱을 낀 채 눈을 감았다.

"왜요."

준수는 눈을 감은 채 대답했다.

"저 조금만 옆으로 가도 돼요? 추워서 그런데 이불 좀 같이 덮어요."

그리고 우진이 다가와 이불 안으로 발을 넣었다. 준수는 황당한 듯 눈을 뜨고 우진을 바라봤다.

"없는 사람처럼 있겠다면서."

"치사하기는, 그냥 이렇게 있어요. 나 손이고 발이고 얼면 우리 팀만 손해예요."

우진은 준수의 말을 무시하며 무릎을 끌어안은 채 몸을 둥글게 말았다. 준수는 상체를 일으켜 앉았다. 우진은 따뜻한 온기에 기분 좋은 웃음을 흘렸다. 비가 와도 무섭지 않아 기분이 좋았다.

준수는 커다란 손을 뻗어 우진을 제 앞까지 잡아당겼다. 준수에게 손이 잡힌 우진은 바닥이 미끄러운 탓에 순식간에 그 앞으로 끌려갔다.

"왜, 왜?"

"경고했다. 나는."

알아듣지 못할 말을 하는 준수에 우진은 귀를 쫑긋거렸다. '뭐라고?' 하고 되묻고 있는 얼굴이었다.

준수는 그대로 우진의 머리를 감싸 안으며 허리를 바짝 당겨 안았다. 그리고 벌어지는 우진의 입술 틈으로 뜨거운 혀를 밀어 넣었다. 갑자기 쏟아지는 키스에 놀란 우진이 자신도 모르게 손을 뻗어 준수의 셔츠를 움켜잡았다. 거절의 의미인지 승낙의 의미인지 그딴 것은 이제 의미가 없었다.

준수는 떨고 있는 우진의 허리를 더욱 감싸 안으며 더욱 깊게 키스했다. 이미 열정으로 뜨거운 준수의 입술이 우진의 입술에 화상을 입히고 있었다. 우진이 숨을 쉬려 입술을 벌릴 때마다 준수는 그 틈을 놓치지 않고 더욱 제 뜨거운 것을 밀어 넣었다. 우진의 허리가 부르르 떨렸다.

"……아, 읍."

저도 모르게 나오는 소리에 우진은 눈을 질끈 감았다.

우진의 몸을 바닥에 눕힌 준수는 자신을 정신없이 움켜잡고 있는 우진의 입술에서 제 입술을 떼어 냈다. 떨어진 입술 사이로 가쁜 숨이 터져 나왔다.

준수는 우진의 입술에 묻은 제 타액을 손가락으로 쓸어 주며 그녀의 귓가로 고개를 숙였다. 자신의 귓가에 닿은 뜨거운 입술에 셔츠 자락을 움켜쥔 가는 손가락이 사정없이 떨렸다.

"좀 더 불건전한 걸 하고 싶은데 난."

"이, 이 대리도 있는데?"

"이 대리가 무슨 상관이야. 이 대리가 있건 없건 널 안을 수 있어."

어느새 고개를 떼어 내 자신을 보고 있는 준수의 입술은 번들번들하게 젖어 있었다. 우진은 괜히 섹시해 보이는 그 모습에 얼굴이 달아올랐다. 부끄러운 말도 주저 없이 하는 준수의 노골적인 언사에 우진은 눈을 돌렸다.

"이 대리가 들어오기라도 하면 어쩌려고……."

"감히 내 허락도 없이 문을 열고 들어올 것 같아?"

"그, 그래도……."

준수는 아무 말도 없이 침묵하고 있는 우진을 보며 숙이고 있던 허리를 들어 올렸다. 그리고 우진의 허리에 손을 넣어 가볍게 그녀의 상체를 세웠다. 준수를 마주 보기가 어색한 우진은 할 말을 찾아 머릿속을 더듬으며 어렵사리 입을 열었다.

"나 나가 봐야겠다. 그럼 내일 봐."

자리에서 일어나 문으로 향하던 우진은 잠깐 자리에 멈춰 서더니 고개를 확 돌렸다. 자신을 바라보고 있는 준수가 보였다.

"……있지. 나 네가 점점 더 좋아져."

우진의 난데없는 고백에 놀란 눈을 한 준수가 이내 희미하게 웃었다. 저를 들었다 놨다. 아주 그냥 밀가루 반죽처럼 제 마음을 주물러 대는 우진인데도 그녀의 이런 한마디에 그저 마음은 온통 햇볕이 녹아 내린 꽃밭이었다.

"좋아. 마음에 드는 말이야. 그 마음, 계속 유지할 수 있도록."

팀장님 명령하듯 말하는 준수의 모습에 우진이 배시시 웃었다. 그러고는 문을 열어 쏙 나가 버렸다.

준수는 그 뒷모습을 보며 낮은 한숨을 내쉬었다. 이렇게 달궈 놓고 저만 나가 버리면 남겨진 나는 어떻게 하라는 건지.

준수는 다시 자리에 누워 힘겨운 잠을 청했다.

12. 처음 사랑

늦은 오후나 돼서야 회사에 도착했다. 계약을 성사시킨 준수의 능력에도 팀원들은 놀라지 않았다. 그냥 그였기에 '가능' 이라는 말은 당연한 것이었다.

힘들게 PT 자료가 완성되자마자 이번엔 새로운 공고가 떨어졌다. 전무님의 특별지시로 떨어진 과제였다. 준수는 공고문을 눈으로 읽으며 동시에 팀원들에게 전달했다.

"연구기획 1팀, 2팀이 새로운 기획을 걸고 프레젠테이션 경합을 하게 되었습니다. 기획안이 채택된다면 여러분의 기획안으로 연구소가 운영될 겁니다. 지금부터 열심히 준비해야 망신이라도 안 당하니까 각자 최선을 다해 주세요. 부디 팀원들에게 폐 끼치지 않는 준비를 해 줬으면 좋겠습니다. 오 대리님?"

"예?"

"알아들은 것 같으니 됐습니다. 그럼 일들 합시다."

말이 팀 경합이지 프레젠테이션 경합은 팀장의 재량에 따라 승패가 결정 난다고 해도 과언이 아니었다. 물론 오 대리가 다 말아먹으면 끝이었지만, 말아먹기 전에 저런 팀원들을 어떻게 통솔해 내느냐가 준수의 몫이었다.

"아, 그리고 오늘부로 신입사원이 올 겁니다. 오면 알아서들 통성명하세요. 저기 오네요."

준수의 말이 끝나기가 무섭게 낯선 남자 하나가 걸어 들어왔다. 준수 곁에 서서 모든 팀원들의 이목을 집중받은 남자는 당당하게 웃으며 입을 열었다. 녹차를 타다 말고 우진은 그런 남자를 빤히 쳐다보았다.

"아마 소문 들어서 아실 거라 생각합니다. 신입사원 모집 기간도 아닌데 웬 신입사원 싶으시죠. 어차피 뒤로 말 나돌 거 솔직하게 밝히겠습니다. 저 상무님 편의로 입사한 거 맞구요. 그렇지만 일에 있어서 낙하산 타지는 않을 겁니다. 이호준입니다. 잘 부탁드립니다."

호준…… 이호준……. 어쩐지 낯이 익다. 많이 들었다. 그 이름을 어디서 들었더라.

우진은 녹차티백을 잔 안으로 들었다 놓으며 머리를 굴렸다.

"세상에 자기 입으로 낙하산? 웬일이야. 근데 괜찮게 생기긴 했다."

솔직한 여직원들의 수군거림에 호준은 씨익 웃었다. 자신 있는 웃음이었다. 그때 우진이 눈을 크게 떴다. 맞다, 이호준!

준수가 팀장실로 들어가면서 직원들은 다시 일을 시작했고, 여직원들은 호준에게 다가와 환영인사를 건넸다. 웃으며 한 명, 한 명 악수를 하는 호준을 빤히 바라보고 있던 우진은 고개를 다시 책상으로 돌렸다.

맞다, 그 이호준. 고등학교 때 잠깐 같은 학교를 다녔다가 전학을 갔었다. 전학을 가던 날 제게 와 네가 첫사랑이라고 고백했던 남자.

세상에, 그런데 얼굴은 하나도 안 변했고 심지어 키도 그대로였다. 고등학교 때 공부도 꽤 잘했었는데, 물론 대학교는 달리 갔지만.

우진은 새삼 그때를 생각하며 파릇파릇했었던 추억을 떠올렸다. 전에 결혼한다고 유경이한테 얼핏 얘기 들은 것도 같았는데. 우진이 다시 슬쩍 호준을 돌아봤을 때, 여직원과 이야기를 나누며 웃고 있던 호준과 눈이 마주쳤다. 우진은 놀라 고개를 다시 돌렸다. 오 대리는 여직원들의 좋은 반응에 오징어 뒷다리 하나 씹고 있는 표정으로 턱을 괴고 지켜보고 있었다.

점심시간이 되자 직원들은 점심을 하러 식당으로 내려가기 시작했고, 입맛이 없는 우진은 그대로 자리에 앉아 내리 녹차만 3잔째 마시며 자리를 지켰다. 피곤했다.

"맞지? 정우진."

낯설기도 하지만 익숙한 목소리에 시선이 돌아갔다. 호준이 서 있었다.

"맞아."

"예뻐졌다. 너."

"원래 예쁜데."

"푸핫, 너 하나도 안 변했구나. 점심이나 같이 하러 가자. 이야기도 좀 하고."

"난 속이 좀 안 좋아서."

"그럼 나도 오늘은 점심 패스. 같이 커피나 한 잔 할래?"

정말 커피 한 잔을 타서 그녀에게로 다가온 호준은 우진으로선 사실 별로 큰 흥미가 가지 않는 그간의 이야기를 꺼냈다. 미국에서 몇 년 유학 생활을 했었고 어떻게 지냈고 뭐 그런 이야기들. 건성으로 듣고 있었지만 어느새 호준의 말에 귀를 기울이게 된 우진은 유머러스한 그의 농담에 소리 내어 웃었다. 그제야 호준은 만족스러운 표정이었다.

"너는 어떻게 지냈어? 남자 친구는 있어?"

"나야 뭐 항상 잘 지냈지. 남자 친구도 있어."

"남자 친구 있어? 어떤 사람인데?"

"음……."

대답을 해 줘야 할까? 그렇지만 궁금해 물어 오는 호준에게 대답하지 않을 다른 이유는 없었다.

"자기 일에 충실한 완벽주의자?"

"그거 나 아냐?"

호준은 농담 섞인 말투로 웃으며 말했다. 결혼 이야기에 대해서 조금 궁금한 건 사실이지만 그렇다고 물어볼 정도는 아니었는데 호준은 스스로 그 이야기를 꺼냈다.

"난 결혼하려고 했던 사람 있었는데 헤어지고 지금은 혼자야."

"그렇구나."

"넌 사귄 지는 얼마나 됐어?"

"뭐 얼마 안 됐어."

"그렇구나. 누군지 궁금한데?"

"별로 안 궁금할걸?"

곧 너를 제대로 엿 먹일 팀장이거든. 우진은 속으로 그렇게 말하며 그저 만면에 미소만 띠고 있었다.

의미 없는 말들로 노닥거리고 있는 두 사람 뒤로 준수가 팀장실에서 나왔다. 우진은 조용히 준수를 뒤따르며 호준을 향해 나중에 보자 손을 흔들었다. 그리고 순식간에 호준으로부터 멀어졌다.

단단한 문이 열리며 준수와 우진이 옥상 안으로 들어섰다. 사내 연애라는 흥미로운 먹잇감을 감시하는 수천 개의 눈을 피해 마음 놓고 데이트할 만한 곳이 한 곳이라도 있는 게 다행이다 싶었다.

커피 한 잔을 손에 쥔 우진이 준수 곁에 앉으며 다리를 쭈욱 폈다. 이렇게라도 눈치 안 보고 자유롭게 준수와 자유 시간을 가지니 그야말로 천국이었다.

우진은 온기가 남아 있는 커피를 마시며 준수 어깨에 머리를 기대고 눈을 감았다. 추운 바람이 코끝으로 스며들었지만 그래도 마음이 편안하니 이것마저 좋았다.

우진은 입 안에 남겨진 커피 향을 음미하듯 입맛을 다시며 아 참, 하고 생각이 났다는 듯 운을 뗐다. 준수는 제 어깨에 기댄 우진의 말에 귀를 기울이며 저도 다리를 펴고 팔짱을 낀 채 눈을 감았다.

"있지, 이호준 씨 내 고등학교 동창이다?"

놀랄 줄 알았는데 준수는 놀란 기색 없이 '그래?' 하고 태연히 덧붙였다. 우진은 그에게 팔짱을 끼며 추운 몸을 따뜻하게 녹였다. 언제나 남들보다 조금 더 따뜻한 몸을 한 준수의 몸은 참 여러모로 쓸모가 많았다.

"근데 신기한 게 뭔지 알아?"

우진은 키득키득 웃으며 다음 말을 이어 나갔다.

"너 쟤 첫사랑이 누군 줄 알아?"

"……."

"나! 신기하지?"

"뭐?"

"쟤 첫사랑이 나야. 고등학교 2학년 때 쟤가 나한테 좋아한다고, 첫사랑이라고 고백했었거든. 신기하지 않아?"

"어디가 신기한 대목인지 전혀 모르겠다."

어느새 눈을 뜬 준수는 대수롭지 않게 말하는 우진을 보고 있었다.

"내가 누군가의 첫사랑이라니."

여전히 우진은 눈을 감은 채였다.

"내가 누군가의 첫사랑이라는 게 신기하기도 하고 기분 좋기도 하고 그래. 하긴 이런 말 너한텐 웃기겠다. 야, 회사를 젖비린내 날 때부터 다녔으면 넌 수많은 여자들의 첫사랑이었겠다."

뭐가 그렇게 기분이 좋고 웃긴 건지 우진은 바람에 코를 훌쩍이면서도 소리 내어 웃고 있었다. 준수는 여전히 그런 우진의 말에도 대꾸 없이 침묵하고 있었다.

첫사랑의 기준이 무엇인지 정확하게는 설명할 수 없었지만 확실히 준수의 처음에는 우진이 서 있었다. 그것의 시작이 언제부터라고 명확하게 말하기가 애매했지만, 언제부턴가 생물학적, 심리적 남자가 되어 있는 자신에게 있어 우진은 여자였다. 굳이 갖다 붙이자니 첫사랑인 거지 준수에게 있어 우진은 모든 것의 '처음' 그 자체였다. 처음으로 동성이 아닌 이성과 가까워졌고, 처음으로 제 마음에 '여자' 로서 들어왔으며, 처음 사랑으로 자신을 아프게 만들었던 처음.

"근데 넌 날 언제부터 좋아한 거야?"

우진이 그에게 있어 곤란한 질문을 던졌다. 어느 순간 눈을 뜨고 자신을 바라보는 우진이 보였다.

"……글쎄."

"하긴 나도 너를 친구 이상의 감정으로 보기 시작한 그 시작점이 어딘지 모르겠어. 뭔가 기준을 내리는 게 오히려 이상한 거 같기도 해. 시작인데 왜 시작을 했는지 어디서 시작을 했는지 마음이란 게 정확히 답을 내릴 수 있는 게 아니잖아."

우진이 찬바람 속에서도 해사하게 웃었다. 그녀의 코끝이 빨갛게 물들어 있었다.

시작이 애매한 것은 그뿐만이 아니었다. 언제부터인지는 모르겠지만 일을 하고 있는 우진을 보며 호준이 웃고 있었다.

"왜 웃어?"

"아니, 그냥 네가 내 선배라는 게 신기하기도 하고 반갑기도 하고."

"너 지금처럼 그렇게 일하다간 야근 확정이야. 군기가 빠져 가지고. 열심히 일해."

"넵. 선배님!"

장난스런 웃음을 흘리던 호준이 결국 소리 내어 웃어 버렸고 우진은 알 수 없다는 표정을 지었다. 도대체 뭐가 그렇게 재밌는지 그는 뾰족한 연필을 쥔 채 큭큭거렸다.

그런 호준을 보며 작게 한숨을 내쉬고 문서들을 들추는데 팀원들이 점심을 다 한 건지 우르르 팀실로 들어왔다. 그리고 그 시선들은 단박에 우진과 호준에게로 꽂혔다.

"어? 이거 뭐야. 이 그림, 수상한데?"

"정 대리랑 하산 씨 벌써 친해진 건가?"

"하산 씨는 뭐예요?"

은미의 물음에 오 대리는 히죽 웃었다.

"낙하산."

암튼 못 말려. 팀원들은 오 대리를 보며 쯧쯧 혀를 차며 각자 칫솔을 가지러 가 버렸고 아직 자리에 남아 있던 오 대리는 선언하듯 호준을 향해 엄포를 놓았다.

"하산 씨. 우리 정 대리 넘보지 말아요."

"왜요?"

"낙하산에 정 대리까지 훔치면 진짜 도둑놈이지."

호준은 오 대리의 말이 재미있는지 아예 펜을 내려놓고 턱을 괴었다. '장난 그만 쳐요.' 하고 오 대리를 흘기자 그제야 호준과의 말장난을 멈춘 오 대리는 칫솔을 들고 화장실로 가 버렸고 우진은 그런 상황이 피곤한지 두 눈을 감으며 손으로 눈꺼풀 위를 꾹꾹 눌렀다. 로션을 손등으로 비벼 바르다 말고 하나는 은근슬쩍 질문을 던졌다.

"근데 호준 씨는 상무님이랑 어떤 관계? 상무님 아들?"

"하하. 아니에요. 저희 아버지랑 상무님이랑 잘 아시는 사이지 저랑은 뭐."

"아…… 난 또."

노골적으로 아쉬운 소리를 내뱉은 하나는 핸드크림을 문지르다가 자리에서 벌떡 일어났다. 준수가 팀실 안으로 들어오고 있었다. 그리고 자신의 책상 위에 놓인 테이크아웃 종이컵을 쥐고 준수에게로 다가갔다. 간드러지는 목소리에 귀까지 가려워졌다.

"팀장님 오늘 점심 안 드셨죠. 이거 드시고 하세요. 한 끼 식사 정도는 아니어도 어느 정도 열량은 될 거예요."

모든 상황이 흥미로운 호준은 그런 하나의 말을 조용히 듣고 있었고 화장실에서 돌아온 팀원들은 그런 하나를 익숙한 듯 지나쳤다. 그리고 혀를 차는 것도 잊지 않았다. 호준은 모든 게 낯설지만 흥미로운 분위기를 가만히 바라만 보고 있다 눈을 반짝였다.

"하나 씨, 팀장님 좋아하세요?"

"아니 뭐 그렇다기보다……."

말끝을 흐리는 하나를 보며 들어오던 은미는 혀를 쯧쯧 찼다.

"온 회사 사람들 네가 팀장님 좋아하는 건 다 알 거다."

"아니 뭐, 티 내는 사람이 나뿐인가? 여기저기 다른 팀 여직원들도 우리 팀장님한테 자빠지는데."

그리고 곧 돌아오는 하나의 맹랑한 발언에 호준에게서 눌러 참고 있던 화산이 터지는 듯 푸하하 웃음불똥이 터져 나왔다. 진심으로 이 회사 식구들이 코미디 같은 모양이었다. 분명 호준도 팀원들보다 더하면 더했지 그보다 조용한 스타일은 아니었다.

우진은 그 웃음에 기분이 나빠졌지만 입을 꾹 다물고 막 끝이 난 점심시간을 정리하며 다시 일을 할 준비를 시작했다.

시끄러웠던 팀원들은 언제 그랬냐는 듯 다들 일에 몰두하기 시작했고, 호준이 일을 하다 말고 팀원들한테 질문을 하는 소리가 들렸지만 다들 개의치 않았다. 무엇보다 오늘은 어서 일을 끝내고 제 시간에 퇴근을 하는 것이 제일 중요했다.

조용한 팀실로 걸어 나온 준수는 한 묶음이나 되어 보이는 종이들을 들고 중앙으로 가 섰다. 다들 일을 하다 말고 인기척에 뒤를 돌아 준수를 바라보았다. 뭔가가 심상치 않았다.

"우리 팀 기획안 PT 자료 누가 마지막으로 정리한 겁니까."

"저예요. 팀장님."

두드리고 있던 키보드에서 손을 떼고 우진이 대답했다.

"중요한 자료들은 다 어디다 갖다 버리고 카피한 결과가 이겁니까."

"그게 그럴 리가 없는……."

"팀원들이 주말 내내 애써서 만든 자료 정우진 씨가 다 날려 먹고 지금 그런 말이 나옵니까?"

우진은 놀라 준수에게로 다가가 자료를 직접 눈으로 살피며 종이들을 넘겼다. 분명 팀원들이 자신에게 넘긴 자료들을 모두 정리, 수정하여 그대로 카피를 진행시켰고, 그대로 팀장실로 가져다 놓았다. 그런데 카피 결과물은 전혀 다른 말을 하고 있었다. 자료를 합치는 작업을 하며 파일들을 날려 버린 것인지 자료들은 하나같이 반 토막이 난 상태였다.

"자료를 다시 찾아서 만들든, 본인이 직접 만들든 제대로 된 완성본 오늘 안으로 제출하고 가세요."

준수는 그대로 뒤를 돌아 팀장실로 들어가 버렸고 멍한 눈으로

서 있기만 하던 우진이 자리에 털썩 앉았다.

말도 안 된다. 말도 안 되는 실수를 저질렀다. 단 한 번도 이런 멍청하고 어이없는 실수는 한 적이 없는데.

"우진 씨……."

"죄송해요. 정말 죄송해요."

"정 대리 이런 실수 잘 안 하는데 오늘 어쩌다 한 거잖아. 사람이 그럴 수도 있지."

"도와줄까요?"

"제가 다 알아서 책임지고 복구시켜 놓을 테니까 여러분들은 저 상관 마시고 하시던 일 하세요."

그리고 그런 우진을 안됐다는 표정으로 바라보던 팀원들이 다시 책상으로 고개를 돌렸다. 관심이 순식간에 우진에게서 멀어져 갔다. 오늘 야근, 아니 오늘 밤을 꼬박 새고, 내일까지 두들겨도 모자랄 일이었다. 어떻게든 팀원들에게 피해를 끼치지 않으려 최대한 만들어 본다고는 말했지만 역시 너무 어마어마한 양에 우진은 한숨이 터져 나왔다. 그리고 늘어져 있던 손을 놀리기 시작했다.

퇴근시간이 되고 다들 무서운 속도로 팀실을 떠난 자리에 우진은 벌써 내리 몇 잔째 커피를 마시며 홀로 책상 앞에 앉아 있었다. 고개를 돌려 바라본 팀장실 안은 아직 불이 켜져 있었다.

무서울 정도로 고요한 팀실 안으로 발자국 소리가 선명하게 들려왔고, 시선 끝에는 분명 퇴근을 했었던 호준이 서 있었다.

"도와줄게. 이럴 때 좋은 게 또 친구 아니냐."

"아냐. 그럴 필요 없어. 너도 가."

"우진아."

"내가 잘못한 거 내가 다 끝낼 거야. 그러니까 너도 그만 가."

우진은 호준에게 더 이상 관심을 주지 않고 다시 제 할 일을 하기 시작했다. 그렇지만 호준은 집에 가지 못하고 한참이나 의자에 앉아 일에 집중하는 우진을 바라봤다. 아무런 말도 건네지 못하고, 따뜻한 녹차 한 잔 건네지 못했지만 그저 가만히 우진을 바라만 보고 있었다.

저 가는 어깨와 손목으로 오늘 안으로 다 완성하는 것은 신입사원인 제가 봐도 힘든 일인데 그걸 알면서도 굳이 모든 도움 다 뿌리치고 하겠다는 우진이 신경쓰여 발걸음을 떼지 못했다. 능력이 안 될지도 모르겠지만 땅굴을 파서라도 없는 금덩이를 가져다 주고 싶다는 괜한 마음이 피어났다.

"이리 줘 봐. 같이 하자."

말릴 틈이 없었다. 다가와 펜을 뺏어 건네 잡는 호준은 우진의 의자를 밀어 옆자리에 의자를 끌어다 앉았고 결국 밀려난 우진은 그런 호준에게서 다시 펜을 뺏었지만 우악스럽게 밀어내는 그 힘에 밀려 결국 우진은 책상 앞을 빼앗겼다.

"너 이거 다 해 줄 능력은 돼?"

"……."

"너 신입사원이야. 네가 도와준다는 건 말도 안 돼."

"그럼 오늘 한번 해보지 뭐."

"이거 우리 팀 경합 PT자료야. 만약 네가 나서서 우리가 지기라도 하면 그건 누구 탓인데? 내가 해결할 거니까 넌 그만 집에나 가."

결국 다시 책상 앞을 빼앗긴 호준은 쫓기듯 터덜터덜 걸음을 옮겨 간이 소파에 앉았다.

우진은 뒤도 한 번 돌아보지도 않고 일을 했다. 사실은 이런 실수를 했다는 것에 스스로가 용서가 되지 않아 더더욱 남의 손을 빌리기 싫었다. 쓸데없는 아집이 아니었다.

결국 옆에 놓아두었던 가방을 들고 팀실을 나선 호준의 발자국 소리가 점점 잦아들었다.

"아까 그 서류들은 어디에 놔뒀더라……. 아, 맞다. 카피실!"

얼른 의자에서 일어나 카피실 안으로 들어간 우진은 이리저리 엉켜 있는 종이들 가운데 제 서류를 찾았지만 어디로 갔는지 찾는 서류는 보이지 않았다.

'분명 아까 점심시간에 카피실로 와서 여기 놔두고…… 준수가 들고 간 건가.'

생각의 끝에서 닿은 해답에 결국 조용히 걸음을 옮겨 팀장실 앞에 선 우진이 노크를 했다. 대답은 없었다. 문을 천천히 열고 들어가니 푸른 빛깔을 띠는 은테 안경을 쓴 채 일에 몰두 중인 준수의 모습이 한눈에 들어왔다. 우진은 긴장된 얼굴을 했다.

"팀장님……."

대답이 없었다.

"저……."

"다 했으면 놓고 가세요."

"그게 아니라 아까 제 자료 팀장님이 들고 가셨나 해서요. 카피실에도 없던데."

준수는 여전히 책상 아래 서류에게로 시선을 둔 채 책상 앞에 있는 종이 한 장을 손끝으로 밀었다. 들고 가라는 소리였다.

말없이 다가가 종이를 집은 우진은 조용히 걸음을 옮겼다. 그리고 문을 닫고 나오면서 준수를 힐끗 돌아봤다. 아직도 화가 안 풀린 건가. 하긴 이건 공적인 문제였다. 공적인 문제로 팀장이 사고를 제대로 친 부하 직원에게 화가 나 있는 거였다.

서류를 끼워 맞추던 우진이 제 머리에 꿀밤을 먹이며 고개를 돌려 저었다. 한 가지 더 받을 게 있었는데 그걸 말 않고 나오다니. 다시 저 딱딱하기만 한 팀장실로 들어가자니 마음이 무거웠다. 이번엔 노크 없이 조용히 들어갔다.

"저…… 팀장님. 팀원들 PT콘티 초안 자료 가지고 계시죠. 그거 주실 수 있나요?"

"들고 가세요."

이번에도 저를 한 번도 보지 않고 손으로만 종이를 내미는 준수를 바라보며 말없이 그것을 들었다. 뭔가가 마음이 이상해졌다. 물론 제 잘못이라는 건 안다. 그렇지만 이렇게 눈길 한 번도 주지 않는 준수가 왠지…….

"안 나갑니까?"

고개를 푹 숙이고 밖으로 나가던 우진은 다시 걸음을 준수에게로 돌려세웠다. 왜 이렇게 화를 내는 준수에게 서운한 건지 우진은 마음이 서러워졌다. 공적인 문제에 사적인 제 감정이 들어가면 안 된다는 것은 알지만 공과 사가 딱딱 구분이 되는 준수와는 달리 자신은 그냥 모든 게 서운했다.

"팀장님은 좋겠어요. 공과 사가 철두철미하게 구분이 되어서."

드디어, 감격스럽게도 준수의 고개가 들렸다. 그리고 우진에게로 향했다.

"저는 그게 잘 안 되거든요. 내 잘못인 건 알지만 그게 막 서운해지고……."

준수는 책상에게서 몸을 떼어 내 등을 의자에 기대며 팔짱을 꼈다.

"……제가 더 열심히 할게요. 죄송합니다."

고개를 꾸벅 숙인 우진이 바로 등 뒤에 놓은 문고리를 잡았을 때 저음에 잠긴 낮은 목소리가 들려왔다.

"정우진 씨."

우진은 콘티 자료를 품에 안고 그를 향해 돌아섰다. 준수는 끼고 있었던 팔짱을 풀며 미간을 긴 손가락으로 매만졌다. 머리가 지끈거리는 모양이었다.

"이리 가까이 오세요."

준수의 명령에 우진은 군말 않고 그에게로 다가갔다. 준수는 피곤한 눈으로 우진을 보았다. 피곤한 듯했지만 그의 눈은 물기가 촉촉이 젖어 있었다. 우진은 그 모습에 저도 모르게 고개를 숙였다. 바보같이 이런 상황에서 이상하게 가슴이 간질거렸다.

"내가 공과 사를 구분하려고 얼마나 애쓰는지 압니까? 사고나 치는 부하 직원이 예뻐 보여서 스스로도 황당하고 어이가 없습니다."

"……팀장님."

"뭐해요. 더 가까이 오지 않고."

준수는 완전히 의자를 책상 멀리 밀어낸 채 우진에게 가까이 오라 손짓했다. 우진은 그가 손짓하는 곳까지 더 가까이로 다가섰다. 여전히 시선은 아래로 향해 있었다. 준수의 눈을 바로 보기가 이상하게 떨려서.

그리고 그에게 가까이 다가간 우진의 시선은 자연스레 준수의 책상 위로 향했다. 우진은 손을 뻗어 책상 위에 놓인 문서들을 가리켰다.

"어? 이거……."

지금 제가 하고 있는 자료들과 비슷한 것들. 아니 엄밀히 말하면 정우진이 다 날려 먹은 자료들, 아니 더 엄밀히 말하자면 팀원들과 자신이 낸 자료보다 월등이 뛰어난 자료들.

그러니까 지금 준수는 여기 남아서 정우진이 저질러 놓은 실수를 대신…….

머릿속 회로가 거기까지 돌았을 때 우진은 고개를 번쩍 들었다. 준수는 자리에서 일어나 우진에게로 가까이 다가갔다.

"고마우면 안기기나 해요."

눈가가 찡해졌다. 아까 그렇게 다그치듯 몰아붙여 놓고 마음이 편치 못해 정우진이 벌여놓은 실수를 감싸 주고 있는 준수라니. 순식간에 밀물처럼 아까의 서러움과 동시에 감동이 밀려와 더 마음을 감출 수가 없었다. 손을 뻗어 그의 품 안으로 안겼다.

"죄송해요. 내 실수 때문에 대신 팀장님이……."

"지금 그 대가 받고 있지 않습니까. 그러니 더 안겨 있기나 해요."

준수의 품 안으로 얼굴을 묻으며 아이처럼 매달리자 스킨과 섬유 유연제향 그리고 은근하게 풍기는 준수의 향수 냄새가 후각을 자극했다. 모든 향들이 한데 섞여 마침내 박준수의 향이 느껴졌다. 언제나 늘 맡아 오던.

"여기서 제가 팀장님께 키스하면 공과 사를 구분 못 하는 건가요?"

우진은 고개를 들어 그렇게 물었다. 우진은 자극적인 말들을 참으로 순진하게 내뱉으며 사람을 미치게 만드는 재주가 있었다. 준수는 우진의 허리를 끌어당겨 천천히, 그리고 아주 정성스레 키스했다.

우진이 순진한 얼굴로 사람을 달구는 재주가 있다면 준수는 키스만으로 사람을 미치게 만드는 재주가 있었다. 우진은 저도 모르게 매달리듯 그의 목에 손을 둘렀다. 준수의 옅은 향수 냄새가 코끝까지 파고들었다.

우진의 입술을 집어삼키듯 빼앗은 준수는 뜨거운 온도가 답답한지 제 목 끝까지 채워진 단추 몇 개를 거칠게 풀었다. 그의 몸만큼이나 따뜻한 손이 우진의 목을 감싸 쥐었다. 떨어질 듯 집어삼키고, 풀어줄 듯 가둬 버리는 준수의 뜨거운 키스에 우진은 힘없는 손으로 그의 가슴을 쳤다.

겨우 떨어진 입술에 우진이 주저앉듯 힘없이 비틀거렸고 준수는 가볍게 우진의 허리를 받치며 품에 안았다.

살짝 열린 팀장실 문 앞에서 멍청히 서 있던 호준은 뒷걸음질치며 팀실을 빠져나왔다. 놓쳐 버린 가방을 떨리는 손으로 다시 주워 들었다. 얼굴이 새빨갛게 달아올랐다. 그리고 그 자리에 주저앉았다.

13. 위기에 대처하는 자세

좋았다. 아니 반가웠다. 너무 오랜만에 만난 옛 고등학교 동창이라니. 같은 고등학교를 나온 유경에게서 우진의 소식을 간간이 듣긴 했지만 이런 생각지도 못한 만남은 호준을 설레게 만들었다. 그 모습이 순수했지, 그리고 좋았어.

호준은 일을 열심히 하면서도 제게 말을 걸어오는 팀원들에게도 하나하나 웃으며 대답하는 우진을 알게 모르게 미소를 지으며 쳐다보고 있었다. 큰 실수에도 팀원들이 우진을 감싸 주는 것을 보며 호준은 생각했다. 네 좋은 성격은 그대로 가지고 갔구나. 그런 널 많이 좋아했었는데.

그 어린 나이에 사랑이라고 표현을 할 수 있을지는 모르겠지만 순수한 그 무언가가 호준의 가슴에 물들었었고 어린 시절 나름의 첫사랑을 경험했었다. 우진을 상대로 갖는 그런 깨끗한 느낌이 좋았다. 박 팀장과 제 첫사랑이 키스를 나누고 있는 것을 보기 전까지.

충격을 받았다. 무엇 때문에 받은 충격인지는 모르겠지만 늘 순수하기만 했던 우진과 준수의 키스 장면은 큰 충격으로 다가왔다.

그리고 알 수 없는 감정이 북받쳐 올라왔다. 어떻게 잘해 보고 싶은 마음이 완전 없는 것은 아니었지만 그래도 서두르고 싶은 것은 전혀 없었던 마음에…… 잘 마른 장작더미에 불씨를 확 던져 버린 그런 느낌.

우진의 실수로 모든 게 일그러졌던 PT자료가 완벽하다 못해 훌륭한 모습으로 아침에 나타났을 때 마음속이 이상하게 간질거렸다. 박 팀장과 우진의 키스……. 침이 절로 마른 목을 타고 넘어갔다. 그러고 나서 두 사람이 그냥 일만 한 걸까? 집중이 되지 않았다.

"이호준 씨."

"……네, 네?"

"여기 팀원들 닮아 갈 겁니까. 정신 차리세요."

"하실 말씀이……."

"종일 일은 않고 다른 생각에 정신이 없는 거 같은데 어떻게, 밖으로 보내 드립니까?"

'쫓겨날래?' 의 무서운 표현을 이렇게 간결하게 표현하는 준수와 눈을 정통으로 마주한 호준은 손을 저었다.

"지금 막 하려고 했습니다."

그를 지나쳐 다른 팀원들에게로 가는 준수를 보며 호준은 다시 우진에게로 시선을 돌렸다. 어제의 일이 머릿속에서 떠날 줄을 모르고 맴돌았다. 팀원들은 알고 있을까? 당연히 모르겠지. 또 한 번 침이 꿀꺽.

점심시간이 되어서야 어느 정도 정신을 차린 호준은 턱을 괴고 종이에 비행기 하나를 그리고 있었다. 팀원들이 호준에게로 다가왔다.

"점심 같이 안 하실래요?"

우진도 함께 서 있었다. 호준은 자리에서 벌떡 일어섰다.

"같이 가죠."

"근데 정 대리님 정말 그 많은 걸 밤새 다 한 거예요?"

"네……."

눈으로 힐끔 우진을 살핀 호준은 절로 눈이 그녀의 입술에게로 닿았다. 그리고 그런 행동을 한 것에 스스로 놀랐는지 고개를 휙 돌렸다.

"그런데 정 대리님 오늘도 야근이지 않아요? 이틀 연속으로 하려면 힘들 텐데."

"괜찮아요. 예전에 3, 4일도 한 적 있는걸요. 뭘."

주고받는 대화를 정신없이 듣던 호준은 식사를 반도 못 하고 먼저 올라와 화장실에서 찬물로 세수를 했다. 그리고 지금 온통 머릿속에 드는 잡생각을 씻어 내려 고개를 흔들었다.

첫사랑을 첫사랑으로 간직할 수도 있었을 마음을 키스 한 번에 모두 날려 버린 지금의 마음이 혼란스러웠다.

연달아 하는 야근에 우진은 두 눈꺼풀이 아래로 쏟아질 듯 내려갔지만 그래도 열심히 펜을 굴렸다. 어제부터 같이 야근 중인 준수가 제 앞에서 한숨도 쉬지 않고 일을 하고 있었기 때문이었다.

팀장실 간이 소파에 앉은 우진은 제게 떨어진 임무를 받아 작업을 하고 있었다. 그리고 소파 맞은편에는 일에 열심힌 준수가 있었다. 그런 그를 힐끔 곁눈질한 우진은 침을 꼴깍 삼켰다.

예전엔 분명 이러지 않았었다. 준수가 열심히 일을 하는 것은 그냥 시간이 흐르는 것, 물이 바다로 흘러 내려가는 것과 같이 너무도 자연스러운 일이었기에 그가 일을 하는 모습을 보고 별다른 생각을 가진 적이 없었다. 근데 그와 더 특별한 사이로 발전하고 나서 이상하게 준수가 말없이 일에 몰두하고 있는 모습만 보고 있자면 어찌나 가슴이 두근거리는지. 괜히 헛기침이 날 것 같고 목이 가려웠다.

"팀장님. 저 커피 한 잔 마시고 올게요."

아무래도 이렇게 또 둘이 있다간 분명 무슨 사달이 날 것만 같아, 아니 제가 또 키스를 하자느니 어제처럼 이상한 말을 입 밖으로 꺼낼 것만 같아 우진은 서둘러 밖으로 나왔다. 그리고 시원한

캔 음료를 뽑았다.

"준수는 저렇게 일에 열중인데 혼자 이상한 생각이나 하다니."

우진은 차가운 음료를 뺨에다 대고 중얼거렸다. 음료를 홀짝거리며 시간을 끌었지만 금세 음료는 바닥이 드러나고 있었다. 아쉬운 눈을 하며 팀장실 앞으로 돌아온 우진은 들어가지 못하고 망설였다.

'그냥 밖에 나가서 한다고 말할까? 준수가 이유를 물어보면 뭐라고 하지?'

문에 머리를 기대고 고민 아닌 고민을 하기를 몇 분, 문을 열고 들어가 일에 열중인 준수에게 천천히 다가갔다. 벌써부터 얼굴이 빨개질 것만 같았다.

"저…… 제 책상으로 가서 일할게요. 아, 그 아무래도 제 책상이 편하니까."

횡설수설하지 않아 다행이라 생각했지만 눈동자는 이미 갈 곳을 잃고 방황하고 있었다. 하지만 아닌 척 발을 돌렸다.

"정우진."

"네?"

"다 놓고 일하러 가?"

"아……."

다시 서류들을 끌어안고 인사를 꾸벅하고 밖으로 나온 우진은 종이를 펄럭이며 뺨에 달라붙어 있는 열을 식혔다.

"넌 프로페셔널한 정 대리야. 정신 차리고 일을 하자. 일을."

그리고 고개를 끄덕이며 다시 책상 위에 앉았다. 이틀째 잠을 제대로 자지 못한 탓에 졸음이 있는 대로 쏟아졌다.

결국 턱을 괴고 잠깐 눈을 감은 우진의 뺨이 책상 유리에 닿았다. 책상 유리의 한기에 우진은 제 몸을 껴안았다. 단잠은 아니었지만 잠깐의 단잠이 기분 좋아 한참을 눈을 감고 있던 우진이 머리를 비비적거렸다. 갑자기 확 느껴지는 따뜻한 온기에 우진은 더 눈을 내려감았다. 모든 게 편안했다. 이제 일어나야 하는데, 일해야 하는데…….

눈을 번쩍 떴다고 해야 맞을 것 같았다. 정신없이 뜬 눈으로 허겁지겁 손목시계를 내려다봤다. 새벽 2시. 벌써 세 시간이나 잤다니, 이래 가지고 언제 다 끝내.

부스스 전기가 일어난 머리를 대충 쓸어 넘기고 책상 위를 더듬어 펜을 찾던 우진이 멍하니 고개를 들었다.

"일 안 하려고 나간 거죠."

그리고 깨달았다. 팀장실에 있는 간이 소파에 앉아 있는 자신을, 그리고 제 앞에 다리를 꼰 채 앉아 있는 준수의 존재도. 준수는 손에 들린 펜으로 망설임 없이 자료를 체크하면서 말했다.

"아니에요! 절대로."

펜과 일거리를 가지러 일어선 우진의 손목이 잡혔다. 의식하는 것이 싫어 피해 나갔던 제 애인으로부터.

"어차피 일하라고 야근시킨 거 아니니까 가만히 계세요."

"그럼 왜……?"

준수의 눈이 제 눈동자 안으로 들어왔다. 손목을 잡는 강인한 힘이 느껴졌다.

"팀장님…… 저 일을 하러……."

그의 손이 허리에 둘러졌다. 순식간이었다. 준수의 무릎 위에 앉은 요상한 모양새를 하게 된 우진은 영락없이 놀란 눈을 했다. 또 입안이 쩍쩍 말라 가는 것이 느껴졌다.

우진은 할 말을 찾아 두 눈을 데굴데굴 굴렸다. 아무리 생각해 봐도 이건 너무도 불건전한 자세다.

"나 혼자 해도 충분히 끝낼 수 있습니다. 정 대리 도움 없이도요."

"그럼 왜 날 야근시키신 거예요?"

"몰라서 묻습니까? 알고도 모른 척하는 겁니까?"

"아는데 왜 모른 척을 해요? 안 그래도 몰라서 만날 팀장님한테 까이는데."

"아까 정 대리 하는 걸로 봐선 알고 있는 것 같던데, 아닙니까?"

준수의 눈치를 보며 밖으로 도망치듯 나가 버린 자신의 모습을 두고 하는 말임을 금방 눈치챘다. 우진은 할 말이 없어져 괜히 제 입술만 물어뜯으며 두 손을 만지작댔다. 좀 져 주면 어디 덧나나, 꼭 저렇게 해결을 볼 때까지 말을 파고든다. 우진은 괜히 볼을 부풀렸다.

"애인 놔두고 금욕하는 남자 만들 거야?"

그리고 달콤한 그의 입술이 우진의 귓바퀴를 깨물었다. 언제나 준수와 단둘이 있는 것은 위험했지만 지금은 너무나도.

"절대…… 안 돼. 여기 팀장실이야."

"팀장이 팀장실에서 하겠다는데 뭐가 잘못됐지?"

말도 안 되는 말을 말이 되게 말하다니. 우진은 기가 차서 입이 벌어졌다.

"여기 회사야. 그리고 누가 들어오면 어떡해."

"이호준 씨가 들어왔으면 좋겠네."

우진은 넓은 등을 소리 내어 때렸다. 못됐어, 정말.

"절대 안……."

준수의 강한 힘에 의해 허리가 들렸다. 그리고 부드러운 입술이 목덜미에 닿아 왔다. 우진은 깜짝 놀라 손으로 준수의 입술을 막아 봤지만 준수는 자신의 입술을 막는 우진의 손바닥에 쪽 하고 가벼운 키스를 했다.

"아까 나가서 일하겠다고 한 이유가 뭐야?"

또 제 마음을 읽고 있다. 우진은 두 손으로 준수의 두 귀를 잡고 머리를 콩 하고 박았다. 그리고 그 순간 준수의 두 눈이 일렁이는 것이 느껴졌다. 맞아. 귀는 손대지 말라고…….

모든 것을 깨닫는 순간 몸이 순식간에 넘어갔다. 이젠 정말 준수의 몸이 뜨거워졌다는 것이 온몸으로 닿아 왔고 그것을 느끼는 순간 키스가 이어졌다. 언제나 준수의 입술은 뜨겁다. 따뜻한 것이 아니라 뜨겁다. 그래서 기분이 좋다.

도망치듯 움직이는 우진의 혀를 잡아채 자신의 욕심대로 밀어붙였다. 끙끙거리는 우진의 눈썹이 꿈틀거렸다. 다시 목덜미를 찾아 내려온 준수의 뜨거운 입술에 절로 고개가 들린 우진은 눈을 떠 주위를 바라보았다.

준수의 흔적들이 난무하는 팀장실, 자신을 비롯해 팀원들이 매일 깨져서 욕을 먹고 돌아섰던 그곳, 책상 위에는 빼곡이 체크된 자료들이 간결하게 놓여 있었다.

"그래도 우리의 처음인데 팀장실은 너무……."

"싫으면 네 책상에서 할까?"

"그, 그건 더 싫어."

준수가 마음을 먹으면 전혀 불가능한 일도 아니라는 것을 잘 아는 우진은 황급히 고개를 저어 거절했다. 순식간에 여기서는 좋다는 의미가 되어 버린 우진의 대답에 준수는 입술을 올려 웃었다.

"나빠."

"뭐가?"

"내 마음 다 읽지 마. 읽어도 아닌 척 좀 넘어가."

"네 마음을 알게 됐는데 어떻게 아닌 척 넘어가."

"내 마음? 어떤 마음?"

"날 원하는 네 마음."

준수의 말을 부정할 수가 없었다. 틀린 말이 아니었으니까. 허락, 거절, 이런 말들도 의미가 없었다. 애초에 자신은 준수를 거부할 마음부터가 없었기 때문이었다. 준수가 그것을 눈치챈 것이다.

키스를 하면서도 그는 제 목을 조르고 있던 넥타이를 느슨히 풀었다. 그리고 따뜻한 손이 우진의 정장 스커트 안쪽으로 들어왔다. 깜짝 놀란 우진의 손이 준수의 손을 붙잡았다.

"아, 안 벗고 하면 안 돼?"

"안 벗고 어떻게 해."

"……그렇구나."

멍청한 듯 내뱉는 중얼거림에 준수가 낮은 웃음을 흘렸다. 우진은 더욱 심장이 쿵쾅쿵쾅 요동쳤다. 준수는 다시 정성스레 입을 맞추며 우진의 이마, 뺨, 목덜미를 유영했다.

어느새 벗겨져 버린 스웨터가 바닥으로 떨어졌다. 우진은 부끄러워 제 얼굴을 감싸 쥐었다. 준수는 다시 작은 소리로 웃었다.

이번엔 뺨이 달아올랐다. 정장 스커트마저 날아가 버린 우진은 울먹이는 눈으로 준수를 바라봤다. 준수의 따뜻한 눈동자가 자신을 보고 있었다.

"그만둬?"

"……."

"네가 싫다면 그만둘게."

준수는 차분히 우진의 대답을 기다렸다. 우진은 벌겋게 익은 얼굴로 눈을 질끈 감으며 고개를 저었다. 원하는 대답을 들은 준수는 대충 제 셔츠 단추 몇 개를 풀어내며 말했다.

"알아. 나도 그만둘 생각 없었어."

"그럴 거면서 왜 물어?"

"하고 싶다는 네 대답이 듣고 싶어서."

준수는 그녀의 몸 곳곳을 입 맞춰 주며 떨고 있는 우진을 진정시키느라 애썼다. 하지만 정작 진정이 안 되고 있는 것은 준수 자신이었다. 당장 그녀를 거칠게 밀어붙이고 싶지만 공부와 연애하느라 불건전한 연애와는 담을 쌓은 우진인 것을 아는 준수이기에 그럴 수가 없었다.

준수는 천천히 시간을 들여 우진의 긴장을 풀어 주었다. 처음보다는 유연해진 몸으로 이젠 제법 입술을 올려 웃었다.

그런 우진의 모습에 준수는 더는 시간을 들이지 못하고 버클을 내렸다. 다시 우진의 눈썹이 일렁였다. 그런 우진을 알면서도 준수는 행동을 멈추지 않았다.

천천히, 조금씩, 그렇지만 견딜 수 없을 만큼 뜨겁게 저를 밀어 넣은 준수가 미간을 찌푸리며 머리를 쓸어 올렸다. 우진의 다급한 손길이 준수의 셔츠를 있는 대로 움켜잡았다. 그녀가 고개를 도리도리 저었다. 준수는 성급히 움직이지 않고 우진을 달랬다.

촉촉한 눈을 마주 보며 다시 쪽, 하고 입을 맞추었다. 우진은 준수의 목을 힘껏 끌어안았다. 준수의 귓가로 거친 숨소리가 들려왔다. 그것을 허락의 신호로 알아듣고 준수는 천천히 그리고 부드럽게 움직였다.

"……괜찮아."

다정하게 들려오는 준수의 말에 결국 우진의 눈에서 눈물이 흘러나왔다. 얼마나 참은 것인지 이미 한껏 붉어진 눈을 바라보며 준수는 손가락으로 눈가에 달라붙은 눈물을 닦아 주었다. 그래도 우진은 참지 못한 울음을 계속 흘렸다.

낯선 감각과 생경한 자극에 정신을 차리지 못하고 헐떡이는 우진은 흐른 눈물을 손으로 닦으며 고개를 저었지만 적응이 어느 정도 되었다고 판단한 준수는 사정을 봐주지 않고 저를 밀어붙였다.

그리고 준수의 입술에 의해 잡아먹힐 듯 입술이 파묻혔다. 몇 번째인지도 모를 키스를 하면서도 참지 못할 숨이 거세게 터져 나와 숨을 헐떡였다.

문득 눈을 바로 떠 짙고도 깊은 준수의 눈을 마주 본 우진이 헐떡이며 말했다. 울음을 잔뜩 머금은 목소리였다.

"안아 줘."

세상에서 가장 사랑스러운 요구에 준수는 든든한 두 팔로 우진을 가슴 가득 안았다.

아아, 사랑스럽다. 나는 정말 네가 사랑스럽다.

❀ ✱ ❀

턱을 괴고 눈을 감았다. 주위가 시끄러웠다. 은미와 하나가 깔깔대며 배꼽을 잡는 소리가 들렸다. 우진은 이틀 연속으로 제대로 자지 못해 머리가 울렸다.

어제는 자지 못한 것뿐만이 아니라 준수와 늦게까지 이렇고 저런 일을 하느라 피로가 극심했다. 이대로 딱 누워 자고 싶었다. 새벽 늦게나 되어서야 팀장실에서 잠깐 눈을 붙였지만 그런다고 해결될 문제가 아니었다. 힘없는 손으로 어깨를 두드리며 반대쪽 손은 기계적으로 커피 잔으로 향했다.

호준이 그런 우진을 보며 슬쩍 다가와 책상에 걸터앉았다.

"야근 때문에 그러지? 많이 피곤해?"

"이대로 잠들면 소원이 없겠어."

"연구소에서 샘플파일 나왔다고 해서 심부름 가는데 같이 갈래? 가는 길에 좀 자."

무심결에 흘려듣던 호준의 말에 우진은 고개를 끄덕이며 눈을 떴다.

"좋은 생각이야. 팀장님께 허락 받아 볼게."

의외로 순순히 떨어진 우진의 허락에 호준은 저도 모르게 입꼬리가 올라갔다. 물론 관건은 팀장이 허락을 해 주겠냐는 것이겠지만. 그렇지만 피곤에 잔뜩 절은 우진을 보며 준수는 순순히 외근을 허락해 주었고 둘이나 갔는데도 저번처럼 오다가 또 샘플을 깨먹으면 감봉으로 끝내지 않겠다는 경고가 있었지만 어쨌거나 준수는 허락을 해 주었다.

자꾸만 한쪽 어깨를 두드리며 인상을 찌푸리는 우진 때문에 호준은 운전을 하면서도 내내 옆을 힐끔거렸다. 아픈 어깨를 무의식적으로 두드리던 우진은 금세 가물거리는 눈을 감았다. 그리고 잠시 후 고요한 숨소리가 간헐적으로 들려왔다. 우진은 더는 깨어나지 않을 것 같은 사람처럼 기절하듯 잠이 들었다.

호준이 그런 그녀를 흘깃흘깃 보다 결국 손을 뻗어 제 겉옷을 덮어 주었다. 우진은 따뜻한 온기에 겉옷 안으로 더욱 파고들었다.

이렇게 보고 있으니 우진은 고등학교 시절이나 지금이나 별반 변한 게 없어 보였다. 여전히 밝고 기운찼으며 또 청초했다. 감은 눈 안으로 숨겨놓은 그 촉촉한 눈망울과 웃으면 휘는 예쁜 눈매는 여전히 그대로였다. 화려하지는 않았지만 맑고 아름다웠다.

단 하나 변한 게 있다면 지금은 그녀의 곁에 자신이 아닌 다른 남자가 있다는 것이었다. 그것도 자신의 상사인 남자가.

샘플을 받고 고속도로로 차를 올리기 전에 점심을 먹자며 호준은 차를 틀었다. 둘은 오래된 칼국수 집에 자리를 잡고 앉았다. 여전히 눈을 감고 있었지만 우진은 전혀 개의치 않고 칼국수 면을 후루룩 빨아들였다. 면이 힘없이 우진의 입 안으로 빨려 들어갔다. 시들시들한 이파리 같은 모양새로 국물을 마시던 우진이 시선을 눈치채고 눈을 떠 맞은편에 앉은 호준을 보았다.

"고마워. 호준아. 네 덕분에 지금은 많이 좋아졌어."

"내 것도 더 먹어."

"아냐. 너 먹어. 난 배 많이 안 고파."

그리고 물 한 잔을 꼴깍꼴깍 마셨다. 호준은 우진의 입술 주위에 묻은 물을 닦아 주고 싶었지만 손을 내밀지 못하고 다시 칼국수 그릇으로 머리를 처박았다.

"오늘 가는 대로 샘플파일 넘기고, 또 PT 발표하러 가야지. 이 대리니까 뭐 PT는 잘하겠지? 왠지 우리가 이길 것 같지 않아?"

"그동안 너 야근해 가며 열심히 했잖아. 아마 이길 거야."

"그건 내가 잘한 게 아니라……."

준수 때문이다. 우진이 거의 날려 버린 모든 자료조사와 최종 PT콘티까지 준수가 책임지고 했으니까. 아이디어도 대부분 팀원들의 엉성한 생각들이 준수를 거쳐 완벽하게 나온 것이니까.

"네가 잘한 게 아니면?"

"팀장님 덕분이지 뭐, 생각해 봐. 팀장님이 아니면 어떻게 그렇게 훌륭한 최종 파일이 나올 수 있었겠어."

팀장의 얘기에 호준의 표정이 굳어졌다. 그날의 그 모습이 다시 떠올랐다. 호준은 곁에 놓인 물을 들이켰다.

"다 먹었으면 일어나자. 얼른 들어가 봐야지."

호준은 일어나는 우진을 따라 엉거주춤 엉덩이를 일으켰다.

속을 든든하게 채우고 확실히 컨디션이 더 좋아진 우진은 돌아가는 길엔 깨어 있었다. 지나다니는 차를 보는 건지 경치를 구경하는 건지 시선은 내내 창밖으로 향해 있었다. 호준은 히터 방향을 우진에게 돌려주며 하고 싶은 말이 있는 듯 말을 빙빙 돌렸다.

"너 좋아하는 아메리카노 마시고 갈까?"

"마시고 가면 늦을 거야. 그냥 가자."

우진의 말에 호준은 자동인형처럼 고개만 끄덕였다. 우진의 움직임이 느릿한 잔영처럼 눈앞을 지나갔다. 그리고 낯설지 않은 진동 소리에 시트에 몸을 기대고 있던 우진은 재킷을 뒤적여 핸드폰을 꺼내었다.

— 정 대리.

"네. 팀장님."

— 오고 있습니까?

"네. 한 시간 안에는 도착할 것 같아요."

— 몸은 좀 어떻습니까?

"괜찮아요."

— 새벽에 많이 울었는데 눈은 괜찮습니까?

준수의 말에 우진은 괜히 호준을 한번 힐끔거렸다.

"……네."

— 샘플은 잘 챙겨 오고 있고요?

"그럼요. 당연하죠."

— 저번처럼 샘플, 박살 냈다간 정 대리 정시 퇴근도 박살이 날 겁니다.

"아! 잘 챙겨 가고 있다니깐요?"

저도 모르게 커져 버린 목소리에 우진은 자신을 끊임없이 주시하는 호준을 보았다. 우진은 어색한 웃음으로 다시 말을 이었다.

"그럼 회사에서 뵙겠습니다."

'좀 믿으면 어디 덧나나' 전화를 끊으며 중얼거리는 우진은 투덜거리는 목소리를 했지만 입가엔 웃음을 띠고 있었다. 호준은 바싹바싹 타들어 가는 속에 가슴을 매만지며 말했다. 이번엔 빙빙 돌아가지 않았다. 그는 액셀을 더욱 힘껏 밟았다.

"정우진 너 말이야……."

"어?"

"네 남자 친구라는 사람이 팀장님이야?"

내내 창밖에서 떨어질 줄 몰랐던 우진의 관심이 순식간에 호준에게로 옮겨 붙었다. 난데없는 호준의 말에 심장이 덜컥 내려앉았다.

"네가 그걸 어떻게……."

"그래. 확실히 자기 일에 충실한 완벽주의자는 맞는 것 같다."

"어떻게 알았어?"

"……그냥 어쩌다가."

호준은 핸들을 꺾으며 다소 불안정한 목소리로 말했다.

"많이 좋아해?"

"응."

망설임 없이 말했다. 우진은 저도 스스로에게 놀라는 중이었다. 이렇게 망설임도 없이 대답이 튀어나오다니.

"나한텐 네가 첫사랑이잖아. 남자는 죽어도 첫사랑 못 잊어. 그런 첫사랑이 내 눈앞에 나타났고."

앞뒤 다 잘라 버리고 내뱉은 말에 우진은 도통 무슨 말을 하는지 알 수가 없었다. 차는 톨게이트를 지나고 있었다. 호준은 아까보다 좀 더 상기된 얼굴로 말했다. 짙은 한숨도 이어졌다.

"내가 아직 너를 못 잊었다고."

"……."

"그 말을 하고 있는 거야."

"……왜?"

"왜라니?"

"왜 갑자기 그런 말을 하는 거야?"

호준은 우진과 준수가 서로를 껴안은 채 애정에 사로잡힌 격렬한 키스를 하던 그날 밤을 떠올렸다. 질투가 났다. 자신의 곁에 있던 우진이 그리워졌다. 그래서 다시 그때로 돌아가고 싶어졌다.

"돌아가고 싶어서. 네가 내 옆에 있던 그때로."

"날…… 좋아한다는 거야?"

"그래. 정우진. 그냥 첫사랑에서 끝난 줄 알았는데…… 아니었더라."

그에게 빨려 들어갈 것처럼 정신이 반쯤 나가 있던 우진은 곧 제 손에서 오는 핸드폰 진동에 정신을 차렸다. 발신인은 준수였다. 우진은 통화 버튼을 누르려 떨고 있는 핸드폰을 제대로 움켜잡았다. 버튼을 누르려는 순간 호준이 오른손을 뻗어 우진의 핸드폰을 뺏으려 했고, 움직이는 차 안에서 요동치던 핸드폰은 그대로 한곳으로 돌진했다.

그리고 쨍그랑, 하고 찢어질 듯 경박스러운 소리가 울렸다.

깨져 버린 샘플 유리병에서 상큼한 추출액 향이 차 안을 자유롭게 떠다녔다.

"내 샘플……."

"젠장."

우진은 허무하게 깨진 유리병을 멍하니 쳐다보고 있었다.

고개를 푹 숙인 채 서 있었다. 말없이 두 사람을 쳐다보고 있던 준수는 한참을 깨진 병을 바라보고 있었다.

"죄송합니다. 팀장님. 제 잘못입니다. 제가 병을 놓쳐 버리는 바람에."

그리고 준수의 시선이 우진에게로 돌아왔다.

"죄송합니다."

우진은 조그맣게 입술을 달싹였다.

"끝?"

"……예?"

"변명 끝났습니까?"

"정 대리님은 잘못한 거 없습니다. 다 저 때문입니다."

호준은 고개를 빳빳하게 든 채 대답했다. 그의 곁에 서 있던 우진이 고개를 푹 숙이며 말했다.

"제가 빨리 가서 어떻게든 시간 내에 다시 가져오겠습니다."

준수의 냉소적인 눈빛이 느껴졌다. 곧 들려올 조곤조곤한 낮은 음성에 우진은 식은땀이 흘렀다. 어쨌거나 제 잘못이었다. 또 사적인 일들로 공적인 일을 망치고 있었다.

"심부름 하나 정도는 실수 없이 잘할 거라 믿었던 제 잘못입니다. 두 분 다 나가 보세요."

너희들에게 더 이상의 기대는 않겠다는 듯한 그의 말이 불벼락 같은 고함보다 더욱 무서웠다.

호준과 우진이 진흙처럼 무거운 발을 옮기며 팀장실을 나갔다. 요즘 정말 실수의 연속이었다. 이만하면 삼재가 틀림없었다.

수진은 곧 다가올 자신의 차례에 PT할 자료를 들고 혼자 중얼거리고 있었다. 곁에 있던 오 대리가 준수를 따라 다리를 꼬며 수진의 어깨를 툭툭 쳤다. 긴장하지 말라는 오 대리의 눈짓에도 수진은 계속해서 물을 마시며 목을 가다듬었다.

준수는 이 경합을 계획한 전무와 임원들 곁에 앉아 기획 1팀의 프레젠테이션을 날카로운 눈으로 보고 있었다.

"그럼 다음은 연구기획 2팀 이수진 대리의 프레젠테이션이 있겠습니다."

자신의 이름이 거론되자 수진은 자리에서 벌떡 일어섰다. 팀원들이 소리 내지 못하고 입모양만으로 파이팅을 외치고 있었다. 수진은 앞으로 나가 어린아이가 엄마를 찾듯 눈으로 준수를 찾았다. 이럴 때는 그의 존재가 눈앞에 있는 것만으로도 큰 힘이 나는 것 같았다. 준수는 희미하게 웃으며 살짝 고개를 끄덕였다. 수진은 그의 신호에 고개를 끄덕이며 레이저 포인터를 손에 들었다.

"저희의 이번 기획안 컨셉은 천연 유기농과 첨단 기술의 결합입니다. 먼저 저희가 직접 연구했었던 자료를 보시겠습니다."

팀원들은 두 손을 모으고 기도하고 수진의 PT를 듣고 있었다.

"최 할아버지께서 직접 연구하신 재배 방법로 재배된 이 천연 유기농의 식품들은 우리가 가지고 있는 첨단 가공 기술로 식품의 영양소 파괴를 최대한 줄이고 또 역한 냄새를 잡아 유기농 식품의 그 원재료를 백 퍼센트 살린, 그야말로 최고의 식품으로 완성되는 것입니다. 다음은 이를 토대로 저희가 직접 연구한 결과입니다."

수진은 우진과 호준의 실수로 거의 바닥에 붙어 버린 양의 샘플자료를 가져와 설명을 시작했다. 정학은 임원들의 표정을 살피느라 정신이 없었다.

"근데 그 샘플자료는 왜 양이 그것밖에 안 됩니까?"

임원석에서 나온 지적에 수진은 순간 당황하는 듯했지만 곧 자연스레 말을 이었다.

"저희의 착오로 문제가 생겨 이것밖에 가져오지 못했습니다. 하지만 양이 아닌 그 질을 봐 주셨으면 합니다."

우진이 고개를 푹 숙였다. 정말 쥐구멍에라도 들어가고 싶은 심정이었다.

모든 프레젠테이션이 끝이 나고 가장 앞자리에서 듣고 있던 전무가 자리에서 일어나 단상에 섰다.

"그럼 임원들의 회의를 통해 채택할 프레젠테이션을 뽑도록 하겠습니다."

밖으로 와르르 쏟아져 나온 연구기획 1팀 2팀이 가슴을 쓸어내렸다. 기획 1팀 정 팀장이 준수에게로 웃으며 다가왔다.

"역시 박 팀장이더라."

"1팀 기획안도 좋았어."

잘 나가는 두 팀장을 보고 있던 오 대리가 못마땅한 목소리를 했다.

"지들끼리 다 해먹는 더러운 세상이야."

"그러게 능력이 있었으면 오 대리님도 만년 대리에서 벗어나서 저분들과의 대화에 섞일 수 있잖아요."

"수진 씨 완전 대박! 진짜 잘했어요. 우리 팀 이길 거 같은데요?"

"다 팀장님 덕분이죠. 저희가 뭐 한 게 있습니까."

팀원들은 새삼 준수의 능력에 감탄하고 있었다. 사실 우진이 제대로 팀원들이 모은 자료들과 기획안들을 준수에게 넘겼다고 해도, 준수 혼자 거의 이루었다고 해도 무방할 저 기획안에 비할 순 없을 것이다. 물론, 팀원들이 반찬도 없이 써 놓은 죽이 준수의 손에 들어갔다 해도 한 상 거하게 차려졌겠지만.

어쨌거나 결국은 비빔밥이 됐건, 한정식이 됐건 준수가 있는 한 무언가는 나올 것이었고 결론은 똑같았다.

팀실로 돌아가던 팀원들은 승리를 확신하며 손뼉을 쳐댔다. 호준은 온통 팀장 찬양으로 가득한 이 팀실 안에서 쥐 죽은 듯 있다 답답한 마음에 밖으로 나와 화장실로 향했다. 한숨이 나왔다.

호준은 화장실로 들어서다 말고 손을 씻고 있는 준수를 발견하고 걸음을 주춤했다. 준수는 거울 속에 비친 호준을 보며 말없이 손 씻기를 마쳤다. 호준은 그런 준수의 시선을 피하며 안으로 들어섰다.

"샘플, 이호준 씨가 깨뜨린 겁니까?"

"……예."

준수는 알 것도 같다는 표정을 했다. 호준은 저를 마치 다 들여다보고 있는 것만 같은 준수의 표정에 기분이 나빠졌다.

"우진이랑 사귀는 사인 거 알고 있습니다."

"그래서요."

"그러니까…… 저는 그게 달갑지가 않거든요."

호준은 목소리가 떨리는 것을 들키지 않으려 일부러 목을 빳빳하게 세웠다. 준수에게 기죽기 싫었다.

"저희 고등학교 때 친구였습니다. 그러니까 그때부터 지금까지 친구라는 거죠."

"……."

"팀장님보다는 제가 우진이랑 훨씬 오래전부터 알아 왔고 친구였습니다."

"하고 싶은 말이 뭡니까."

"저 우진이 좋아합니다. 놓치기 싫습니다."

"정우진도 그렇다고 합니까?"

"예?"

준수의 뜬금없는 질문에 호준이 저도 모르게 되물었다.

"뭐 아직은요."

"그럼 됐습니다."

"그게 끝입니까?"

"뭘 더 해야 합니까?"

"아니 그게 아니라, 제가 우진이를 좋아해도 상관없다는 겁니까?"

계속해서 귀찮게 달라붙는 호준에 준수는 미간을 찌푸리며 가까이로 다가섰다.

"네가 더 이상 오늘 같은 헛짓거리만 하지 않으면 너를 날릴 일은 없어."

호준이 오늘 아침 우진에게 했던 고백을 어렴풋이나마 눈치챈 것이 틀림없었다. 호준은 입이 다물렸다. 침이 목울대를 타고 빠르게 넘어갔다.

"뭐 경고 같은 걸 원하나? 그럼 특별히 시간 내서 한마디 해주지. 정우진 손가락 하나라도 건드리면 넌 내 손에 죽는다."

준수는 천천히 발을 움직여 호준에게서 떨어졌다. 그는 비릿하게 웃으며 말했다.

"사적인 감정에 휘둘려 일까지 그르치진 마시죠. 이호준 씨."

씻지도 않은 손에서 차가운 물줄기가 그대로 뽑혀 나가는 기분을 맛보고 있었다. 준수는 별일 아니라는 듯 화장실을 빠져나갔다. 호준은 다물려 있던 입을 벌리고 나오지 않는 말을 더듬었다.

"……하, 하!"

그냥 그 자리에 멍청히 서 있을 수밖에 없었다.

❀ ✱ ❀

「연구기획 2팀의 기획안이 이번 프레젠테이션 경합의 우승 기획안으로 채택되었음을 알려드립니다.」

떡하니 붙은 공고를 몇 번이나 확인한 팀원들은 박수를 치며 감격해했다. 당연하듯 회식소식도 들려왔지만 회식보다는 휴식이 더 절실한 우진은 먼저 집으로 들어가기로 마음을 먹고 회사를 나왔다. 준수는 별다른 말없이 허락해 주었다.

아니 사실 휴식도 휴식이지만 오늘의 실수를 다시 한 번 준수에게 사과하고 싶었다. 혹여 자신 때문에 지면 어떡하나 얼마나 가슴을 졸였는지 모른다.

우진은 준수네 집 현관을 열고 들어가 침대 위로 대자로 팔을 벌려 누웠다. 그리고 준수가 회식에서 돌아오기만을 기다리는데 졸음이 쏟아지기 시작했다. 눈이 점점 감기며 시야가 어두워졌다.

준수도 회식에서 빨리 빠져나와 집으로 향했다. 별일 없는 척 했지만 화장실에서의 일로 심기가 불편해 있었다.

현관문을 열고 들어오자마자 거칠게 넥타이를 잡아당겨 벗은 준수는 곧바로 침실로 들어갔다. 그리고 침대 위에 누워 있는 우진을 발견했다.

준수는 옷을 벗다 말고 잠들어 있는 우진에게로 향했다. 흐트러진 머리칼을 쓸어 넘기는 준수의 손길에 우진은 감았던 눈을 천천히 밀어 올렸다.

"……준수야."

준수는 대답 없이 우진의 뒷말을 기다렸다.

"네가 너무 자랑스러워. 난 뭐 너처럼 이런 일에 재능을 가지고 있는 것도 아니고, 실수도 잦지만 그래도 너처럼 열심히 해서 나도 승진할 거야. 만약에 내가 너보다 더 빨리 승진하면 널 가차 없이 굴릴 거야. 네가 나한테 하는 것보다 더 심하게."

"네 마음대로 해 봐. 어디."

준수가 픽 웃었다. 우진은 저도 말도 안 되는 소리라는 것을 알고 있었지만 안 될 거 뭐 있냐는 듯 말했다.

"내가 네 상사가 되면 넌 매일 울 거다. 지금부터 나한테 잘하는 게 좋을걸?"

"상관없어. 난 침대에서 울릴 거니까."

준수의 농담 섞인 진담에 우진이 입을 삐죽였다. 그러더니 곧 기어들어 가는 목소리로 준수의 어깨를 괜히 이리 잡았다 저리 잡았다 했다.

"그리고 있지…… 미안해."

"……."

"샘플 말이야."

준수는 풀이 죽어 힘이 없는 우진을 보며 손을 뻗었다. 그리고 축 처진 눈가를 매만졌다. 금방 우진의 눈길이 돌아왔다.

"이건 벌이다."

"벌?"

준수는 가볍게 우진의 허리를 당겨와 제 입술을 맞췄다. 여느 때와 달리 조금 부드럽고 천천히 입을 맞추는가 싶더니 우진이 준수의 목을 껴안았을 때 그는 원래의 그로 돌아와 농밀하고 부드러움을 가미한 거친 움직임으로 파고들어 왔다.

미처 벌어지지 못한 턱이 준수의 손에 의해 잡혔다. 그리고 그의 의도대로 벌어진 입술 사이로 뜨거운 타액이 밀려 들어왔다. 빨리고 빨렸다. 규칙적이지 못한 숨이 기침하듯 입 밖으로 쏟아져 나왔지만 준수의 입안으로 모조리 빨려 들어간 숨은 곧 뜨거운 열기로 되돌아왔다.

준수는 잡아 뜯어내듯 제 셔츠를 벗어 버리고 우진의 겉옷을 남김없이 벗겨 냈다. 우진의 입술이 그새 붉게 부풀어 올라 있었다.

준수는 사정을 봐주지 않고 다시 입안으로 침범했다. 자극적인 준수의 촉감에 우진은 아래를 떨었다. 준수는 그것을 놓치지 않고 더욱 우진을 녹이는 데 집중했다. 우진은 준수의 얼굴을 끌어안으며 길게 신음했다.

"있지. 준수야……."

그의 이름을 부르는 말끝이 길어졌다.

"나 네가 좋아."

우진의 말에 준수는 숨을 들이켰다. 허리를 들어 저를 바라보고 있는 우진을 보았다.

"널 좋아해."

"……."

"친구가 아니라 남자로서."

"……."

"너는? 너는 어때?"

우진은 또다시 붉어지는 눈가를 손등으로 비볐다. 동시에 눈물이 눈가에서 흘러내렸다.

준수는 대답 않고 우진의 목덜미에 얼굴을 묻으며 자신의 욕망을 있는 힘껏 밀어 넣었다. 저를 몰아붙이는 익숙하지 않은 자극과 촉감에 입술이 절로 벌어져 신음이 쏟아져 나왔다.

참을 수 없는 그 감각에 우진은 제 허리를 뒤로 빼내어 자극을 덜어보려 했지만 준수에 의해 사정없이 허리가 끌어당겨졌다. 눈물이 가득 담긴 눈을 준수의 쇄골에 파묻으며 길게 울음을 내뱉었다.

"……아, 아."

준수는 자신에게 힘겹게 매달리는 우진을 끌어안고 좀 더 깊숙이 파고들었다. 그리고 그의 입이 열리고 뜨거운 숨이 우진의 귓가로 향했다. 진득한 열이 온몸을 떨리게 했다.

"정우진. 난 처음부터 너였어."

너여야만 했어. 준수는 그렇게 속삭이며 눈물이 흐른 자국을 따라 우진의 뺨에 입을 맞추었다.

"넌 눈물이 마를 날이 없구나."

그는 낮은 웃음소리를 내며 말했다. 우진은 준수의 가슴팍을 때리며 툴툴거렸다.

"다 너 때문이야."

"더 투덜거릴 정신이 있을까 모르겠네."

다시금 거칠게 욕망에 열중하기 시작하는 준수의 움직임에 우진은 창백한 손으로 시트를 있는 힘껏 움켜쥐었다.

14. 친구 아닌 여자로

“우리 워크샵 호텔이 어딘지 알아요?”

“어딘데?”

“컨벤션호텔이래요. 이름도 ‘컨벤션’ 호텔이에요.”

“아이디어회의, 기획회의, 연구회의, 회의, 회의, 회의 그냥 회의만 죽어라 하다 오는 거 아냐?”

“그럴 가능성이 아예 없지도 않아요.”

워크샵에 대해 격렬한 토론 중인 두 사람 뒤로 익숙하고도 시커먼 그림자가 서 있었다. 그리고 그 그림자를 발견한 은미가 제 가슴을 쓸어내렸다.

“오 대리가 그렇게 회의를 좋아하니 한번 검토해 보죠. 오랜만에 제대로 된 아이디어 하나 내셨네요.”

"팀장님. 어, 언제 오셨어요? 기척을 좀 하시지."

"팀장이 팀실 안에 있는데 기척을 해야 합니까?"

오 대리는 절실한 표정으로 울 것 같은 목소리를 했다. 허리만 숙이지 않았다 뿐이지 준수 바짓가랑이를 잡고 대롱대롱 매달려 있는 것만 같았다.

"팀장님. 정말 주야장천 회의만 하다 오는 건 아니죠?"

"봐서요."

준수는 그런 오 대리가 한심하지만 하는 짓이 귀엽다는 듯 가볍게 입술 끝을 올렸다. 준수의 미소에 곁에 서 있던 은미의 두 뺨에 홍조가 물들었다. 잘 웃지도, 잘 웃어 주지도 않는 팀장이 미소를 짓다니. 물론 오 대리 하는 짓이 어처구니가 없어 짓는 조소에 가까웠지만.

은미는 그런 그의 비웃음에도 얼굴에 열이 확 달아올랐다. 준수는 저 혼자 열꽃이 피어 있는 은미를 지나쳐 더 볼 것도 없이 팀장실 안으로 들어가 버렸다.

"은미 씨. 정신 차려."

"어쩜. 저 보조개 좀 봐. 저 안에 갇히고 싶어."

"쯧쯧. 병이라면 저것도 병이야."

멍하니 흔적도 없이 사라진 준수의 뒷모습만 떠올리듯 바라보고 있던 은미를 두고 오 대리가 한심하게 고개를 돌렸다. 그리고 준수를 흉내 내듯 목소리를 내리깔았다.

"그 정신으로 아이디어를 내면 승진은 하고도 남을 겁니다."

제법 제가 낸 흉내가 마음에 드는 모양인지 오 대리는 덥수룩이 올라온 까끌까끌한 수염을 손으로 더듬으며 히죽였다.

"같은 말, 다른 느낌이 이거군요. 알려 줘서 고마워요. 오 대리님."

그리고 은미는 찬바람을 쌩쌩 내며 오 대리를 지나쳐 갔다.

❊ ✱ ❊

찬바람을 뚫고 차에서 내린 우진은 제 손보다 몇 배는 두툼한 점퍼를 추켜올렸다.

사실 워크샵이라고는 했지만 팀원들은 별 기대를 하지 않는 표정이었다. 그냥 사내에 갇혀 있다 이렇게 밖으로 나와 코에 시원한 바람이라도 넣는 것에 다들 만족하며 차 시트에 눌려 있었던 옷들을 털어 냈다.

우진은 꽁꽁 언 손을 녹이려 주머니를 뒤적여 제 손보다 훨씬 커 보이는 준수의 가죽장갑을 손에 끼웠다. 숨을 내쉴 때마다 하얀 입김이 몽글몽글 피어올랐다.

"팀장님 제 장갑 드릴까요?"

"괜찮습니다."

주아의 말이 채 끝나기도 전에 칼 같은 답을 전한 준수는 저벅저벅 걸어 호텔 안으로 들어갔다. 손이 무안해진 주아는 주머니를 찾아 제 손을 집어넣고 준수의 뒤를 따랐다.

“각자 짐 정리하고 1시까지 만납시다.”

준수의 제안에 팀원들은 각자 가져온 짐 가방을 들고 제 방을 찾아 흩어졌다.

호준은 제 앞을 걸어가는 우진을 보며 도대체 알 수 없다는 표정을 했다. 분명 그때 자신의 고백을 들었으면 싫다, 좋다 아니 꼭 싫다, 좋다의 대답이 아니더라도 어색해하거나 뭔가 의식을 한다거나 그런 행동을 취해야 하는데 우진은 호준의 그런 고백은 들은 적이 없다는 듯 행동했다.

호준이 우진의 어깨를 두드리려다 말고 문을 열고 제 방으로 들어가 버리는 우진을 멍청히 바라만 보고 있었다.

나름대로 화기애애한 식사를 할 때도 시끌시끌한 게임을 할 때도 호준의 눈은 내내 우진에게로 향해 있었다. 뭔가 기분이 묘해졌다. 자신이 고백을 정말 하긴 한 건지 심지어 기억을 다시 상기하기 시작했다.

“우진 씨 게임 잘하네? 난 이게 왜 이렇게 헷갈리지?”

“그럼요. 제가 누구랑 게임해서 단련된 몸인데요.”

우진의 능청스런 목소리에 곁에 있던 준수의 입술이 포물선을 그리며 미소를 띠었다.

“그 누구만 아니면 저 게임 엄청 잘하는 거예요.”

“아, 뭐야, 뭐야. 다시 해. 진 사람이 오늘 술 다 사기.”

“그런 게 어디 있어요?”

"여기 있다. 어쩔래. 다시 시작해."

오 대리는 막무가내로 우기며 다시 게임을 진행시켰다. 오 대리는 얼마 없는 제 머리카락을 쥐어뜯으며 승부에 집착했다.

"팀장님. 정말 감독하고 있는 거 맞으세요? 은미 씨 꼼수 쓰잖아요."

"어머. 오 대리님 제가 언제요!"

"오 대리가 반 박자 빨랐습니다."

"아! 거봐요! 고마워요. 팀장님."

이리저리 널브러진 과자와 함께 바닥에 퍼질러 앉은 팀원들 뒤, 의자에 앉아 있던 준수는 팔짱을 끼고 팀원들을 주시하고 있었다.

우진은 좋아하는 새우맛 과자를 씹으며 습관적으로 과자 몇 개를 주워 자신의 뒤에 앉은 준수의 입으로 손을 뻗었다. 게임의 결과에 승복하지 못하는 오 대리의 행패에 팀원들은 우진을 보지 못하고 결국 판을 뒤집었고, 호준은 우진이 내민 과자를 별 고민 없이 입안으로 넣는 준수를 보며 괜히 시선을 돌렸다. 준수와 눈이 마주칠까 위장이 두근거리는 느낌이었다.

"회의하러 갑시다."

"차라리 회의가 낫겠어요. 오 대리님이랑 저질 게임을 할 바에."

팀원들은 오 대리의 진상에 치를 떠는 듯 자리에서 일어나 주위를 치우기 시작했다. 그리고 각자 챙겨 온 자료들을 품에 안았다.

우진은 종이를 챙기다 말고 자신과 눈이 마주친 호준을 향해 물었다. '왜?' 하고. 하지만 호준은 입을 다문 채 고개만 흔들 뿐 우진을 지나쳐 방을 나가 버렸다.

준수는 자신이 잡아 온 기획안 틀을 유창하게 브리핑했고 팀원들은 고개를 끄덕이며 펜을 움직였다. 거기다가 수진이 아이디어를 보탰고, 우진이 제 의견을 그 위에 올려놓았다. 준수는 만족스러운 듯 고개를 끄덕였다.

"이 대리, 정 대리 의견 좋습니다. 두 분의 의견을 좀 더 구체화시켜 기획안을 짜 보도록 하죠."

회의가 끝이 보일 때쯤, 말없이 노트에 받아쓰기만 하던 은미가 조심히 손을 들어 준수의 관심을 샀다. 말해 보라는 준수의 신호에 은미는 기어들어 가는 목소리로 입을 열었다.

"팀장님. 저희 이따 저녁에 술 한 잔 할 건데 팀장님도 꼭 오셔야 해요?"

"……."

"아니, 팀장님도 없이 저희끼리 술 마시면 무슨 재미예요."

"……그러죠."

은미의 작전 성공에 팀원들이 조용히 나이스를 외쳤다. 준수에게 술을 먹이려는 팀원들의 행동을 알 수 없는 우진과 준수는 팀원들의 반응을 의아해했지만 이내 정학이 손뼉을 짝짝 치며 자리에서 일어서자 그것을 신호로 팀원들이 자리에서 일어서 장소를 옮기기 시작했다.

시끌벅적한 팀원들의 뒤를 조용히 따라나서던 준수 곁으로 호준이 붙어 섰다. 호준은 괜히 걸음이 뒤처지기 싫어 빠른 걸음으로 준수 곁에 서 있었다.

"팀장님. 괜찮으세요?"

"뭘 말입니까?"

"전에 회식 때 보니까 술은 잘 안 드시던데 술 마셔도 괜찮으시냐고요. 술 잘 못하시면 제가 눈치껏 도와 드리고요."

준수를 약 올리려는 듯 살살 신경을 건드리는 호준의 말에도 그는 동요도 없이 걸음을 걸었다. 그저 한번 술을 입에 대면 끝날 줄 모르고 마실까 봐 자제를 하는 것도 있었고, 운전을 해야 한다는 강박 때문이었을 뿐이지만, 뭐 호준의 눈에는 그렇게 보일 수도 있겠다 싶었다.

"호의는 고맙지만 본인이나 잘 케어 하시는 게 좋을 것 같은데."

알 수 없는 준수의 말에 반문하려 입을 벌렸을 때 주아가 호준에게로 다가와 으름장을 놓았다.

"호준 씨 안 봐줄 거예요? 오늘 한번 죽어 보자고요."

그리고 주아에게 팔이 붙잡힌 채 끌려가는 호준을 보고 준수가 픽 웃었다.

주아의 말은 틀리지 않았다. 팀원들은 누구 하나 죽일 기세로 술잔을 채우고 채우고 또 채우고 있었다. 오늘은 직원들 곁에서 분위기를 맞춰 주는 것도 나쁠 것 없다 싶어 준수도 주는 술을 거절 않고 들이켰다.

한편 우진은 고개를 숙여 바닥을 손으로 더듬었다. 그리고 다시 한 번 허전한 목덜미를 더듬었다. 없었다. 제 목걸이가 없었다. 어디서 언제 잃어버린 것인지 감도 잡히지 않았다. 어둠을 헤치고 더듬은 손을 빛 밖으로 꺼내어 들었을 때 시커먼 먼지만이 손 안에 가득했다.

우진은 조용히 자리에서 일어나 밖으로 향했다. 아까 게임을 했었던 룸에서도 목걸이는 없었으니 이번엔 회의실이 용의 선상에 올랐다. 그 목걸이가 어떤 목걸인데. 단 하나밖에 없는 준수가 사 준 목걸인데.

우진은 절실한 마음으로 회의실 문을 열고 들어갔다. 어둠을 더듬어 불을 밝히니 긴 책상이 눈 안에 들어왔다. 아까 제가 앉아 있었던 자리 밑을 살피며 의자를 들어 올린 우진의 입가에 미소가 걸렸다.

"찾았다."

차가운 금속끼리 맞닿으며 내는 소리에 우진은 고개를 들었다. 호준이 회의실 문을 닫으며 우진에게로 다가오고 있었다. 우진은 굽혔던 허리를 펴며 제 목걸이를 목에 걸었다. 그리고 다가오는 호준을 향해 알은체를 했다.

"너도 놔두고 간 물건 있어?"

"아니. 너 따라온 거야. 혹시 멀리 가나 해서 걱정이 돼서."

"아…… 난 놔두고 간 게 있어서…… 찾았어."

우진은 어느새 목에 걸린 제 목걸이를 들어 보였다. 호준은 고개를 끄덕이며 발걸음을 주춤주춤 문 앞으로 옮겼다. 나름대로 우진을 에스코트하고 싶어 문을 여니 벌어진 공간 사이로 작은 몸집이 총총 지나갔다. 그리고 호준은 말없이 우진에게로 다가섰다.

"근데 너 말이야……."

"왜?"

"저번에 내가 했던 말……."

엘리베이터 문이 열렸고, 우진은 호준의 말을 들으면서 그 안으로 폴짝 올라탔다. 엘리베이터 문은 두 사람을 삼키고는 빠르게 입을 닫았다.

"네가 했던 말?"

"내가 너 아직 못 잊었다고 했던 말. 어떻게 생각해?"

호준은 머리를 긁으며 어렵사리 입을 열었고, 우진의 관심이 금방 저에게로 와 닿는 것이 느껴졌다.

"그때 답했었잖아."

"나한텐 내줄 마음은 조금도 없는 거야?"

우진은 작은 한숨을 내쉬며 가는 손으로 목덜미를 몇 번 쓰다듬었다. 그러고는 고개를 들어 호준과 마주했다. 흔들리는 남자의 눈이 애처로워 보이기까지 했다.

우진은 답하기 위해 입을 열었고 그 순간 엘리베이터의 불빛이 팟, 하는 소리와 함께 사라졌다. 그리고 덜컹거리던 엘리베이터가 움직임을 멈췄다. 호준은 버튼을 눌러 보았지만 의미 없는 짓이었다.

"고장 난 건가?"

"뭐? 말도 안 돼."

우진은 손을 말아 주먹을 쥐고 엘리베이터 문을 두드렸지만 밖에선 아무런 대답도 들리지 않았다. 이번엔 호준이 다가가 엘리베이터 문을 쾅쾅 발로 차며 대답을 요청했지만 여전히 밖은 조용했다.

엘리베이터 문을 두드린다는 것이 별 쓸데없는 짓인 것을 깨달은 두 사람이 한참 동안이나 엘리베이터 안을 서성였지만 쉽사리 문은 열리지 않았다.

결국 호준은 바닥에 주저앉았다. 하지만 우진은 여전히 구석에 선 채 팔짱을 끼고 있었다.

"그러고 있지 말고 여기 와서 앉아. 호텔은 밤까지 돌아다니는 사람이 있기 때문에 곧 알아차릴 거야."

우진은 자신을 달래는 데 제법 공을 들이는 호준의 말에 결국 그 옆으로 가 털썩 소리를 내며 앉았다. 그리고 그녀는 한 줄기 빛도 없는 공간 속에서 말했다. 주위가 온통 고요했다.

"준수랑 나…… 어려웠어. 내 마음을 깨닫기까지가 좀 힘들었어. 근데 어렵사리 마음을 알고 나니까 예전에 준수가 했던 말들

하나하나가 다 떠올라. 왜 그때 그 말을 한 건지, 무슨 말을 하고 싶었던 건지.”

담담한 목소리를 하고 있었지만 붙잡은 제 두 손가락을 만지작거리며 조심스럽게 말하는 우진은 준수의 생각으로 두 눈을 꽉 채우고 있었다. 그런 우진을 보며 호준은 아무 말도 하지 못했다.

“준수가 하고 싶었던 말들을 떠올리고 나니까 그런 생각이 들었어. 그때 준수는 어떤 마음이었을까.”

“…….”

“힘들었겠지? 힘들었을 거야.”

호준은 입을 벌리려다 말고 다시 굳게 입술을 닫았다. 그에 대한 이야기를 하고 있는 우진의 맑은 눈동자가 따뜻한 온기로 아른거렸다.

“다시는 내가 사랑하는 사람에게 나로 하여금 마음을 아프게 하고 싶지 않아. 다시는 준수가 얼마나 아팠을지 힘들었을지 그런 거 혼자서 짐작하고 싶지도 않아.”

“……정우진.”

“미안해. 내 마음이 네가 아닌 것도 있지만 준수가 이로 인해 아픈 건 더 싫어. 그게 내 거절 이유야.”

우진은 정말 방금 한 말이 제가 한 말이 맞나 싶었다. 남 상처 주는 건 적성에 맞지도 않고 마음이 불편해하고 싶지도 않은 전데 그래도 이렇게 솔직하게 말하는 게 더 호준을 위한 것이라는 생각이 들었다. 더 이상 호준도 상처를 받지 않았으면 하는 마음이었다.

"어! 불 들어왔다."

우진은 제 머리 위로 켜지는 환한 불빛에 자리에서 벌떡 일어났다. 그리고 비상벨을 꾹 눌렀다.

팀원들은 갑자기 사라진 호준과 우진의 행방에 대해 관심이 없었다. 아니 관심을 가질 수가 없었다. 술이 떡이 되어 이리저리 나자빠진 팀원들은 오징어들마냥 서로의 몸을 꼰 채 뻗어 있었다.

준수는 우진이 갈 만한 곳을 찾으며 뛰어다니다 곧 로비로 가서 상황을 설명하고 도움을 요청했다.

"아, 엘리베이터에 갇혀 계신 분들 같은데. 엘리베이터가 고장이 나서 지금 수리 중에 있어요. 곧 고쳐질 거예요. 죄송합니다."

준수는 제 룸이 있는 층으로 올라가 그 앞 엘리베이터에 귀를 기울였다. 뭐라고 하는지는 모르겠지만 사람 목소리가 소곤소곤 들려왔다. 그리고 그 순간 엘리베이터 문이 입을 벌렸다. 눈앞에는 우진과 호준이 있었다.

우진은 준수를 발견하고 활짝 웃었다. 곁에 있는 호준의 얼굴이 창백했다. 준수는 자신에게로 다가서는 우진의 어깨를 감싸다 말고 호준을 응시했지만 그런 준수를 잡은 것은 우진이었다.

우진은 소리 없이 준수의 눈을 보며 안타까운 표정을 했다. 우진이 하고 싶은 말을 알아들은 준수는 우진의 팔을 쓰다듬으며 완전히 뒤돌아섰다.

호준은 패배감에 젖어 울고 싶은 표정으로 서 있었다.

준수의 룸 안으로 들어왔을 때 우진은 별거 아니라는 듯 먼저 말을 건넸다.

"회의실에 두고 온 게 있어서 찾으러 갔었는데 오는 길에 엘리베이터가 고장 났었어."

"너 괜찮은 거야?"

"뭐가?"

준수는 답답한 듯 겉옷을 벗어 침대 위로 던지고 곁에 있던 차가운 생수 뚜껑을 돌려 입안으로 물을 부어 넣었다. 콸콸콸 쏟아지는 물을 삼켜 마신 준수는 시원하게 터져 나오는 숨과 함께 머리를 쓸어 올렸다.

"너무 어울리지 마. 위험하다. 이호준."

"전에 내가 했던 말 때문에 그래? 호준이 첫사랑이 나라고……."

"내 말 들어 나쁠 거 없어. 내 말대로 해."

"호준이한테 말했어. 내가 사랑하는 사람은 너라서 네 마음은 못 받는다고."

사랑…… 사랑. 분명 며칠 전 자신의 품 아래에서 우진이 자신을 좋아한다 고백했었다. 그런데 오늘은 사랑…… 사랑이다. 자신을 향한 그녀의 마음이 또 커진 것일까.

준수는 일렁이는 눈으로 우진에게 다가와 그녀의 팔을 붙잡았다. 다시 되물었다. 다시 한 번 말해 보라고 말했다. 우진은 별거 아니라는 듯 어깨를 으쓱했다.

"호준이한테 말했다고."

"그거 말고."

"내가 사랑하는 사람은 너라서 네 마음은 못 받겠다고……."

우진은 준수의 격동하듯 일렁거리는 깊고도 고요한 눈빛에 자신이 무슨 말을 내뱉었는지 그제야 알아챘다. 준수에게 사랑한다고 말했다. 사랑……. 분명 좋아한다와 사랑한다의 어감은 다르다. '사랑' 이라는 어떤 구체적이고 뜨거운 마음은 단 한 번도 준수를 향해 말한 적이 없었다.

"사랑한다고……."

우진은 멍하게 자신이 내뱉었던 말을 되풀이했다. 끝이 감겨 들어갔다. 우진은 마침내 깨달았다는 듯 눈을 천천히 깜빡이며 입을 열었다.

"내가 널 사랑하나 봐."

참으로 정우진답게도 깨달았다. 선 표현, 후 깨달음이라니.

준수는 부드럽고도 따뜻한 미소를 띠며 우진의 뺨을 매만졌다.

"한참이나 걸렸다."

아주 오래전부터 우진의 마음을 원해 왔고 마침내 얻은 우진의 마음과 마주한 지금 준수는 그 열락에 빠져 질식해 죽을 것만 같았다.

"네가 그 말을 해 주길 기다렸어."

아주 오래전부터.

우진은 마침내 돌아온 제정신으로 고개를 끄덕였다. 그리고 준수의 입술에 제 입을 쪽, 하고 맞췄다. 떨어진 준수의 입술이 발갛게 온기를 머금고 있었다.

준수의 손이 순식간에 우진의 허리를 휘어 감았고 잠깐 떨어졌던 입술은 다시 주인을 찾아가 맞춰졌다.

우진이 먼저 준수에게 매달려 눈을 감았다. 눈꺼풀이 파르르 떨렸다. 준수는 키스에 젖어 허리를 움찔대는 우진의 뺨에 입을 맞추고 다시 이마에 입 맞추었다.

준수의 다정다감한 표현에 우진은 그의 옷자락을 있는 힘껏 움켜잡았다. 준수의 시선이 곧장 우진에게 맞춰졌다.

"여기서…… 좀 더 있다 갈래."

우진은 제 머리를 준수의 가슴에 콩콩 박으며 중얼거렸다. 부끄러운지 말꼬리가 길게 늘어졌다.

준수는 우진의 허리를 안아 올려 침대 위에 눕히며 다시 한 번 정성스레 키스했다. 옆방은 술에게 점령당한 팀원들이 너저분하게 널브러져 있을 텐데 자신은 준수와 이런저런 짓이라니.

우진은 눈썹을 꿈틀거리다 뜨거운 몸짓으로 제 니트를 올려 벗는 준수를 붙잡았다.

"팀원들이 옆방에 있어."

"상관없잖아."

확고한 준수의 말에 더는 그를 붙잡을 수 없었다. 가느다란 손가락이 곧 준수의 니트에서 떨어져 나갔다. 단단하고도 뜨거운 몸을 붙잡고 있던 우진이 두 손으로 얼굴을 가리며 천천히 숨을 골랐다. 그리고 눈을 떠 제 옷을 벗겨 내는 준수의 손을 다시 한 번 잡았다. 그리고 손가락을 뻗은 마치 빨간 크레파스를 죽죽 그어 놓은 것 같은 준수의 붉은 입술에 제 손가락을 가져갔다. 그의 입술을 매만지며 대답을 요구했다.

"넌 왜 대답 안 해?"

"뭘?"

"내가 사랑한다고 했는데 넌 왜 아무 말이 없냐구."

준수는 제 손을 잡은 따뜻한 손을 떼어 내며 남김없이 우진의 옷을 벗겨 냈다.

"아주 오래전부터 말했었는데 네가 못 들었을 뿐이야."

"그런 게 어디 있어."

준수는 평소와 달리 성급하게 우진의 몸을 달랬다. 사랑한다는 말을 그녀의 입으로 직접 듣는 순간부터 완전히 퓨즈가 나가 있었다.

우진의 손을 들어 제 목을 감싸게 만든 준수는 욕심껏 제 사랑을 그녀에게 밀어 넣었다. 우진은 여전히 익숙하지 않은 이 기분에 어쩔 줄 몰라 하며 아이처럼 준수에게 매달려 왔다. 그의 뺨에 제 뺨을 대고 울먹이는 음성으로 대답을 요구했다.

"말……해 줘. 지금…… 지금 듣고 싶어."

겨우 말을 내뱉는 우진은 거친 준수의 몸짓에 고개를 저었다.

그만두라는 말은 차마 하지 못하는 그녀의 의사 표현인 것을 알면서도 준수는 멈추지 않았다. 우진의 사랑을 확인했는데 멈출 수 없었다. 이만큼 너를 사랑하고 있는데 이것을 고작 말 몇 마디로 표현해야 한다는 것은 억울하다.

그래서 그녀에게 제 마음을 밀어 넣었다. 있는 힘껏 자신의 마음을, 사랑을 느끼라고.

그 마음에 답하듯 우진이 고백했다. 나도 너와 같다고. 친구 아닌 여자로 그녀는 그렇게 고백했다.

대강 옷을 걸쳐 입고 힘없이 침대에 누워 있는 우진을 바라보며 준수는 옷을 단정히 갖춰 입었다. 그리고 잠든 우진을 가볍게 안아 들고 룸을 나왔다.

몇 발자국 떨어져 있지 않은 우진의 룸 앞에 도착한 준수는 카드키를 찾았다. 그리고 그것을 꺼내는 순간 준수는 달라진 주변의 공기를 깨닫고 옆으로 고개를 돌렸다. 수진이 제 룸에서 나와 준수를 멍청히 바라보고 있었다.

준수는 그런 수진을 보고도 문을 열고 들어가 우진을 침대 위에 눕혔다. 그리고 이불을 끌어 올려 주며 머리카락을 정돈해 주고 나서야 밖으로 나왔다.

수진은 여전히 그 자리에서 멍청히 허공을 보고 있었다. 준수가 상관 않고 제 룸으로 향했다. 수진이 곧 다급하게 준수를 불러 세웠다. 자신을 향해 돌아보는 팀장은 여전히 차가웠고 무뚝뚝했으며 좀…… 무서웠다. 그렇지만 수진은 결국 궁금증과의 싸움에서 졌다.

"두 분, 다른 사이 아니죠?"

"다른 사이라는 게 뭡니까."

"그러니까 연인 사이라든가…… 아, 죄송합니다. 제가 무슨 말을. 아니에요. 팀장님."

"맞아요."

"네?"

"맞다고요."

"아…… 죄송합니다."

제 말을 비꼬는 것으로 알아들은 수진은 고개를 숙여 사과했다.

"맞다니까요?"

"죄송합니다. 제가 괜한 걸 물어서 죄송해요."

수진은 자신이 괜한 질문을 해 준수가 화가 났다 생각해 거듭 사과했다.

"알면 됐습니다."

두말없이 등을 돌려 들어가 버리는 준수의 모습에 수진은 흔적도 없이 사라진 준수를 향해 다시 고개를 숙였다. 그리고 곧 고개를 저으며 웃었다.

"그럼. 말도 안 되지. 나도 무슨 생각을 참. 팀장님이 얼마나 황당하셨을까."

그는 하품을 쩍 하며 제 방으로 들어갔다.

❀ ✱ ❀

워크샵에서 돌아온 팀원들은 하나같이 피곤한 동작으로 어깨며 팔다리를 주물렀다. 온몸을 서로 겹친 채 비비 꼬고 잤으니 몸이 성할 리가 없었다. 정학은 기지개를 쭉 펴며 시체처럼 책상 위에 늘어졌다.

그러거나 말거나 팀원들의 컨디션과는 상관없이 경합에서 이겨 얻어 낸 시험센터 연구소도 잘 운영되고 있었고, 프로젝트 준비도 착착 진행되고 있었다.

준수는 서류를 철한 것을 위로 올려 넘기며 도착한 엘리베이터로 올라탔다. 자신을 바라보는 시선을 깨달은 준수는 서류에게서 눈을 돌려 옆을 보았다. 호준이 자신을 향해 눈을 두고 있었다.

호준은 묘한 감정을 느끼고 있었다. 우진과 엘리베이터에서 함께 시간을 보낸 지 얼마 되지도 않았는데 이번엔 준수와 엘리베이터에서 대면이라니.

"팀장님이 아픈 게 싫다더군요. 자신 때문에 팀장님 마음이 다칠까 봐 싫답니다. 우진이를 팀장님한테 뺏겼다는 게 너무 분합니다. 하필 팀장님이라니."

준수는 넘겨 올라가 있는 서류들을 완전히 아래로 내려 접었다. 호준은 아직도 믿기지 않는지 한숨을 있는 대로 내쉬었다.

"그래도 언제든 우진이의 마음이 저에게 흔들릴 수 있으니 너무 자신만만하지 마세요."

"이호준 씨. 뭔가 착각하고 있는 모양인데 부하 직원이라 최대한 자비를 베풀고 있는 겁니다. 내가, 너한테."

준수는 도착했음을 알리는 엘리베이터 소리에도 여전히 호준과 마주하고 있었다. 준수는 엘리베이터에서 내리려 발을 옮기다 말고 다시 걸음을 돌려 호준을 보고 마주 섰다.

"아 참, 그리고 뺏긴 게 아니라 원래 내 거였습니다."

그리고 준수는 저를 향해 고개 숙이는 직원들과 가볍게 인사하며 엘리베이터를 나갔다. 뒤도 돌아보지 않고.

15. 그리고 우리

마지막 수업을 한 주 남겨두고 있었다. 학생들에게도 우진에게도 마지막이었다. 수업의 마지막 날이라 그런지 우울해진 건 우진뿐만이 아니었다. 수업이 시작되고 우진이 화이트보드를 보며 열띠게 강의를 하고 있을 때 강의실 문이 열리고 익숙한 형체가 들어왔다. 기웅이었다.

우진은 놀란 눈으로 조용히 자리에 앉는 기웅을 보았다. 거의 한 달 만이었다. 학교를 그만두었을 텐데 무슨 일로 온 것일까? 우진은 떠오르는 물음을 제쳐두고 다시 설명을 하기 시작했다.

수업을 하는 내내 기웅은 우진에게서 시선을 떼지 않았다. 제 교수님은 더 예뻐져 있었고 더 멋있어져 있었다.

"다음 시간은 다들 알다시피 기말고사예요. 여러분도 마지막이겠지만 저도 마지막 수업이자, 마지막 강의예요. 그동안 저를 잘 따라와 주고 함께해 줘서 고마워요. 그러고 보니 여러분들이 내 마지막 제자네요."

우진은 괜히 콧잔등이 시큰거려 서둘러 입을 뗐다.

"그럼 시험 공부 열심히 하고 다음 시간에 봅시다. 다음 시간은 절대 결석하지 마세요."

그녀에게 쏟아지는 박수에 우진은 고개를 숙여 학생들에게 인사했다. 강의가 끝나자마자 기웅은 우진에게로 다가갔다. 왠지 이렇게 제 교수님과 마주하고 있으니 눈물이 날 것 같았다. 이유를 알 수 없었다.

"교수님."

"어떻게 온 거야? 학교 그만둔 거 아니었어?"

"그만뒀어요. 다음 시간이 기말고사잖아요. 그래도 교수님 마지막 수업은 들어야 할 것 같아서요."

강의실을 나온 두 사람은 예전에 자주 앉던 벤치로 가 마주 앉았다. 기웅은 고개를 끄덕이며 미소를 지었다. 두 사람의 손에는 그랬던 것처럼 자판기 커피가 들려 있었다. 기웅은 하얀 입김을 내면서 말했다. 다소 좋아 보이는 음성이었다.

"교수님 혹시 책 읽으셨어요?"

"영혼의 편지? 그래, 읽었어."

우진은 커피를 한 모금 마시며 종이컵을 그러쥐었다. 커피향이 나는 입김이 공중으로 흩어졌다. 그리고 다시 덧붙였다.

"나는 내가 한 일을 후회하지 않을 테다. 더 적극적인 사람이 더 나아진다. 게으르게 앉아 아무것도 하지 않느니 실패하는 쪽을 택하겠다."

다소 놀란 기웅의 시선이 우진에게로 오롯이 박혔다. 외운 것인지 우진의 입에선 영혼의 편지의 한 구절이 흘러나오고 있었다. 지나가는 학생들을 바라보고 있던 우진의 눈도 기웅에게로 향했다.

"네 선택이 옳아. 내가 그렇게 말해 주길 바랐지?"

"……교수님."

기웅은 자신의 속마음을 간파하려고 무던히도 노력했었던 우진의 지난날들이 떠오르는 것만 같았다. 그녀는 다시 한 번 기웅을 향해 너는 옳다고 말해 주고 있었다. 기웅은 울음이 터져 나올 것만 같아 입술을 바짝 깨물었다. 그리고 고개를 끄덕였다.

우진은 그런 기웅을 보며 지붕 위에 쌓여 있는 눈만큼이나 하얀 웃음을 했다.

"내가 그랬잖아. 난 영원히 네 편이라고."

기웅이 바보처럼 고개를 끄덕거렸다. 힘차게.

우진은 그런 기웅을 보며 소리 내어 하하, 웃었다. 자신의 예쁜 제자, 마지막 제자.

"일은 잘 하고 있는 거야?"

"저 며칠 뒤에 패션쇼 서요. 물론, 아직은 정말 작은 무대고, 저는 남은 한 자리에 머릿수 맞추려고 들어가는 거지만."

"정말 잘됐다."

"아직은 아무것도 아닌 그냥 패션모델이 되고 싶은 지망생이지만 저 요새 너무 행복해요."

"그래. 네가 하고 싶은 일이었으니까. 그래서 행복한 거야."

"감사드려요. 교수님. 제 꿈을 응원해 주셔서."

기웅은 그제야 알 것 같았다. 제가 눈물이 날 것 같은 이유를.

"교수님은 앞으로 이루고 싶은 꿈이 뭐예요?"

"내가 이루고 싶은 것?"

우진은 난데없이 떨어진 질문에 쉽사리 답을 하지 못했다. 사회로 내던져지며 그런 것은 생각해 보지도 않았다. 제게는 이루고 싶은 것은 학창시절 때나 가지는 것이었다.

"글쎄……."

"그럼 교수님도 이번 해 가기 전에 하나 만드시는 게 어떠세요? 전 요즘 하고 싶은 게 자꾸 생겨나서 행복하거든요. 전 교수님이 행복해지시길 바라요."

"그래. 생각해 볼게."

"참, 그리고 저 이사 가요. 교수님."

"뭐? 언제 가는데?"

"일주일 뒤요. 이제 정말 다시는 못 뵙겠네요."

우진은 기웅의 말에 반쯤 녹아 버린 눈을 보며 묵묵히 동의의 침묵을 했다. 기웅은 씁쓸한 듯 입술을 올려 웃었다.

"전 이제 교수님을 못 뵙는다고 하니 벌써 마음이 아픈 것 같은데, 교수님은…….”

기웅은 뒷말을 삼키듯 말을 흐렸다. 그는 녹기 시작하는 눈처럼 어두워지는 두 사람 사이의 분위기 색깔에 고개를 번쩍 들고 기운찬 목소리로 우진을 마주했다.

“제가 정말 큰 무대에 서게 되면요. 그때 제 패션쇼에 와 주세요.”

그의 눈가에 눈물이 맺혀 있었다.

“제일 먼저 보여 드리고 싶어요. 제가 꿈을 이룬 모습을요.”

우진은 천천히 고개를 끄덕였다. 기웅은 우진의 대답에 활짝, 싱그러운 웃음을 했다. 추운겨울을 함께 보낸 두 사람은 뜨거운 악수를 했다.

❀ ✱ ❀

다가오는 크리스마스에 들뜬 팀원들은 다시 눈폭탄처럼 내리는 팀장의 일폭탄에 깔려 겨우 숨을 쉬고 있었다. 망년회니 뭐니 다른 팀 직원들은 잔뜩 신이 나 있었는데 준수네 팀원들은 잔뜩 열이 나 있었다. 그리고 우진도 열이 나 있었다.

우진은 준수가 저를 향해 다가오는 것을 보면서도 흥, 하고 코웃음 치며 은미의 팔짱을 끼고 식당으로 내려갔다.

이번에는 정 팀장의 사촌동생이 아니라 이 부장의 조카딸이었다. 이러다가 온 회사 식구 여자들 다 만나고 오겠네.

우진은 이번엔 절대 쉽게 화를 풀지 않으리라 다짐하며 거칠게 국을 퍼먹었다.

'아무리 이 부장이 갑자기 제 조카딸을 데리고 회사로 들이닥쳤다 해도 그렇지 그냥 거절하면 될 거 왜 만나러 가?'

우진은 아무리 생각해도 그런 준수를 이해할 수 없었다. 부장의 친분이 있는 여자니 거절하기 힘든 줄은 알지만 그래도 저 보란 듯이 나가 둘이서 커피를 마신 준수의 태도에 화가 났다.

"어머, 팀장님 여기 앉으세요."

하나가 준수를 발견하고 손을 흔들었다. 오 대리와 정학을 비롯한 남직원들은 그런 하나가 못마땅한 듯 고개를 푹 숙여 밥을 퍼먹었고 여직원들은 제 옆자리를 내어 주기 바빴다. 우진은 그러거나 말거나 묵묵히 반찬만 씹고 있었다.

준수는 식판을 들고 조용히 우진의 앞에 착석했다. 여직원들의 김새는 소리가 여기까지 들렸다.

"섣부른 오해와 판단은 안 좋은 겁니다."

준수의 말에 팀원들은 물음표를 그리며 젓가락질을 멈추었다.

"믿어 주는 것도 나쁘지 않을 텐데요."

우진은 그런 준수를 보면서도 말없이 국을 후루룩 마시기만 했다. 가만히 상황을 듣던 은미가 불쑥 대화에 끼어들었다.

"팀장님, 그게 무슨 말씀이세요?"

돌아오지 않는 대답에 은미는 제 입에 물고 있는 젓가락을 힘없이 뺐다. 민망해지는 분위기에 우진이 먼저 자리에서 일어섰다.

갑자기 초콜릿이 확 땡겼다. 단거라도 먹으면 좀 기분이 나아지려나.

우진이 작성한 기획안을 가지고 팀실로 나온 준수는 기획안을 우진의 책상 위로 내려놓으며 그녀의 등 뒤를 감싸 안고서 설명을 시작했다. 우진은 순간 배시시 웃음이 나오려는 제 입을 눌러 참으며 아무런 동요 없이 설명을 듣고 있었다. 이쯤 되면 준수를 용서해 줄 법도 했지만 우진은 이번엔 쉽게 그럴 마음이 없었다.

준수가 자신의 화를 풀기 위해 애를 쓰는 건 알지만 그래도 저에게 이렇게 매달리는 모습이 보고 싶어서. 그런 모습을 보고 있자니 마음이 울렁거려서…….

우진은 준수의 품에서 벗어나 종이들을 들고 홱 카피실로 들어갔다. 카피할 종이들을 복사기 안으로 집어넣으며 버튼을 누르는데 진동이 느껴졌다. 손을 더듬어 핸드폰을 꺼내었다. 반가운 이름이 적혀 있었다. 우진은 서둘러 핸드폰을 들고 팀실을 나왔다. 그리고 통화 버튼을 눌렀다. 제가 사랑하는 사람의 다정한 목소리가 흘러나왔다.

— 아가. 할미여.

"할머니. 날 추운데 괜찮아요? 어디 편찮으신 곳은 없죠?"

— 그려. 할미는 괜찮아.

"어쩐 일이세요? 저 보고 싶어서?"

— 우리 손녀가 이 할미한테 했던 말이 신경이 쓰여서 자리라

도 하나 만들어 주려고 전화혔어.

"자리요?"

— 우리 동네에서 최고 잘나가는 김 할머니 아들놈인데 치과 의사랴. 너랑 엮어 주면 어떨까 해서…… 우진아, 연락처를 얻어 놨는데 네가 전화 한번 해 봐.

우진은 제 할머니의 목소리에 진심으로 가슴이 먹먹해졌다. 농담하듯 꺼냈던 그 한마디가 신경이 쓰여 이렇게 연락처까지 받아 낸 할머니를 생각하자니 코끝이 찡했다.

"할머니. 저 남자 친구 있어요. 이번 주말에 같이 한번 내려갈게요."

— 뭐? 그것이 참말이여? 어떤 놈인디?

"음, 일 잘하고 능력 있는데 좀 싸가지가 없어요. 차갑기는 또 얼마나 차가운데."

— 그런 놈이 뭐가 좋다고 그려.

우진은 웃음이 나올 것 같아 입술을 반쯤 깨물고 바닥을 향해 괜히 구두를 끌었다.

"그래도 나만 사랑해 줘요. 나도 그 사람 사랑하고요."

우진은 결국 터져 나오는 웃음을 막지 못해 활짝 입술을 올렸다.

통화를 끝낸 우진은 준수가 보고 싶어졌다. 방금 전까지 보고 있었던 얼굴이지만 그래도 보고 싶었다. 이대로 팀장실로 달려가 그를 꼭 끌어안고 싶었다.

변수가 생겼다. 계속 자신을 향해 매달리고 절실히 애원할 줄 알았던 준수가 방법을 바꾼 것이다. 다가가도 시선을 주지도 않고 마주쳐도 그냥 차갑게 지나칠 뿐이었다.

갑작스럽게 달라진 준수의 태도에 이제 다급해진 건 우진이었다. 우진은 일부러 준수의 옆에서 어슬렁거려도 보고 기획안을 들고 별 의미 없는 것을 물으러 팀장실을 들어갔지만 준수는 모른 체 일 얘기만 했다. 그렇다고 제가 먼저 그에게 매달릴 수도 없는 일이고, 우진은 머리를 쥐어뜯었다.

"오늘 회식합시다. 다들 열심히 해 줬으니 제가 사야죠."

준수의 말에 그제야 책상에 코를 박고 있던 팀원들이 책상에서 고개를 떼고 소리 내어 쾌재를 불렀다. 우진만 제외하고.

"팀장님. 그 말씀 안 하셨으면 섭섭하려고 했습니다."

농담을 할 줄도 모르는 수진이 대뜸 고백했다. 그 고백에 준수는 가볍게 웃으며 다들 퇴근하자고 팀장실로 들어갔고 우진도 짐을 챙겨 팀실을 나섰다. 지금의 상황만큼이나 준수와 우진은 거리를 두고 서 있었다.

오 대리가 불판 위에 고기를 올리면서도 준수와 우진은 서로에게 시선을 두지 않았다. 어느 정도 익어 가는 고기를 보며 우진의 젓가락이 허공을 갈랐다. 그리고 오 대리가 허공을 가르는 우진의 젓가락을 자신의 젓가락으로 막아 세웠다.

"정 대리 익지도 않은 고기 먹는 거 또 시작했네."

"아, 남의 미(味)적 취향 가지고 뭐라고 하지 맙시다. 거."

오 대리는 결국 우진을 이겨 내지 못하고 젓가락을 물리고 말았다. 우진은 고기들을 입안으로 구겨 넣으며 소주를 따랐다.

"누가 정 대리님 옆에서 케어 좀 해 주세요. 또 엎으면 어떡해요."

"정학 씨 핏물 흐르는 고기로 맞아 봤어?"

기분이 좋지 않아 누구라도 다 맞서서 이길 생각으로 덤볐다. 그런 우진의 모습에 팀원들은 그저 재미있다는 듯 깔깔댔다.

우진은 술을 따라 마시다 문득 울적해졌다. 크리스마스도 곧 다가오는데 남자 친구와의 사이는 좋지도 않고 그렇다고 딱히 기분 좋은 일들도 없고 일만 죽어라 해 대고.

다시 술을 따라 한 잔 쭉 들이켠 우진은 자리에서 벌떡 일어섰다. 그리고 곁에 놓아둔 제 가방을 들었다.

"저 이만 가 보겠습니다. 다들 저 없이 편안한 회식들 하십쇼."

우진은 저를 보고 있는 준수를 지나쳐 고깃집을 나왔다. 바람은 차갑고 마음도 시리고.

우진은 그렇게 중얼거리며 보도를 따라 걸었다. 횡단보도 앞에 선 우진은 차가운 바람에 목도리를 더욱 끌어 올렸다. 막 길을 건너려는데 옆에서 낮은 목소리가 들려왔다.

"이제 화는 좀 풀렸나?"

준수는 우진의 옆을 스쳐 신호가 바뀐 횡단보도를 건너기 시작했다. 그리고 우진도 뒤늦게 횡단보도로 진입했다.

"너……!"

"가서 커피 입에도 안 대고 바로 나왔다고 했잖아."

"아예 가질 말아야지. 그냥 카페 자체를 들어가질 말았어야지!"

"불안해?"

"뭐가?"

"내가 다른 여자를 좋아할까 봐 불안하냐고."

그런 건 아니었다. 그런 건 아니었지만 준수가 다른 여자와 함께 있다는 것 그 자체가 싫었다.

"안 불안해. 그냥 네가 다른 여자랑 있는 게 싫어. 화가 난다고."

"그건 나랑 같네."

준수는 손이 시려운지 제 손을 비비고 우진의 손을 잡았다. 우진은 잡힌 손을 빼내지 않은 채 여전히 목소리를 높였다.

"할머니가 선보래."

"안 볼 거 알아."

"보면 어쩌려고 그래?"

"뭘 어째. 가서 너 안고 나오면 되지, 뭐. 그리고 그 남자도 죽는 거고."

"치. 자기도 똑같으면서."

내심 기분이 좋아진 우진은 더욱 준수의 손을 꽉 잡았다. 작은 손이 커다란 손 안으로 폭 감싸 안겼다.

"너 아까 왜 나한테 화냈어? 화낼 사람이 누군데!"

"화낸 적 없는데?"

"나 쳐다보지도 않고 차갑게 휙휙 지나가고 그랬잖아."

"네 스스로 깨달으라고 그랬다."

"뭘?"

"너 내가 차갑게 대해서 어땠는데?"

"뭐가 어때. 또 저번처럼 나한테서 화내고 멀어질까 봐 얼마나 놀랐는지 알아?"

"그래. 그거. 그거 깨달으라고 그랬어."

"진짜 못됐어."

그러면서도 우진은 준수에게 팔짱을 끼며 그에게 파고들었다. 준수의 온기로 몸이 따뜻해졌다.

"있지. 준수야 너한테도 이루고 싶은 게 있어?"

"일에서의 목표를 말하는 거야?"

"뭐든."

준수는 생각을 하는 듯 잠깐 침묵했다.

"다음 프로젝트를 성공적으로 끝내는 거."

"정말 너답다."

"그리고 마지막이 되는 거."

"어?"

"너한테 내가 마지막 남자가 되는 거."

준수는 두 번 말하기 창피하다는 듯 그렇게 말하고 입을 다물어 버렸다. 우진은 쌜쭉 웃으며 준수와 발을 맞추어 걸었다.

"그러는 너는 뭔데?"

"내가 이루고 싶은 거?"

우진은 음, 하고 생각하는 소리를 잠깐 하는 듯하더니 곧바로 대답했다.

"내가 너보다 먼저 승진해서 반드시 널 울리는 거."

준수는 정우진다운 대답에 소리 없이 웃었다. 우진은 제 스스로 불가능에 가깝다는 꿈인 것을 알았지만 그래도 당당했다.

"뭐 어쨌든 꿈이라는 게 노력하라고 있는 거니까. 어떻게 노력하다 보면 또 될지 누가 알아? 더 적극적인 사람이 더 나아진다잖아. 나도 게으르게 앉아 아무것도 하지 않느니 실패하는 쪽을 택할 거야. 그러니 지금은 내 목표를 향해 나아가는 거라구."

우진은 기웅에게 말해 주었던 그 책의 문구를 떠올리며 주먹을 불끈 쥐었다.

"그래. 그래라. 꼭 승진해서 네가 원하는 대로 해라."

준수는 그렇게 웃었다. 그리고 그의 웃음을 보고 있던 우진이 준수의 어깨에 뺨을 기대며 고개를 끄덕였다.

"어? 눈 내린다."

우진은 내리기 시작하는 눈을 보며 하늘을 올려다보았다. 그리고 문득 제 곁을 스쳐 지나가는 수많은 사람들을 보았다. 함께 걷고 있는 연인들 그리고 저마다 각각 제 소중한 사람과 함께 시간을 보내는 사람들.

일 년의 끝은 어떤 형태로든 추억의 흔적을 남기고 그것을 기억하며, 새해를 시작하는 것은 언제나 설레고 기분 좋은 일이다. 어떠한 사람들은 일 년이라는 시간에 있어 추억의 그림자를 지고 갈 것이고 그것이 좋은 것이든 나쁜 것이든 나름의 방식으로 그것들을 정리하고 또 추억하겠지.

나는, 또 너는 일 년을 어떻게 기억할까. 우리는 지금 같은 형태의 그림자를 지고 있을까? 너와 내가 지난 시간 동안 만들었던 추억 속에서 우리는 어떠한 형태로 그동안의 추억들을 담아 온 것일까.

"준수야, 그동안의 우리를 다 기억해?"

"……."

"너무 많은 것들이 그냥 스쳐 지나가 버린 것 같기도 하고 지나간 시간이 조금 아쉽기도 하고 그래."

"……."

"우리가 알고 온 시간 동안 이렇게 한 해가 애틋했었던 적은 없었잖아. 얼른 알았더라면 아주 오랫동안 이렇게 애틋했었을 텐데."

준수는 말없이 걸으며 간간이 우진에게 시선을 두기만 했다. 우진의 뺨이 추위로 빨갛게 물들어 가고 있었다. 준수는 애초부터 모든 답을 알고 있었다는 듯 아니, 답은 정해져 있었다는 듯 망설임 없이 말했다.

"너와 내가 아주 오래전부터 서로 사랑했었더라면 분명 서로가 마르고 닳도록 사랑했을 거야. 이렇게 손 하나 잡는 것도 떨림 없이 지금을 보내고 있겠지."

"……."

"어떠한 것도 의미 없이 이루어지는 시간은 없어. 너와 내가 만난 순간 사랑에 빠졌더라면 지금보다 서로를 더 잘 이해할 수 있었을까?"

"……."

"그동안 우리는 누구보다도 뜨거운 시간을 보냈고 그것을 지금 인지하는 것뿐이야."

잡힌 손이 따뜻했다.

"그러니까 정우진, 과거보다 지금 더 나를 사랑하는 것에 행복해도 돼. 지금보다도 앞으로 더 나를 사랑해 주면 되잖아."

"응. 준수야…… 준수야."

그렇게 그의 이름을 불렀다. 우진의 뺨으로 새하얗고 눈부신 눈송이가 내려앉았다.

—*fin*

에필로그

우진은 귤 상자를 가볍게 들고 걷는 준수를 뒤로하고 저를 기다리고 있는 할머니의 품으로 달려갔다. 예쁜 손녀를 안는 할머니의 손이 우진의 등을 부드럽게 쓸어주었다.

할머니의 등 뒤로 천천히 걸어 나오는 제 할아버지에게로 가서 다시 한 번 두 팔을 벌린 우진은 영락없이 어린아이 같은 미소를 지었다.

"아 참. 할머니 할아버지 좋아하시는 귤 사 왔어요. 엄청 좋은 귤이래요."

우진은 귤 상자를 들고 있는 준수를 보며 말했다. 준수는 귤 상자를 내려놓으며 반듯하게 인사드렸다. 준수의 손을 잡은 할머니는 그 인사에 화답하듯 웃음을 지었다. 그리고 준수의 등 뒤를 살폈다.

"아가. 네가 데려온다던 남자는 같이 안 온 겨?"

우진은 일단 따뜻한 방 안으로 들어가자며 할머니의 팔을 끌었다. 문을 열자마자 우진을 위해 데워놓은 방 안 온기가 확 뿜어져 나왔다.

우진은 두 분을 자리에 앉혀 놓고 가만히 자리에 무릎을 꿇었다. 준수가 말없이 우진의 옆에 앉으며 입을 열었다.

"제가 우진이 남자 친구입니다. 할머님. 할아버님."

말없이 그저 가만히 눈을 깜빡이고 있는 제 할머니와 할아버지에게 우진이 서둘러 말을 덧붙였다.

"말씀드리려고 했는데 본의 아니게 늦었어요. 죄송해요."

"늦게 찾아뵈어 죄송합니다."

죄송하다며 다시 한 번 고개를 숙이는 준수의 모습에 할머니가 크게 벌렸던 입을 다물고 꿀꺽 목울대를 넘기는 소리가 들렸다.

"그것이 정말이여?"

우진은 고개를 끄덕였다. 한동안의 침묵을 깬 것은 갈라진 할아버지의 음성이었다.

"뭐 해, 임자. 가서 차린 상 내오지 않고."

"참참. 내 정신 좀 봐."

할머니가 자리에서 일어서자마자 준수가 할머니를 앞질러 상다리가 부러져라 차려져 있는 상을 힘들이지 않고 들고 들어왔다. 그리고 따뜻한 온기가 가득한 방 한가운데 놓았다.

"준수가 좋아하는 할머니 불고기네?"

우진은 자신이 데려온다던 남자의 호불호와 상관없이 준수를 위해 차린 할머니의 불고기를 보며 소리 없이 웃음이 나왔다.

"경사여, 경사. 우리 우진이 이제 시집만 보내면 되겠구먼."

할아버지는 까끌까끌하게 돋아난 수염을 한번 매만지며 수저를 들었다. 그제야 할머니가 수저를 들기 시작했다. 불고기를 한 점 크게 쥔 젓가락이 준수의 숟가락 위로 향했다. 젓가락의 주인을 확인한 준수가 말없이 할머니를 보고 있었다.

"어여 들어."

밥 한 숟가락 쉽게 뜨지 못하고 준수의 반찬을 살뜰히 챙기는 할머니의 모습에 우진이 젓가락을 들어 고기 반찬을 할머니 숟가락 위에 얹었다.

"할머니 어서 드세요."

할머니는 여전히 준수에게서 시선을 떼지 못한 채 밥숟가락을 들었다. 채신머리없이 큰 웃음이 터질 것 같아 힘겹게 눌러 참으며 흰 쌀밥을 입 안으로 넣어 씹었다.

건넛방으로 와 큰 이불을 깔고 자리에 누운 우진은 씻고 온 것인지 걷었던 소매를 내리며 말없이 자리에 앉는 준수를 보았다. 제대로 말리지 못해 젖어 있는 준수의 머리칼이 눈 안에 들어왔다.

우진은 자리에서 일어나 한동안 쓰지 않았던 것으로 보이는 낡은 서랍을 뒤적였다. 그리고 제가 놓고 간 작은 드라이기를 찾아

내 준수에게로 다가왔다.

윙— 하는 따뜻한 소리가 준수의 머리 위로 닿았다. 우진은 준수의 젖은 머리를 말려 주며 연신 웃음을 흘렸다.

"있지. 우리 할머니 할아버지 너 완전 마음에 드시는가 봐. 하긴 어릴 적부터 너 엄청 예뻐 하셨어. 그치?"

"날 안 좋아하는 분이 어디 있어."

"그래. 네 말이 맞다. 우리 엄마 아빠도 너라 하면 아주 깜빡 죽었지."

우진은 고개를 끄덕이며 준수의 귓등에 붙은 머리칼을 털어 냈다. 그리고 순간적으로 손목이 확 끌어 잡혔다. 준수에게 안긴 이상한 모양새를 한 자신의 모습에 우진의 눈이 동그래졌다. 커다란 손이 우진의 손에 들고 있던 드라이기의 전원을 껐다. 시끄러웠던 공간이 순식간에 조용해졌다.

"아…… 내가 또 귀 만졌어? 미안."

우진은 타들어 갈 듯한 준수의 시선에 저도 모르게 눈을 아래로 내리깔았다. 준수의 계속되는 시선에 두 손가락을 꼼지락거렸다.

입술이 가까이 다가왔다. 우진은 놀란 눈으로 그를 보고 있었지만 부딪히는 입술을 막진 못했다. 작은 입술이 삼켜지듯 준수에 의해 침범당했다. 언제나 느끼는 것이었지만 준수와의 키스는 위험하다. 단순히 입을 맞춘다는 표현을 하기엔 너무 위험하고, 격렬했으며 뜨거웠다.

떨어지는 입술이 잠깐의 틈도 참지 못하고 다시 부딪혀 오려는 찰나 우진이 제 입을 막았다. 일렁이는 준수의 눈 안에 자신이 들어 있었다.

“여기선 안 돼. 알지?”

“왜 안 되는데.”

“뭐, 뭐? 그야 할머니도 계시고 할아버지도 계시고…….”

“주무시던데?”

“그, 그래도!”

준수는 말을 더듬는 우진이 귀여워 날카로운 입술 선이 위로 올라갔다. 우진이 그의 미소에 당황한 듯 눈을 깜빡였다. 가까이로 바짝 다가온 준수가 속삭이듯 말했다.

“그럼 이것만.”

그리고 그의 손이 우진의 입술을 쓸었다. 다시 조심스레, 하지만 진하게 엉겨 붙는 준수의 입술에 우진이 손을 그의 목에 두르고 눈을 꼭 감았다. 익숙하고도 기분 좋은 준수의 향이 폐부 깊숙이 스며들었다.

밖에선 매어 놓은 강아지가 월월 하고 짖는 소리가 들렸다. 보름달이 떴는지 두 사람의 머리맡으로 달빛이 환하게 고개를 내밀었다.

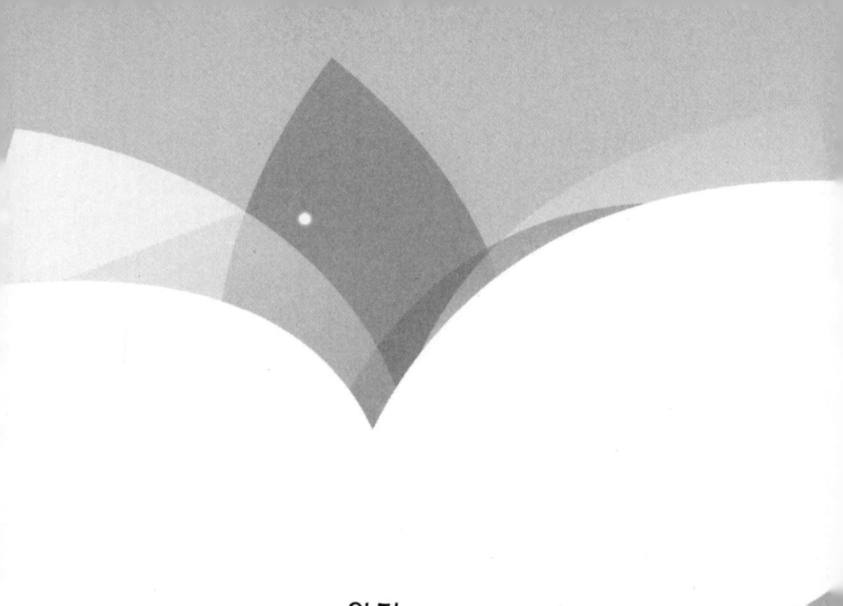

외전.
그때의 우리

또 고백을 받았다. 이번엔 우진과 같은 고등학교에 재학 중인 여학생이었다.

준수는 자신에게 정성스레 포장한 초콜릿을 내미는 여학생을 보며 말없이 서 있기만 했다. 이걸 받아야 하는 건가? 안 받으면 상처받으려나?

그렇다고 마음에도 없는 여자가 주는 선물을 받기는 좀 그랬다.

"왜 주는 건데?"

"중간고사 잘 보라고. 중간고사 끝나고 우리 데이트할래?"

"데이트는 좋아하는 사람이랑 하는 거 아닌가?"

"어? 아……."

"초콜릿은 고마워. 근데 다른 사람이랑 나눠 먹는 게 좋겠다. 너도 시험 잘 봐."

준수는 그렇게 여학생에게서 돌아섰다. 주머니에 손을 넣으며 터덜터덜 걸어 집 앞까지 도착했을 때 제집 앞에 쪼그려 앉아 저를 기다리고 있는 우진이 보였다. 얼마나 기다린 건지 준수의 인기척에도 우진은 무릎 사이에 머리를 파묻은 채 자고 있었다.

준수는 가까이 다가가 우진의 어깨를 흔들었다. 그제야 피곤해 보이는 두 눈이 저를 올려다보았다.

"왜 이제 와……."

"얼마나 기다린 거야?"

"한 시간? 한 시간 반? 몰라, 기다린다고 밥도 못 먹고."

"집에 들어가서 기다리지 뭐 하러 여기서 기다려."

"혼자 빈집에 있기 싫어. 아줌마도 안 계시고."

준수는 문을 열고 집 안으로 들어가 부엌부터 찾았다. 대충 밥을 퍼 식탁 위에 차리니 우진이 허겁지겁 밥을 퍼먹었다. 한 시간을 넘게 기다렸다는 우진의 말이 거짓이 아니었나 보다.

준수가 옷을 갈아입고 부엌으로 돌아왔을 때 벌써 밥을 반 공기나 먹어 치운 우진이 그제야 준수에게 말을 걸어 왔다.

"너 어제 우리학교 여자애한테 고백받았다며?"

오늘도…….

"야. 걔 엄청 예쁘잖아. 우리 학교에서 인기 진짜 많은데. 너 걔 찼다며?"

"관심 없어."

"왜 잘해 봐. 걔 내 친구의 친군데 성격도 괜찮대."

"……."

준수는 우진의 말에 들고 마시던 커피를 테이블 위로 내려놓았다. 우진은 자신을 빤히 쳐다보는 준수의 시선에 밥을 먹다 말고 물었다.

"왜?"

"내가 다른 여자를 만났으면 좋겠어?"

"아니 뭐 굳이 꼭 만나라는 건 아닌데…… 그래도 너 좋다는 여자 만나면 좋잖아. 거기다가 예쁘고 성격 좋기까지 금상첨환데 뭐."

준수는 한숨을 쉬며 우진의 맞은편 의자에 앉았다. 좋지 못한 표정으로 한쪽 손을 들어 왼쪽 얼굴을 쓸어내렸다.

"우리 시험 끝나고 놀러 갈까?"

"어딜."

"뭐 어디든. 아! 경주 갈래? 야 나 생각해 보니까 불국사 한 번도 못 가 본 거 있지? 그 흔한 수학여행도 경주 갈 때는 매번 어디 아프거나 일이 생겨서 못 가 봤잖아. 갈 거지?"

"뭐 좋을 대로."

"진짜지? 나 오늘부터 짐 챙겨 놓는다?"

우진은 방긋 웃으며 마지막 남은 밥을 입안에 털어 넣었다.

✻ ✻ ✻

문을 두드리는 소리에 준수가 인상을 찌푸리며 문을 열었다. 도대체 뭘 그렇게 많이 가져온 것인지 양손 가득 짐을 한아름 쥔 우진이 준수를 밀어내고 집 안으로 들어왔다.

바닥에 내려놓은 봉지 안에서 만화책, 잡지, 과자, 게임기 등이 줄줄이 흘러내렸다. 그리고 우진은 제 겉옷을 아무렇게나 벗어 던지고 냉장고 문을 활짝 열어 차가운 물을 꿀꺽꿀꺽 마셨다.

"웬일이야?"

"오늘 아줌마, 아저씨 여행 가셨다며?"

"근데."

"뭐가 근데는 근데야. 당연히 놀러 왔지. 엄마가 너한테 과외받으러 가라고 해서 냉큼 뛰어왔지."

"이것들은 다 뭐야?"

준수는 땅에 쏟아져 있는 봉지들을 턱으로 가리켰다. 우진은 과자를 꺼내어 봉지를 뜯으며 대답했다. 새우 과자가 입안으로 들어갔다.

"엄마의 잔소리 피해 왔다. 왜? 안 되나?"

준수는 한숨을 내쉬며 이리저리 흩어져 있는 물건들을 발로 쓸어 한곳으로 모았다. 우진은 그러거나 말거나 등에 메고 있는 가방을 풀어 책들을 꺼내었다. 그리고 저를 닮은 앙증맞은 고양이 필통도 꺼내어 품에 안았다.

준수는 우진과 함께 방 안으로 들어가 책상 앞에 앉았다.

"그냥 중간고사 나올 만한 것만 딱딱 집어 주면 안 돼? 너도 알다시피 내가 또 집중력 하나는 끝내주잖아."

"앞을 알아야 뒤를 이해하지."

"시간이 없으니까 그렇지. 바보야."

"바보는 누구더러 바보래. 양심에 안 찔리냐?"

"야. 나 이래 봬도 전교 10등 안에서 한 번도 튕겨 본 적 없어."

우진은 그렇게 말하며 우쭐댔지만 준수는 들은 척도 하지 않고 책을 폈다. 어쭈, 그래 너는 나보다 더 우월하다 이거지?

"이건 이 공식에 대입하는 게 아니라……. 휴. 내가 아까 말해 줬잖아."

"딱 한 번 말해 줘 놓고 다 완벽하게 풀길 바라는 네가 욕심 아냐? 그래도 다른 건 다 맞았잖아."

"난 한 번 봐도 다 이해해."

"입만 열면 지 자랑이야. 다시 한 번 설명해 줘."

"과외 선생 구박하는 학생은 너밖에 없을 거다."

준수는 특별히 한 번 더 설명한다는 듯 펜으로 노트에 써 내려가기 시작했다. 우진은 준수의 설명을 들으며 고개를 끄덕였다.

다 아는 척하지 말라고 구박하긴 했지만 사실 우진은 준수에게 시험기간 때마다 엄청난 도움을 받고 있었다. 일명 속성 과외. 한 번에 알아듣길 바라는 준수에게 화가 날 때도 많았지만 그래도 없어선 안 될 제 선생님이었다.

지루한 공부가 끝이 나고 우진은 거실로 나가자마자 제가 가져온 잡지와 만화책 안을 뒤적여 게임기를 꺼내었다. 요즘 우진이 푹 빠져 있는 일명 오락게임기였다. 준수는 또다시 시작됐다며 혀를 찼지만 우진의 유일한 상대는 준수였기 때문에 우진의 곁에 자리 잡고 앉았다.

"이번엔 뭐 걸까?"

"꼭 뭘 걸어야 하냐?"

"원래 승부라는 게 그런 거야."

"진 사람이 이긴 사람 소원 들어주는 건 어때?"

"좋아."

준수의 제안에 우진은 흔쾌히 승낙했다. 준수의 승리가 사실상 확실했지만 매번 우진은 그것을 부인해 왔다. 한 번 져 줄 줄 모르는 준수의 냉정함에 화가 나고 오기가 생겨 매번 게임을 제안했고, 매번, 거의 매번 졌다.

"와. 박준수 진짜 치사하다. 어떻게 한 번을 안 져 주냐?"

"승부라는 게 그런 거야."

우진은 부아가 치밀어 올라 복어마냥 볼을 통통 부풀렸다. 그러거나 말거나 준수는 팔짱을 끼며 고민하는 표정을 했다. 일부러 우진을 약 올리는 듯 준수는 한참을 고민하는 척했다. 뭘 그렇게 고민하냐고 쏘아붙였지만 준수는 콧방귀를 꼈다.

"남자 친구 사귀지 마."

"뭐? 무슨 소원이 그래?"

"네가 남자 친구 사귀어 봐. 성적은 뚝뚝 떨어질 거고 또 과외 해 달라고 쪼르르 올 거고. 내가 피곤해서 그런다."

"와. 진짜 치사하다. 치사해."

"지켜."

우진은 준수의 말을 듣는 둥 마는 둥 과자와 먹을거리들을 꺼냈다. 그리고 다시 봉지를 뒤적여 작은 병 하나를 꺼냈다. 빨갛게 익어 보이는 병의 존재에 준수가 먼저 호기심을 가지고 물어 왔다. 우진은 눈을 반짝였다. 그리고 입맛을 다셨다.

"복분자주. 우리 엄마가 예전에 담가 놓은 건데 내가 가져왔어."

"훔쳐 온 거겠지."

"치킨 시키자."

두 사람은 자주 티격태격했지만 크게 싸우는 일은 없었다. 주로 준수가 모든 것을 감내하며 그냥 넘어가는 식이었고, 우진도 안 좋은 감정들을 마음에 오래 담아 두는 편이 아니었다. 제법 죽이 척척 맞았다.

우진과 준수 앞에는 복분자주와 치킨, 그리고 먹다 남긴 과자들이 펼쳐져 있었다. 준수는 이미 복분자주를 따 소주잔에 따르는 우진을 보며 고개를 절레절레 저었다. 이미 제가 말려도 우진에겐 안 먹힌다는 것을 알기에 더는 말리지도 않았다.

우진은 준수의 소주잔을 끌어 당겨와 복분자주를 따랐다. 그리고 제 잔을 들고 복분자주를 준수에게 건넸다. 준수는 말없이 우진의 소주잔에 복분자주를 따랐다.

“짠!”

건배를 하자마자 우진은 한입에 복분자주를 털어 넣었다. 그리고 잔뜩 인상을 찡그렸다. 준수도 천천히 술을 마셔 넘겼다. 우진은 후라이드 치킨을 조각내어 뜯어 제 입에 한 조각 그리고 준수의 입으로 한 조각 밀어 넣었다.

“원래 시험 기간에 노는 게 제일 재밌는 거야. 너 공부하지 마?”

“이 술을 마시는데 공부를 하겠어?”

“좋아. 마음에 들어.”

사실 이때부터 우진의 술버릇을 눈치챘던 준수였다. 우진은 복분자주 반을 혼자 비우고 꾸벅꾸벅 졸기 시작했다. 그리고 준수의 어깨에 머리를 기대고 나른한 숨을 내쉬었다. 복분자의 달달하면서도 씁쓸한 향이 공중에서 맴돌았다.

아직 여자가 되지 못한 소녀는 그저 앳되고 청아할 뿐이었다. 이미 남자가 되어 있는 준수의 곁에는 그런 소녀가 눈을 감고 있었다.

준수는 곁을 돌아보았다. 제 어깨를 베개 삼아 눈을 감은 우진을 바라보다 준수는 가녀린 몸을 안아 올려 제 침대에 내려놓았다.

그 순간 얇은 손가락이 준수의 팔을 당겨 품으로 안겨 들었다. 준수는 몸을 떼어 내려 했지만 우진의 손가락은 그의 옷자락을 움켜쥐고 있었다.

결국 편안히 누운 우진의 곁에 앉은 준수는 우진에게 한쪽 팔을 내어 주었다. 우진은 더없이 편안한 표정을 하고 있었다.

부스스한 머리를 대충 빗으며 학교 갈 준비를 마친 우진은 제 손목시계를 내려다보았다. 준수와 늘 집 앞에서 만나는 시간은 아침 7시. 준수가 기다릴 거란 생각에 우진은 가방을 채 메지도 못하고 밖으로 뛰쳐나왔다.

깔끔하게 신은 운동화 코를 바닥에 툭툭 치며 우진을 기다리고 있던 준수는 달려 나오는 우진을 보며 빨리 오라고 타박을 했다.

"너 계속 1분씩 늦을래?"

"미안, 미안."

준수의 곁으로 다가선 우진은 제대로 신지 못한 신발을 바로 신으며 준수의 뒤를 따라 걸었다.

어제 밤새도록 우진의 팔베개 아닌 팔베개를 해 준 탓에 한쪽 팔이 빠져나갈 듯이 아팠다. 준수는 뻐근한 어깨를 돌리며 인상을 썼고, 뒤에서 따라 걷던 우진의 눈에 그런 준수가 들어왔다.

"너 팔 아파?"

"괜찮아. 별거 아냐."

별거 아니라는 듯 신경 쓰지 말라는 준수는 피곤한지 마른세수를 했다. 어제 제대로 잠을 자지 못해 컨디션이 좋지 못했다. 우진은 그런 준수를 보며 더욱 가까이로 다가섰다.

"너 진짜 괜찮아? 피곤해 보이는데……."

"괜찮다. 난. 들어가 봐. 간다."

돌담 하나를 사이에 두고 붙은 학교 가운데 우진과 준수는 나란히 서 있었다. 그리고 둘은 각기 다른 방향을 향해 걸었다.

우진은 걸음을 걷다 말고 멀리서 부르는 준수의 목소리에 고개를 돌렸다. 준수는 할 말이 있다는 듯 다시 우진에게로 걸음을 옮겼다.

"오늘은 9시 반에 만나자."

"뭐, 그래."

"어두운데 나와서 기다리지 말고 학교 안에 있어."

"걱정 마셔."

우진은 손을 건성으로 휘휘 흔들며 제 학교를 향해 걸었다.

준수는 야간자율학습이 끝나자마자 3학년 4반을 찾았다. 그리고 제 종이에 적어 온 이름을 보며 조용히 둘을 불러냈다.

멋모르고 불려 나온 남자들이 준수를 마주 보고 섰다. 용건이 뭐냐는 듯 짝다리를 집는 남자를 향해 주먹을 사정없이 날렸다. 순식간에 이유도 모르고 주먹을 맞은 남자가 신음 소리를 내며 제 뺨을 감싸 쥐었다.

"피, 피……."

"너 경화고 3학년 9반 정우진 알아, 몰라."

"몰라. 난 몰라. 진짜 몰라."

남자는 주먹을 꽉 쥐고 있는 준수를 보며 제 뺨을 다시 한 번 감싸 쥐었다.

"이름도 모르고 그딴 소리를 지껄여?"

그리고 옆에서 다리를 덜덜 떨고 서 있는 놈에게 다시 한 번 주먹이 날아갔다. 준수는 제 주먹을 쥐었다 펴며 바닥에 놓아두었던 가방을 집어 올렸다. 그리고 바닥에 나가떨어진 남자를 보며 한심하다는 듯 한숨 쉬었다.

며칠 전에 있던 일이었다. 우진이 늦잠으로 지각을 해 점심시간이 되어서야 등교를 하던 날, 뛰어가는 우진을 멀리서 보고 있던 준수가 고개를 돌렸을 때였다.

"야, 재 죽인다. 다리 각선 봐라."

"한번 들이대 봐라. 너 정도면 하룻밤은 충분히 넘어오지 않겠냐?"

"경화고 교복이네. 작업 들어가자."

킥킥대며 떠드는 목소리에 준수가 주먹을 쥐고 다가갔고, 그 찰나 사내놈들이 학생 주임 선생 곁을 지나쳐 갔다.

준수는 그날의 일이 떠올라 몇 대 더 패 줄까 하다가 우진과 약속 시간이 다 된 것을 확인하고 그만 뒤돌아섰다.

우진은 30분이 조금 넘은 시각인데 아직 올 생각을 않는 준수를 기다리며 운동화로 괜히 원을 한 번 그렸다가 땅을 툭툭 쳤다가 하는 의미 없는 행동을 반복하고 있었다. 한참을 그렇게 시간을 보내고서야 준수가 저 멀리서 걸어오는 것이 보였다.

"야, 너 지각이야."

"가자."

늦게 온 준수가 사과 한 마디 않자 불만을 토로하던 우진이 그의 곁으로 다가섰다.

"근데 너 화났어? 얼굴이 왜 그래?"

"별일 아냐."

우진은 가만히 제 갈 길을 가는 준수의 곁에서 쉼 없이 쫑알댔다.

"떡볶이 먹고 갈까?"

"그러든가."

"돈은 네가 내."

준수는 그런 우진의 한 발자국 앞에서 그저 묵묵히 걸을 뿐이었다.

작가 후기

친구라는 건 참 경계가 애매한 단어다. 어디까지가 친구이고 어디까지가 흔히들 말하는 썸이고 어디부터가 사랑인 것인지. 그래서 친구라는 관계가 흥미롭다. 언제든지 새로운 관계로 발전할 수 있는 단어니까.

사실 준수는 내 이상형과 거리가 멀어 우진의 입장에서 글을 쓰기가 편했다. 실제로 준수를 만난다면 꿀밤을 한 대 먹이고 싶을 것 같다고 생각했으니까. 그래도 나는 내가 만든 캐릭터 중 준수를 가장 좋아한다. 이유는 모르겠지만 가장 애착이 가고 신경이 쓰이는 인물이다. 그래서 더욱 그의 대사 하나하나가 신경이 쓰였다. 준수가 더욱 준수처럼 보였으면 해서.

글을 쓰는 내내 우진에게 집중할 수 있었던 것은 우진의 성격이 나와 가장 흡사해서가 아닐까 생각한다. 레고로 상자 안을 틈 하나 없이 채워 넣었지만 뭔가 하나 비어 보이는 그런 성격. 그래서 또 나는 우진이 좋다. 뭔가 나 같아서. 챙겨 주고 싶은 그런 마음.

나는 그런 준수와 우진을 엮어 주게 되어서 정말 행복하다.

언제나 내 곁에 있어 준 정 여사와 대디 반. 늘 사랑해요.

글을 쓰는 동안 함께 응원해 주신 독자분들과 지금 이 후기를 읽고 계신 독자분들께 감사를 표하며…… 늘 행복하시길.

—반해수 드림

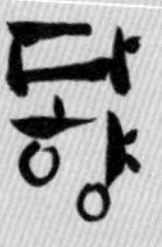

www.bbulmedia.com

www.bbulmedia.com